Le

Pointeur

Un livre de Jesper Persson

Prologue

Le **livre, The Pointman, parle** d'une personne qui, pendant de nombreuses années, a été formée et formée par une Organisationafin, d'infiltrer facilement d'autres organisations. Il choisit de prendre ses distances avec la vie négative, mais l'Organisation ne veut pas se débarrasser de lui parce qu'il a reçu une solide formation en psychologie, physiologie, formation aux armes, engins explosifs,et hacking, avec le piratage. Si l'Organisation abandonnait volontairement cette personne, ce serait une grande perte, et avec toute la formation qu'elle a, un cauchemar serait à portée de main pour l'Organisation si ses connaissances étaient entre de mauvaises mains.

Beaucoup de gens souffriraient beaucoup, et la connaissance du meurtre de personnes est l'un des mérites de ses antécédents. L'organisation est un adversaire puissant avec de nombreux tentacules dans une grande partie du monde, et avec un aperçu de la vie d'une personne. Erik était au courant de cette connaissance, mais après de nombreuses années, il avait le désir d'arrêter de manière digne. La question est, peut-il arrêter de garder son honneur?

L'organisation et les personnes impliquées affirment que le voyage a à peine commencé. Le détective est une histoire terrible réel situé dans un environnement qui vous élèvera à un tout autre niveau qui sera oublié en retard.

Auteur Jesper Persson
Prendre plaisir !

Un livre de l'auteur Jesper Persson

Droit d'auteur 2020

Lect BeDe

Livres précédemment publiés

par l'auteur Jesper Persson

Publié en 2008

La guerre contre la société

Mémoire

Publié en 2012 - 2013

Opération Erreur d'État Partie 1

Opération Erreur d'État Partie 2

Mémoire

Publié en 2016 - 2017

Dans l'ombre de la société

Mémoire

Publié en 2019

Lismaren Vengeance

Romans

La plupart des livres déjà publiés sont actuellement traduits en anglais.
www.forfattarejesperpersson.se

ISBN : 978-91-986545-3-0

Chapitre 1

Il s'appelle Erik, et l'organisation fait la plupart du travail pour le convaincre de rester, en partie parce qu'ils croient qu'une telle personne peut recueillir des fonds à grande échelle, mais aussi parce qu'ils ont investi longtemps sur Erik.

Un jour, l'organisation remarque qu'il n'est pas aussi motivé sur lui qu'il l'a été pendant quelques années, et qu'il a probablement perdu ses envies. Erik a toujours pensé que sa grand-mère jouait un rôle important, et que ses opinions signifiaient beaucoup dans la décision qu'il a prise maintenant dans la famille « L'Organisation ». C'est au cours de l'Organisation qu'il a été formé, et c'est le même qui a clairement refusé de renoncer à son identité.

Maintenant, les choix et les exigences commencent à faire des impressions claires où personne ne veut lâcher prise, et certaines personnes que vous en tant que lecteurs suivront dans cette histoire de détective.

Erik avait beaucoup de respect pour sa grand-mère qui était maintenant décédée. Il a toujours voulu rendre hommage aux principes défendus par sa grand-mère et a estimé que les choix qu'il avait faits pour quitter l'Organisation n'étaient pas exactement ceux qu'elle prônait. Erik réfléchit encore et encore, réalisant finalement que la bonne décision était probablement de quitter la famille.

Quand il était chez sa grand-mère et chez son grand-père, il avait une paire de pantoufles ornementales que sa grand-mère avait accrochées sur le mur à l'intérieur de la porte d'entrée, et dont Erik a un souvenir assez clair. Il avait aussi un fort souvenir de toujours tomber quand il les portait.

Tout aussiclairement, il se souvient que sa grand-mère venait courir chaque fois qu'il tombait, ce qui l'aidait à se reprendre. Qu'il a couru et est tombé tout le temps, c'était probablement surtout parce qu'il était un petit gars rond avec quelques livres de trop. Avec son costume de marin bleu,, et un écart entre ses dents aussi clairsemées que celle de Thore Skogman, et une jambe latérale avec qui ne pas jouer.

Au début de son enfance, la première graine d'empathie a été fixé pour Erik, et tout au long de son enfance, et dans sa vie adulte, il est devenu ce qu'il est aujourd'hui. Pour qu'une graine grandisse, elle doit être engraissée, et la nutrition de la graine de vie d'Erik est, comme dans la vraie vie, un mélange de nombreux ingrédients, tout comme l'homme qui mange un régime alimentaire nutritif.

Erik et cinq autres écoliers ont été autorisés à assister à la classe classique obs, qui était une classe pour les enfants qui n'ont pas suivi, ou qui ont perturbé la scolarité régulière, et donc à certaines leçons devaient être leur propre classe.

Erik a déjà rencontré l'enseignant obs qu'il avait au cours de sa vie d'adulte, puis a confirmé que l'essence del'école plus , ou moins classé les enfants en fonction de leur relation familiale. Erik s'assoit et pense à ce qu'était la société à l'époque où il était écolier, et ce n'est pas sans lui de se demander si les conditions étaient différentes, et il a eu l'occasion d'une manière plus privée et utile géré l'école.

Oui, mais ce n'est pas à penser. Erik pensait.

Non, ce n'est pas la faute de l'école qu'Erik est entré dans le signe du crime, mais avec une meilleure plate-forme, il aurait pu se développer en d'autres possibilités d'emploi et plus grandes. Une telle condition préalable aurait été s'il avait continué à l'école secondaire, ou dans une certaine forme de formation professionnelle.

Aujourd'hui, il fait face à de nouveaux défis majeurs.

Maintenant, il était vraiment confronté à de gros problèmes, il allait dire à l'Organisation ce qui s'était passé. Non! Il a décidé de l'attendre, car il venait de commencer à s'habituer à l'idée et avait également mal dormi récemment. Leur donner un tel message ne ferait que le rendre plus endormi, ce qui était complètement inutile. En cemoment, il vivait dans l'espoir que tout se passerait d'une façon ou d'une autre. Bien sûr, il regrette aujourd'hui rétrospectivement de ne pas avoir dit directement à l'Organisation ce qui s'est passé, mais il a souhaité que l'Organisation se sente bien, avec tout ce que cela signifiait, et tous les problèmes qui se sont posés aujourd'hui. Comme il ne leur a pas dit, cela signifiait qu'il a soudainement dû vivre une sorte,, de double vie. Oui! Vous faites beaucoup de choses vissées quand vous venez dans des situations comme celle-ci, pensait-il. Il avait un instinct de survie humaine, commeil aimait faire face à une certaine forme de déni de la vérité. Les problèmes semblaient juste s'accumuler up seemed . Un accident vient rarement seul,et il en était ainsi dans ce cas aussi.

À ce moment-là, Anton, qui était très haut gradé de l'Organisation, a appelé et voulait qu'Erik discute avec les personnes qui n'avaient pas payé leurs dettes, comme ils avaient promis de le faire auparavant, et maintenant il s'est avéré que la dette n'avait pas été réglée. Anton voulait qu'Erik serétablisse pour que la dette soit payée. Erik s'est rendu compte que le sentiment qu'il avait de quitter l'Organisation était presque impossible avec l'espoir qu'il ferait le travail. Erik savait que la nuit allait être longue, et il y aurait de la violence et des éléments qu'Erik ne défendrait pas, et il ne pouvait pas reculer. Plus tard dans la journée, Anton a appelé à nouveau, demandant à Erik de recevoir l'appel sur l'autre ligne. La deuxième ligne était Skype. C'est-à-dire que les flics n' ont pas pu intercepter l'appel. L'organisation l'a fait pour assurer la sécurité de toutes les personnes impliquées.

Après l'appel, Erik est arrivé à l'endroit où il devait faire la récupération. Quand Erik est venu à la petite ferme, il y avait une ferme encore plus grande plus bas. Il ressemblait à un manoir plus petit, et semblait être bon pour de nombreux sous, mais les apparences peuvent être fraudés, et il a tout fait.

Les propriétaires du manoir n'avaient pas assez d'argent, de sorte que leurs dettes pouvaient être réglées. Erik a pensé un peu à l'endroit, qui n'avait probablement pas d'argent, et a choisi de s'exposer à cela volontairement, même s'il y avait un grand risque qu'uneblessure pourrait devenir un fact. Erik est allé dans le coffre de sa voiture pour récupérer des armes et des chauves-souris, mais s'est rendu compte dans la même seconde que les gens qui possédaient l'endroit, n'étaient pas exactement ceux qui sont restés loin de la loi, ou un collecteur de dettes. Mais la question était, pourquoi ces gens ont-ils choisi la violence au lieu d'une solution ou d'un paiement? Avec de grands pas Erik entra dans l'endroit et sonna à la porte, et un homme plutôt petit ouvrit la porte, et a été accueilli par Erik. L'homme a demandé d'une voix tremblante ce qu'ils pouvaient faire pour vous.

Erik a immédiatement demandé où se trouvait son frère. Juste un moment. Répondit l'homme et appela à son frère Carl, qui se rendit probablement compte de ce qu'était la visite, et devint soudainement mal à l'aise, et très vite il commença à tirer son menton ensemble, ou le nombre de mentons qu'il avait manifestement. Erik a demandé le nom de l'autre frère, et on lui a dit que son nom était Evert, il avait l'air complètement paralysé par la récupération qui n'avait pas commencé.

Chers vieillards! Erik a dit.

Vous avez tous les deux une dette de SEK de 150.000 chacun, et il doit être réglé dans les 24 heures. Erik a pris une note de sa poche avec un numéro de téléphone et un numéro de compte. Si vous payez les dettes dans ce temps, il ne s'aggrave pas que cela. Son frère Evert semblait être dans un monde complètement différent, alors son frère Carl a reçu la nouvelle.

Erik a terminé la récupération, mais s'est rendu compte quand il est parti, que c'était la première récupération qu'il a faite sans armes, donc c'était un nouveau sentiment qu'il ressentait. Quand Erik est venu un long chemin, Anton est venu et s'est rencontré. Anton se demandait, bien sûr, comment ça s'était passé, alors Erik me l'a dit. Anton pensait qu'il avait été trop gentil et ne pensait pas pour sa vie que cela fonctionnerait. Il semblait très inquiet des actions d'Erik, et qu'il avait montré un côté humain. Anton n'avait pas l'habitude qu'Erik soit aussi amical qu'il l'exposait maintenant. Le téléphone d'Anton sonne. C'est l'Organisation.

Chapitre 2

Il s'est avéré que l'autre frère, Evert, voulait qu'ils paient plus tard parce qu'ils n'avaient pas de couverture pour le travail que les frères avaient commandé. Ce sont trois entreprises différentes qui ont subi de lourdes pertes. Au fil des ans, les entreprises les plus établies avaient réussi à obtenir un coussin de trésorerie, mais la personne qui n'avait pas d'entreprises avait beaucoup plus de problèmes. Tout le monde devait maintenant essayer d'expliquer ce qui était arrivé aux personnes concernées. Ce jour-là, les pensées ont fait le tour. Comment les frères expliqueraient-ils cela à tous ceux qui n'ont pas eu leur argent? Qu'ils n'ont pas payé leurs factures. L'organisation était réticente, mais devait maintenant informer les frères de ce problème. En effet, ils se sont inquiétés et ont commencé à discuter s'ils appelleraient tous les deux les clients, ce qui ne serait pas si bon, car il y avait déjà des avocats sur ces affaires, et de voir le désespoir des deux frères, complètement déchiré Erik à l'intérieur.

La récupération serait-elle gaspillée maintenant, simplement parce que deux frères ne pouvaient pas payer? Beaucoup,fois vous oubliez la pression psychologique qui devient lorsque vous avez des problèmes financiers de ce calibre, et bien sûr il a affecté toutes les personnes impliquées. L'usure qui a alors surgi est devenue comme une grande plaie ouverte entre Erik et Anton. La plaie guérit, la tavelure tombe, mais la cicatrice persiste. Bien sûr,les cicatrices s'estompent au fil du temps, mais le temps était quelque chose que ni Erik ni Anton n'avaient. Ce qu'ils avaient, cependant, ce sont les autorités et les grossistes qui voulaient être payés par les frères Evert et Carl. Il y avait un grand écart entre Erik et Anton, et il a commencé à conduire à la discorde entre eux, quand il s'agissait de beaucoup d'argent. La perte totale de plus de SEK 300.000, un montant qui est important lorsque l'entreprise était fragile. Les frères ont commencé désespérément à redistribuer les montants disponibles que l'entreprise avait. Sans les grossistes, les frères n'auraient pas eu de matériel pour travailler avec, et puis ils ont tous deux dû reporter l'impôt sur les sociétés, afin d'être en mesure de donner aux gens dans l'entreprise leur compensation.

Ils n'auraient pas à souffrir parce que les frères n'ont pas payé. Erik ne voulait pas que quelqu'un souffre, et désespéré comme ils étaient tous les deux, l'Organisation croyait que tout allait fonctionner, mais c'était un règlement dans un tribunal d'arbitrage. Oui, c'estincroyable que vous pouvez être si naïf putain de penser une telle chose stupide, Anton était en fait moins naïf, que Erik a été, et dit assez tôt, que cela ne fonctionnera pas, en aucune bonne façon. Lui-même était tout à fait convaincu que tout irait bien, ce qui était complètement impossible. J'avais l'impression que toute l'organisation était hors de phase.

Maintenant, il était temps de rencontrer les frères dans le tribunal arbitral dans, afin de faire les choses correctement. Un frère n'avait pas la capacité de payer, et il y en avait d'autres qui se tenaient devant et voulaient être payés. Le procès s'est terminé par le fait qu'Erik avait fait du bon travail, mais comme les frères n'avaient pas de facilités de paiement, cela signifiait que l'Organisation n'était pas payée.

Anton était tellement en colère, et il murmura à Erik qu'il ferait lui-même la récupération. Erik a essayé de lui parler calmement, mais en vain. Anton avait pris sa décision et sortit de la salle d'audience avec affection. Il s'est enfui à moitié, donc Erik ne l'a vu quitter le couloir. Les tout avaient l'air un peu étranges pour les gens qui étaient dans le hall, mais Erik sentait où Anton allait, et descendit à sa voiture. Erik s'est rendu compte après avoir parcouru quelques kilomètres, qu'Anton a probablement conduit une autre direction.

Erik s'est arrêté sur le bord de la route et a fait fonctionner le moteur. Il se demandait où il avait conduit, aussi en colère qu'il était, mais Erik ne pensait pas qu'Anton avait conduit à la ferme. Il se demandait s'il   avait parlé aux frères d'une solution. Les pensées ont vraiment fait le tour dans la tête d'Erik. Où pourrait-il être ? Il pensait.

Erik se demandait s'il était allé à l'ancienne grange, qui appartient à l'Organisation, mais en même temps se demandait pourquoi il irait là-bas, et puisque c'était seulement pour ceux de l'Organisation, il n'aurait donc pas dû y apporter les frères? Pour une raison quelconque Erik va à l'ancienne grange et s'assure à sa grande surprise qu'il ya deux voitures sur la ferme de l'Organisation. Étrange, Erik pensait, qui n'a pas conduit tout le chemin vers l'avant, mais a arrêté sa voiture pour s'asseoir tranquillement. Bientôt, il a commencé à éclabousser un peu sur le pare-brise, et puis il a commencé à pleuvoir tellement qu'Erik n'a pas voulu sortir de la voiture.

Quand Erik était assis depuis environ 10 minutes, il a entendu quelqu'un marmonner, il ressemblait à plusieurs voix qui étaient au même endroit, mais il ne pouvait pas vraiment le discerner dans le bon sens, mais a dû rouler dans la boîte un peu même s'il pleuvait. Quand Erik a manivelle par la fenêtre, il pouvait entendre quelqu'un faire du bruit, et puis il y avait deux voix qui sonnaient. Qu'est-ce qu'on entend ? Je pensais Erik.

Y a-t-il quelqu'un qui crie ou qui crie sur quelqu'un ? Erik est devenu frustré par le son et a décidé de descendre de la voiture et de se rapprocher. Comme il se rapprochait, il entendit deux voix masculines, et une troisième crier sur les autres furieusement, sonnant très, en colère.

Maintenant Erik était si curieux qu'il a décidé d'aller dans la grange et a vu une personne complètement folle assis avec un torse nu, qui a été couvert de sang des gens qui ont été torturés dans le moment actuel. Quand Erik regarde, il y a deux personnes sur une chaise, attachées avec du ruban adhésif, et ont été sévèrement torturées. Cela, frères ont dû endurer l'enfer.

Ils étaient si mauvais qu'un coup de grâce aurait été de mise. La personne qui avait torturé les deux frères les avait scotchés à chaque chaise, puis les avait torturés, et il avait pris un petit couteau, et coupé finement autour de son doigt, de sorte qu'il vient de passer par la peau. Puis un redresseur a été placé sur l'articulation du doigt supérieur, et la peau a été arrachée, ce qui était une très grande douleur, d'où le bruit qu'il avait entendu dans la voiture. Puis il avait pris un coupeur latéral, et coupé le museau de l'oreille qui donnait beaucoup de sang, pour enlever la torche de coupe comme un numéro de finition, et couper trois pieds sur le pied, d'où l'odeur de porc frit dans la grange, qui est devenu l'enfer des frères sur terre. Heureusement, Anton n'avait pas eu le temps de terminer son travail. Son frère Evert avait fait son pied, et pour une raison étrange Erik était heureux à ce sujet et ne voulait pas regarder son ami Anton qui avait effectué cet actes. C'était juste la preuve pour Erik qu'il a frappéla tête d'Anton.

Erik n'a vu qu'Anton qui était si ensanglanté sur le haut du corps, et un frère Evert qui a fait de justesse quelques mouvements de vie, son frère Carl était mort en raison d'une grande perte de sang. Anton semblait complètement parti pour des raisons psychologiques, et Erik a pris une répression autour d'une grande pipe de fer et l'a frappé à la tête, quand il est alors allé trop loin. Même si vous allez effrayer les gens, vous pouvez, ne pasaller aussi loin qu'Anton l'a fait. Erik a frappé la pipe de fer si fort que la substance cérébrale a commencé à couler hors du crâne. Alors qu'Erik essayait de faire ressembler cela à une sorted'épreuve de force, Evert regarda avec ses

yeux, le vieux frère avait l'air long et dur, et ses
yeux ont dit plus de mille mots.

Je suissûr que le vieil homme voulait vivre, mais
il est devenu un témoin qui a dû disparaître,
mais comment diable Erik pourrait le tuer quand
il a ce regard. Pendant qu'Erik nettoyait, Evert
continuait à le regarder, et il espérait qu'il
survivrait. Erik savait, et comprenait qu'il devait
tuer le vieil homme, mais ce regard aspiré et
créé plus d'anxiété qu'une solution au
problème.

Erik se dirigea vers la chaise où Evert a été
scotché avec du ruban adhésif sur ses jambes,
bras, et un morceau de ruban adhésif sur sa
bouche, de sorte qu'il ne pouvait pas crier ou
crier. Erik a enlevé le morceau de ruban adhésif
sur la bouche d'Evert, mais a dit avant lui, qu'il
ne crierait   pas. Evert hocha la tête à l'unisson
pour se taire, et Erik enta la bande. Evert a
commencé à parler d'une voix plutôt rauque,
qu'Erik a à peine entendu. Erik a dû se pencher
l'oreille vers Evert pour entendre ce qu'il voulait
dire.

Emmenez-moi à la maison ! Evert a dit.

Accueil? Je pensais Erik. Il devait être tué, et
maintenantil veut que je le rentre chez lui? Qu'est-
ce que c'est maintenant ? Je pensais Erik. Une

fois de plus, on a rappelé aux valeurs de sa
grand-mère que tous les gens sont égaux et que
la violence contre les autres ne doit pas être
utilisée. Non, vous ne devriez pas faire cela,
pensait Erik, qui a presque vu le doigt de sa
grand-mère pointant comme quand Erik avait
fait mal, et il a également vu son grand-père qui
n'avait pas l'air heureux.

Oui, c'estvrai ! Je dois conduire la maison du vieil
homme, pensait Erik, qui avait sa grand-mère et
son grand-père à l'esprit, et bien qu'il ait réalisé
qu'il pouvait y avoir de gros problèmes,
notamment tout ce qui pouvait laisser de l'ADN
sur les vêtements, et puis il avait un ancien ami
qu'il avait dû tuer. Cela seul pourrait lui causer
des problèmes majeurs avec l'Organisation, s'ils
se rendaient compte, ou se rendre compte
qu'un membre en avait tué un autre de la même
Organisation.

À ce moment Erik s'est rendu compte qu'il
n'avait pas d'amis s'ils l'ont découvert. Ce devait
être une sacrée vie, et ne pas parler de tous les
regards de l'Organisation.

Erik a pensé un instant que le voyage venait tout
juste de commencer, et maintenant il ne pouvait
pas rester, même s'il aimerait le faire. Eh bien,

Erik a pensé et est allé avec des étapes claires
vers la grange à nouveau pour ramasser Evert,
qui avait l'air complètement, fini. Erik a dû le
soulever, et il pouvait à peine soutenir sa jambe,
alors il est allé avec beaucoup d'aide d'Erik qui
l'a vraiment retenu. Il a mis Evert du côté
passager, tandis qu'Erik est de nouveau allé dans
la grange pour nettoyer en toute sécurité toute
preuve, il a également ramasser la canœur
d'essence dans la voiture et verser la soupe,
autant que possible, parce qu'il brûlerait bien.
Erik allumerait l'essence, mais se rendrait
compte qu'il n'y a pas de briquet. Erik se
demandait comment diable il allait obtenir une
lumière,, maintenant?

Il a regardé le soudeur à gaz, et a vu qu'il y avait
un briquet bol, il a commencé le soudeur de gaz,
puis allumé l'essence qu'il a versé. Il a
commencé à brûler lourdement tout de suite,
donc Erik a dû quitter la grange rapidement.

Il savait qu'il y avait une bouteille de gaz et qu'il
y avait de fortes chances qu'elle explose. Evert
s'assit dans la voiture et vit qu'Erik venait, mais il
ne le dit pas à Evert, et conduisit vite. Erik lui a
dit qu'il devait descendre par l'arrière, donc
personne ne penserait à qui il était, qui est sorti
de la voiture.

Erik a aidé Evert à partir, et ils ont tous deux marché vers la porte. Evert a essayé d'ouvrir la porte, mais elle étaitverrouillée, et il semblait complètement étourdi dans la tête. Erik s'est rendu compte qu'il devait casser la fenêtre si le vieil homme venait dans la maison. Said et fait, Erik fracassé la fenêtre, et Evert est finalement entré.

Je pars maintenant! Erik a dit, et Evert compris qu'Erik ne pouvait pas rester.

Erik a sauté dans la voiture et a commencé à conduire à un endroit éloigné pour allumer la voiture dans laquelle Evert était assis, il se demandait s'il restait de l'essence dans la canœette parce qu'Erik avait déjà beaucoup utilisé pour la grange, quand il l'a mis le feu. Oui, je veux voir, pensait Erik, mais il avait encore quelques inquiétudes à ce sujet. Dans l'heure du moment, il aurait pu manquer la soupe dans la canœur.

Une fois à l'endroit fatidique, il est allé au coffre pour voir s'il y avait de l'essence. Oui, il y avait de l'essence, mais pas tant, mais assez pour que la voiture avec des preuves disparaisse pour toujours. Erik obtenir le feu, et il a commencé à brûler assez bien, il ne voulait pas quitter l'endroit avant que la voiture était vraiment en flammes, compte tenu de tout l'ADN qui était

après Evert. La voiture a commencé à brûler
correctement, et Erik a commencé à se sentir
calme que les flammes étaient autour de la
voiture.

Il a commencé à marcher de l'endroit fatidique,
et avec des étapes de contreventement sortir
sur un chemin qui existait plus loin. Il regardait
autour de lui pour qu'aucune personne ne
puisse le voir sortir sur cette route. Il semblait
calme, alors Erik a commencé sa promenade qui
était complètement sans planification de sa part,
quand Evert est devenu une caractéristique de
sa vie qui n'a pas été pensé à travers.

Quand Erik avait parcouru un long chemin, il se
rend compte que c'est quelques miles, et sa
condition physique n'était pas du meilleur
genre, alors il a décidé de faire de l'auto-stop,
afin de ne pas y aller. Après quelques
kilomètres, personne n'avait encore à prétendre
rester, et Erik a commencé à désespérer. Juste
au moment où il y a pensé, une voiture s'est
arrêtée plus tard. Erik a couru à un rythme
rapide à la voiture qui s'est arrêtée, et par
bonté, il , a dit « mercipour vous arrêté. "

Ce qu'il a vu, c'est une femme, qui était moins
belle, et il a compris pourquoi elle s'est arrêtée
pour lui donner un ascenseur, et le regard
qu'elle avait fait le bossu de Notre-Dame à la

fois merveilleux et beau, mais tout le monde
arrive à ressembler à ce qu'ils font, Erik pensé.

Il pensait à rentrer à la maison quand la femme
a commencé une conversation par courtoisie et
Erik ne pouvait pas l'ignorer parce qu'elle avait
effectivement arrêté de lui donner un
ascenseur, Erik l'a remerciée d'être si gentil et lui
a souhaité un beau voyage. Elle
a dit, allezodbyeà Erik, et il a fait la même chose
pour elle. Il voulait juste qu'elle s'en aille à
nouveau, pour qu'il puisse marcher ce mile qui
était là où il vivait et être capable d'aller chez lui.
Une fois à l'intérieur de la maison, il a vu son
téléphone couché avec le chargeur sur, etregardé
comme il se rapprochait de lui , étantneuf appels
manqués de dirigeants de l'organisation.

Erik savait que ce serait une putain devie, et en
effet ... Henke le chef de l'organization n'a pas
été impressionné par la situation h em'a dit que
quelqu'un avait tué Anton avec un objet
contondant, et que l'Organisation enquêtait sur
l'exécution que quelqu'un lui avait faite.

Le leader m'a également dit qu'il y aurait
quelques membres de plus, mais il n'a pas dit
qui c'était, quand ils se sont rencontrés dans la
cour du club pendant la journée, puis il a
terminé la conversation.

Erik pouvait entendre la voix du leader qu'il
n'était pas heureux, et que quelqu'un a même osé
tuer un membre à part entière, et quand le
leader ne savait pas qui a fait l'actes. Erik savait
dans son petit monde qui l'avait fait, mais il a tout
fait pour le cacher, il ne voulait pas que
l'Organisation sache qui était le coupable.

Chapitre 3

Henke a attendu le club-house pour les
nouveaux membres à venir, et même Erik savait
ou savait à leur sujet, donc il a été parmi les
premiers à venir au club-house. Il y avait trois
nouveaux membres qui remplaceraient Anton
en cette période difficile, comme Nous l'a dit
Henke. Henke avait le contrôle totalde ces gens,
et Erik s'attendait à ce qu'il les présente. Il
s'agissait d'une personne qui faisait partie de
l'Organisation depuis longtemps et qui, selon
Henke, pouvait faire du bon travail. Jim
OneBunavait déjà travaillé dans l'industrie
pharmaceutique, et maintenant fait un pas dans
la reprise et cette entreprise.

Ensuite, il ya aussi eu une femme qui est mère
bordel, et ne veut pas être appelé autre chose
que cela, mais elle est aussi appelée enfant
gobelin et pourquoi elle est appelée ainsi, elle peut
se dire, si elle veut.

Nous avons encore une autre personne qui aime
travailler seule, poursuit Henke, il aime résoudre
des problèmes délicats, et est dans
l'Organisation pour réglementer les choses si
nécessaire, il s'appelle Bob Cole.

Tout allait bien maintenant, a dit Henke, et a juste hoché la tête au revoir pour retourner à la voiture. Erik a vu que le leader a commencé à marcher vers la sortie du club et est allé après pour lui parler oeil pour œil. Le leader vit dans le coin de l'œil que quelqu'un venait vers lui et se retourna pour voir qui c'était. Le leader avait l'air d'attendre qu'on lui pose une question, et il l'a eue d'Erik. Il s'est interrogé sur les nouvelles personnes qui étaient entrées dans l'Organisation et sur les raisons pour lesquelles il les avait amenées.

J'ai pensé que c'était approprié quand nous sommes devenus moins membres, parce qu'Anton avait été battu à mort, et il y en avait trois nouveaux qui avaient suivi pendant cette période, alors maintenant c'était vraiment hors de leur place, a conclu le leader, en disant.

Qu'est-ce que tu en sais, Henke?
Oui,, je peux vous dire un peu, mais pas tout. Pour commencer, Jim OneBone est une personne avec une vaste expérience dans la drogue, le commerceet les affaires dans le grand commerce de la drogue. Il est maintenant déplacé à la récupération, doncje m'attends à ce que j'ai fait la bonne chose, mais il s'avère plus tard. Il s'appelait Jim Bone avant, mais quand il s'est blessé à l'œil gauche, lors d'une expédition

de drogue, il est devenu après la blessure Jim
OneBone.

Puis il ya Big Mama, aussi appelé enfant gobelin.
« Maintenant, je ne sais même pas pourquoi elle
a appelé cela, mais comme je l'ai dit, ce n'est pas
essentiel pour moi, tant qu'elle fait son travail »,
a déclaré Henke. Ses qualités étaient qu'elle
pouvait garder une trace de la escort girl qu'ils
avaient dans l'Organisation, et en plus de cela,
elle avait l'air bien, avec grand, qui pourrait
abattre la plupart des gens, si elle se retourna
trop vite, puis elle avait un beau bas avec, Henke
dit.

Tu as dit beau comme ça ? J'ai entendu ça d'un
ami qui vivait avant, Tobbe, je pense que son
nom était, Erik a dit, et il a toujours dit quelque
chose à propos de cette femme, pense qu'il était
un peu obsédé par cette personne, eh bien
merde maintenant.

Ensuite, j'ai Bob Cole, qui est un résolvant de
problèmes et le bras droit du leader. Sa tâche
est simple, il s'assure que la vie du leader
fonctionne pleinement, tout ce qui est exigé de
lui. Henke dit. Ce sont toutes les personnalités
qui font maintenant partie de l'Organisation,
alors maintenant, Erik. Henke a dit, marchant
vers sa voiture pour partir. Erik, qui avait le désir
d'avoir une vie tranquille, où l'agitation

n'existait pas, mais maintenant il ne s'est pas passé de cettefaçon à, le moment, mais le désir étaitvraiment, là.

Perte totale ! C'était maintenant un fait, tout comme l'ex-ami d'Erik Anton, qui a   pris d'assautautour , quand le leader voulait qu'ils font quelque chose à ce sujet. Mais que pouvaient-ils faire ? C'était juste pour réaliser la perte. Pourraient-ils faire plus? L'organisation a pensé qu'ilsdevraient faire , contact avec le frère qui a survécu,dans, afin de presser son frère Evert. En d'autres termes, il voulait qu'ils empruntentau problème, loans, ne sont certainementpas une solution t si vous avez de tels problèmes, comme ils l'avaient comme une banque avait rapidement trouvé et donc Bob Cole,ne le voit pas comme une bonne solution. Les pensées ont commencé à devenir destructrices à tous les niveaux, et le désespoir qu'Erik ressentait maintenant était lourd à supporter. Maintenant, on avait l'impression que l'enfer avait éclaté et que tout était allé en enfer. Il est même le cas qu'Erik, après toutes ces années, se souvient à quel point il se sentait mal, maintenant qu'il est assis ici et pense qu'il a battu son ami à mort.

Erik a commencé à travailler de plus en plus noir, ce qui n'a pas bénéficié directement à l'Organisation. Erik était devenu si passif, donc il ne se souciait plus de son Organisation. C'était comme s'il avait abandonné au total, et seulement organisé pour qu'il puisse bien vivre, mais sans payer d'impôts. Erik était devenu haineux envers la société à cause de ces épreuves complètement malades qui ont rendu son rétablissement complètement sans action. On dit souvent que la vengeance est le motif le plus ancien du monde, et aujourd'hui il peut vraiment dire avec conviction qu'il a été extrêmement vindicatif envers tout et tous ceux qui étaient en dehors de son Organisation. Il a commencé à se méfier de tout.

Il vient de faire ce qu'il est tombé. Personne ne pouvait influencer sa décision, il était fatigué d'être gentil avec tout le monde. C'est lui qui dirigeait son propre bateau.

Erik ne pouvait pas se voir décomposé, et il ne pensait pas qu'il avait une bonne relation avec la vie. Mais tous les contes de fées n'ont pas toujours une belle fin, pensait Erik.

Ce n'était pas une bonne option lorsque son Organisation a eu l'échec de la reprise, et dire à l'Organisation d'attendre avec elle, ce serait comme demander à l'Église de Suède d'arrêter de dire Amen. La haine entre Erik et l'Organisation a commencé à croître de façon manifeste, et bientôt Erik était dans un nouveau conflit avec les avocats qui diviseraient la participation d'Erik avec l'Organisation.

Cela ne s'arrêterait pas, parce qu'Erik avait apparemment des enfants dans la ville, et il s'est avéré maintenant que les avocats ont été rappelés. La mariée avec qui Erik avait été, voulait qu'il accepte l'ordonnance provisoire, (garde à vue) maisemporary Erik n'était pas si intéressé par cela, et s'est rendu compte qu'un procès n'était pas quelque chose qu'il voulait, de sorte que la mariée a obtenu à travers sa décision d'obtenir la tranquillité d'esprit sur la situation qui prévalait.

Même les enfants avaient remarqué que quelque chose n'allait pas entre Erik et la mère, ce qui s'est avéré en ce sens qu'un enfant était souvent triste. Un enfant s'est toujours demandé où ils étaient, et même s'ils avaient un conflit, ils ont fait tout ce qu'ils pouvaient pour empêcher les enfants d'entendre quand ils se battaient. Mais ce n'est pas toujours facile, quand on se met en colère, a dit Erik, qui a été déçu par son partenaire. Les enfants sont toujours pris d'une certaine façon lorsque les parents décident de se séparer. Erik sentait qu'il n'était plus la personne gentille et attentionnée qu'il avait été. Il avait honte chaque fois que ses

enfants demandaient pourquoi la mère
déménageait. Il se demandait souvent où papa
vivrait, et peu de mots que son fils lui a dit,
coupés comme un couteau dans la moelle. Erik
ressentait un sentiment terriblement
désagréable de trahison de ses propres enfants,
et les larmes étaient impossibles à retenir.
Comment suis-je censé me pardonner ? Erik
pensait, alors qu'il devait se défendre
mentalement en pensant à ces deux frères qui
n'avaient pas payé leurs dettes, et qui étaient en
fait la racine de tout le mal, mais d'expliquer à
son propre enfant que papa avait été trompé sur
de grosses sommes d'argent n'était pas une
option. Ils étaient tout simplement trop petits
pour comprendre quelque chose comme ça.

Beaucoup de pensées d'Erik étaient comment
sortir de cette misère. Plus le temps passait, et
qu'il voyait en même temps comment la mère a
emballé ses affaires fait les pensées les plus
idiotes pour soudainement devenir des plans
brillants. Les gens sont bizarres comme ça. Tu
commences à penser et à agir comme le pire
homme des cavernes.

Erik voulait juste rentrer chez les frères et
expliquer avec une chauve-souris ce qu'il pense,
et s'assurer qu'ils paient les dettes, mais était
alors trop civilisé pour faire quelque chose

comme ça. Puis l'un des frères était mort, et puis il a pensé qu'une telle action pourrait résoudre le problème. Erik n'a pas vu les pénalités possibles qu'une telle action pourrait mettre fin, donc heureusement il n'a rien fait. Croyez que ses enfants l'ont fait penser différemment, parce qu'il ne voulait pas les perdre parce qu'il aurait commis n'importe quel crime, mais dire que ces pensées n'existaient pas avait été un mensonge, et avec tous les crimes qu'il avait commis, il aurait facilement pu perdre mes enfants et leur foi.

La mère a commencé par emménager avec sa mère pendant quelques semaines, jusqu'à ce qu'elle ait un appartement au sol. Erik voulait que sa mère reste avec lui jusqu'à ce qu'il soit temps d'emménager. Il ne voulait même pas penser à l'idée que ses enfants ne seraient pas à la maison chez lui. Erik était tout. J'avais l'impression qu'il allait tomber en panne, et il pense qu'il pourrait faire quoi que ce soit pour garder ses enfants entiers. parce qu'il les aime tellement. Toutd'un coup, c'était comme si Erik était responsable de toutes les émotions. Puis il pense surtout à la mère. Les enfants montraient toujours leurs sentiments, et ils étaient souvent tristes de ce qui allait se passer. Erik ne pouvait rien faire de plus que d'accepter qu'il se tenait maintenant sans les enfants, et qu'il allait bientôt s'asseoir dans sa maison. Toutes les peintures qui remplissaient leur place, et tous les souvenirs avec eux avaient disparu, certaines peintures étaient toujours là, mais il se sentait très vide. Il manquait soudainement des choses dont il ne s'était jamais soucié auparavant, des choses qui ne sont devenues que de l'or. Ils étaient maintenant un souvenir. Tous les combats l'ont fait se sentir divisé. La mère, qu'Erik aimait tant, il détestait tout autant maintenant, sinon plus.

Maintenant, il était temps d'agiter les enfants. Les larmes jaillissaient complètement sur les jouesd' Erik, il n'a pas pris la peine de les essuyer non plus. Erik a secoué tout, de la douleur qu'il ressentait, car c'était exactement ce que c'était, la tristesse. Il avait perdu sa famille d'une façon ou d'une autre, et ses enfants criaient sur la banquette arrière de la voiture alors qu'ils partaient. Si vous n'avez jamais vécu un tel adieu, il est difficile de comprendre à quel point il est émotionnel. Erik était légèrement un homme écrasé. Il s'est tenu là, et a vu comment ses enfants ont disparu de lui, c'était comme tirer la fiche dans une baignoire pleine d'eau. Tout ce qu'Erik représentait, s'est enfui de lui en quelques secondes, et il s'est senti complètement mort d'émotion, et en ce moment même il n'avait pas d'importancesi oui,

le monde entier avait péri. Il suffisait que son
monde ait péri.

Être triste alors qu'Erik se sentait complètement
insinue était quelque chose qui l'inquiétait
beaucoup, et mentalement, il se sentait comme
son corps, était sur le point de se diviser en deux
parties. C'était comme avoir l'ange maléfique
sur une épaule, et le bon ange de l'autre. Qu'est-
ce qui arrivait à Erik ? C'était extrêmement
difficile de le sentir de cette façon, il avait une
éducation, où on lui avait enseigné, d'être une
bonne personne et gentille, mais c'était tout
sauf ce qu'Erik ressentait maintenant. Alors que
toutes les bonnes choses ont disparu de lui, il se
sentait comme quelque chose de mal et horrible
a été rempli dans la deuxième partie d'Erik.

Erik, malgré toutes les décisions lourdes
entrelui-même , et saluts enfants mère a dû
poursuivre sa vie. Je me demande si je peux aller
plus loin dans le fond de,la société? Erik pensait,
quand j'avais tout perdu dans ma vie, sans
même être le moins foiré. Ma vie avait été
complètement brisée par de nombreux facteurs.
J'aurais peut-être dû agir différemment. Oui, il
est difficile de savoir, car je n'ai plus vu
d'opportunités ou d'avenir meilleur.

Erik avait maintenant environ 24 ans et était déjà totalement dans la communauté. Son jeune âge a fait les pensées destructrices, a commencé à obtenir un pouvoir autour de toute sa personnalité. Ce qui n'était que des pensées horribles avant, a commencé à créer une toute nouvelle personne. Une personne qui a été coulée dans une coquille de plomb. Un boîtier qui, comme garanti de laisser à travers toutes les émotions. Erik a commencé à ressentir une haine en lui, qui ne voulait pas au départ sortir de ce corps humain déguisé en plomb. La colère a obtenu un tout nouveau visage pour lui, dont bientôt une société allait prendre conscience. La même soci été qui a contribué à créer cette personne imitée et inhumeuse.

Chapitre 4

Erik, qui avait à peine couru un feu rouge dans toute sa vie avant, était maintenant confronté à une toute nouvelle vie. Une vie très destructrice. On dit toujours qu'il attend, ou l'ignorance qui est difficile. Les pensées allaient à ses enfants qu'il ne serait pas en mesure de soutenir. Tout avait disparu. Erik se demandait comment il pouvait être si stupide, pour qu'il devienne un criminel?!

Pourquoi cela m'arriverait-il, à moi et aux enfants? Erik a-t-il
pensé que What est le destin ? Cela devait avoir du sens, même si ces objectifs étaient extrêmement impossibles à interpréter. Certaines personnes pensent que vous pouvez contrôler le destin dans une certaine mesure, mais c'est quelque chose qu'Erik est sceptique quand il voit à quoi ressemble sa propre vie, les 16 dernières années. Qu'aurait-il pu faire pour contrôler son destin différemment ? Il aurait été qu'Erik a sauté la partie criminelle de sa vie. On dirait easy tout sauf ce que c'était.

Si vous vous tenez sanslongtemps,, le temps, vous obtenez un avenir si elle est bonne ou mauvaise. Lui seul pouvait survivre. Beaucoup se demandent sûrement où la conscience d'Erik était allée, la conscience qui a commencé à le quitter, et en termes d'éthique et de moralité ce que même qu'un paragraphe fini. L'ancien ME d'Erik ME a progressivement commencé à s'estomper, lentement mais sûrement. La mère a remarqué qu'Erik avait été extrêmement bien connu. Elle n' a pas aime ce qu'elle voyait maintenant. Mais à quoi s'opposait-elle tant la mère ? Selon elle, elle pensait que les actions d'Erik en manipulant les formulaires de TVA qu'il était coupable de crimes, mais c'était de l'histoire ancienne maintenant, et Erik n'avait pas le même engagement envers la famille, alors pourquoi en parler maintenant? Quand l'argent de tva leur est arrivé, la mère n'a pas pleurnicher. Je n' ai pas cru ce que tu ne disais pas! Erik lui répondit. Puis la mère dit qu'Erik a travaillé noir à 100 pour cent, et c'étaiten fait vrai ce qu'elleprétendait , he ne pouvait pas le voir comme un crime majeur et ils'estdéfendu avec la moitié de la Suède le faire tous les jours, mais il se rend compte maintenant que ces, travail non déclaré était un pas de plus vers la criminalité. En justifiant le travail libre d'impôt, on commence à accepter les violations de la loi, et bien qu'il s'agit d'une forme plus légère de criminalité, il s'agit toutefois d'une introduction au cours du crime. Cela semble stupide, mais le cerveau humain commence à accepter ce qui ne va pas, et Erik a commencé à mentir, à la fois pour lui-même et pour son environnement.

Après tout, les mensonges sont un déni qui vous aide, de sorte que vous ne vous sentez pas mal, de ce que vous faites. Un peu comme prendre une aspirine qui soulage la douleur, mais la vérité en est malheureusement une autre. Si vous mentez ou prenez des analgésiques, il vous suffit de tromper votre propre cerveau en lui faire penser que la douleur a disparu, mais que tout dans la vie est relié d'une manière ou d'une autre.

Tout comme le médicament contre la douleur s'épuise, il est tout aussi certain, que vous avez bientôt à créer un autre mensonge afin d'être en mesure de faire face à votre vie, et aussi couvrir pour le mensonge que vous avez déjà dit. Il n'y avait pas que la mère qui avait remarqué le nouveau comportement destructeur d'Erik. Non, toutes nos anciennes connaissances mutuelles, comme nos amis l'avaient également remarqué, des amis qui avaient des enfants du même âge qu'Erik et la mère. Ils n'ont   pas dit grand-chose au début, parce qu'ils ne voulaient pas intervenir, encore moins s'impliquer.

Ils ont été surpris! La mère a dit. Qu'ils ont été surpris Erik pourrait comprendre, quand ils connaissaient Erik comme une personne gentille et très attentionnée, une personne que vous pourriez appeler au milieu de la nuit si vous aviez besoin d'aide. Il y avait aussi ces amis qui pensaient qu'il avait une forme plus douce de psychose, quand le nouveau comportement d'Erik était comme la différence entre le jour et la nuit. Il ne doute pas qu'il a probablement été choqué par la façon dont tout était allé en enfer. Erik dis-le était un instinct de survie humain intégré. Un instinct qui s'est renforcé de façon destructrice avec chaque jour qui passait, et qu'il ne pouvait pas le voir lui-même, est pour lui rétrospectivement une pensée horrible, que je veux juste oublier, Erik pensé.

La mère savait qu'Erik ne mettrait pas ses enfants en danger. C'est quelque chose que la mère n'a jamais blâmé Erik pour, mais d'être une pensée destructrice en semaine, puis être un père le week-end, a été un défi. Les enfants ont souvent demandé ce que leur père travaillaitsur, d annonce est   probablement un bâtard criminel, not une bonne idée tout de suite t ilenfants étaient encore assez petits ce qui signifiequ'ils n'ont pas poser un contre le mur avec leurs questions.

Mais avoir à mentir à vos propres enfants reçus dans tous les sens, Erik pensé. Le sentiment qu'il avait commencé à devenir un mauvais père, a commencé à venir ramper. Un sentiment qu'il a tout fait pour nier, car il est tout simplement devenu trop difficile de penser, et Erik se sentait mal à propos de la pensée. C'était un bon père qu'il pensait mille fois. Puis il assombrit son mauvais côté mentalement.

Ce sont les enfants qui ont fait ense cours à Erik pour garder son nez au-dessus de l'eau. Les enfants sont nés avec une mauvaise audition, et étaient ce qu'ils appellent des bébés-oreilles, ce qui signifiait de nombreux jours à l'hôpital où les tests auditifs devaient être effectués, et qui plus tard a conduit à leur chirurgie. Ils ont implanté de petits tubes dans leurs oreilles, ce qui drainerait le liquide qui se remplissait derrière les tympans. Comme ils l'avaient tous les deux de naissance, cela a affecté leur discours assez fortement, car ils étaient fondamentalement sourds. La mère et Erik ne l'ont découvert que lorsqu'ils voyaient un dessin animé à la télévision, alors qu'ils avaient presque toujours la télévision au volume le plus élevé.

Les médecins ont dit que les enfants sont de plus en plus de ces problèmes, ce qui était vrai. Il ne faisait aucun doute que les enfants d'Erik avaient besoin de leur père. Ils seraient, comme je l'ai dit, à divers contrôles de temps en temps, mais combinant leur sauvage, la vie avec être un père disponible n'était pas la tâche la plus facile.

Comme beaucoup d'autres criminels, Erik a aussi tout fait pour cacher le mauvais côté. Et n'avait pas lui-même conclu qu'il était un criminel, mais se voyait plus comme un artiste vivant, bien que son environnement, c'est-à-dire, les parents et les amis avaient comme je l'ai dit, une idée différente de cela. LA FOI, L'ESPOIR ET LE MAL AVEC AMOUR! Oui, vous pouvez entendre par vous-mêmes à quel point il semblait déjà malade, mais l'homme est une personne d'habitude, Erik pensé, et le fait est qu'après 21 jours, vous commencez à vous habituer à, si c'est quelque chose que vous aimez ou non, but qui est en fait   lafaçon dont l'homme est trouvé, Erik savait que vous pourriez vous reprogrammer, d'accepter ce que vous faisiez, même si elle était pure à l'enfer. Erik a changé d'avis inconsciemment, et lentement mais sûrement flottait dans son nouveau costume.

Comme Erik avait l'habitude de travailler beaucoup quand il était actif, il a commencé à s'agiter. C'était un autre signe avant-coureurs. Erik était un bourreau de travail à l'époque. Jim Onebone avait programmé avant, et son expérience pourrait être utilisée. Le seul problème, c'est qu'il n'avait pas de travail. Erik avait beaucoup de haine, de vengeance,et beaucoup d'autres merdes à l'intérieur, qui maintenant d'une manière plus agressive a essayé de pénétrer la personnalité vêtue de plomb, dont il avait évolué en. C'était comme si toute la merde voulait sortir en même temps, alors qu'il était une personne prudente, alors peut-être pas le gentil ange l'avait abandonné complètement, mais le mal était d'autant plus fort, qu'il a commencé à remarquer, par Erik en regardant les codes source.

Jim OneBone pensait que ces codes sources étaient bizarres. Est-il tout aussi salissant et incompréhensible de voir un document écrit en latin? Jim OneBone a dit.

C'était comme lire une masse cryptée de texte en martien, mais malgré ces signes et points incompréhensibles, Jim OneBone était déterminé à apprendre cette langue.

Erik allait, dans un premier temps, apprendre à comprendre le sens de ces personnages. Il a commencé à lire des livres sur un langage de programmation appelé C+. Un langage de programmation extrêmement sophistiqué qui s'appellera plus tard C++. Cela a rendu Erik presque complètement fou quand il ne comprenait pas une merde, mais n'a pas abandonné pour cela, car il est une personne extrêmement têtue. Il a commencé à entrer en contact avec des gens qui partageaient sa grande passion, les données. Quand il a expliqué ce qu'il faisait, ils étaientplus, ou moins disposés à conduire Erik à YELLOW SECTION, à lapsyché en d'autres termes. Il ne chercherait guère de travail en tant que programmeur, mais Erik avait des plans complètement différents sur la leçon même sur les langages de programmation et voulait exprimer son désir de vengeance.

Mais c'est ce qu'Erik pensait, et non des moindres agi. Ce qu'Erik a fait était mal. Les jours où il ne se sentait plus si mal avec ses pensées destructrices et des idées, Erik pourrait commencer à penser à la façon dont il allait obtenir une revanche sur la société, qui, selon lui, l'avait laissé dans le. Maintenant, il était temps de redonner le double.

Erik a toujours été très intéressé par la technologie, et la musique a également eu un grand rôle dans sa vie, comme il a maintenant joué du piano pendant 29 ans, mais aussi les ordinateurs ont été quelque chose qu'il a toujours été passionné, mais malheureusement, il n'a pas pris le risque quand il en tant que jeune musicien a obtenu une bonne offre. Non! Ensuite, il ne fonctionnait qu'avec des ordinateurs qui importaient. Au fil du temps, il a commencé à réaliser ce qu'un ordinateur pouvait faire pour des choses efficaces. Erik a vécu pleinement sur l'analyse de différents systèmes informatiques, à fond.

Chapitre 5

L'avant de tous les systèmes n'était plus aussi
intéressant, car Erik était maintenant très
engagé dans le cœur des systèmes eux-mêmes.
Erik voulait simplement voir le code source des
différents programmes qui étaient
maintenanttrès, intéressant. La plupart des
systèmes informatiques n'ont pas ce qu'on
appelle le code open source, mais le code source
était à l'arrière de l'avant où tout s'est passé.
L'arrière était si intéressant qu'Erik a commencé
à lire sur différents langages de programmation.

Ce sentiment de vengeance était si énorme, qu'il
étaitplus, ou moins forcé de simplement
exécuter toutes ces pensées de vengeance, mais
avant que la vengeance ne vienne, il apprenait à
manipuler cette arme efficace à 100%.

Compte tenu de ce qu'il fait lui-même depuis
près de 15 ans, Erik sait que la criminalité
écologique n'est pas basée sur des décisions
impulsives.

De quoi tu parles? Said Henke, qui était venu
chez Erik, et s'est rendu compte qu'il avait neigé
pour se venger, et ne pouvait manifestement
pas laisser aller. Nous avons d'autres problèmes
maintenant que vos théories de vengeance à
résoudre », a déclaré Henke Erik. Quelqu'un ou

certains ont battu Anton à mort, et en plus de ce problème, sapo (policesuédoise de l'ecurity) a reçu quelques renforts avec un agent McGill.

Lorsque nous obtenons sapo dans le bateau, cela signifie que l'Organisation a de gros problèmes, et ce n'est pas vos problèmes au sujet de vos théories, que vous fourchettez sur! Il a dit d'une voix irritée à Erik, qui regardait juste, et il a fait Henke de plus en plus irrité, plus il regardait Erik.

Erik était un peu pensif et se demandait pourquoi Henke était si embarrassant pour lui. Erik se demandait, bien sûr, si Henke avait des pensées à son sujet, qu'Anton avait perdu la vie, ou henke avait-il juste une mauvaise journée?

Tout au long de la période d'enseignement d'Erik, il a fait beaucoup de coups inutiles, des erreurs qu'Erik a dû regretter à plusieurs reprises, mais la pratique rend parfait.

Cependant, il est associé à beaucoup d'exercices coûteux et embarrassants et renoncer à cette « récupération » n'était pas une option. L'élan qu'il portait était fort et tenace. Une ténacité qui n'a jamais été affaiblie au cours des 15 dernières années, alors peut-être comprendrez-vous à quel point sa haine était forte.

Quand, après un certain temps, il a commencé à comprendre comment ces différents langages de programmation travaillaient, c'était comme un pur poison.

Erik a analysé et analysé jusqu'à ce que ses yeux saignent. Pendant un certain temps, il était tellement dedans, alors il a vu les codes source comme il fermait les yeux. Toutes ces informations qu'il a recueillies, puis a commencé à créer de petites applications ou en langage clair, de petites applications. Ces petits programmes n'avaient pas de caractéristiques majeures, mais c'était indéniablement un coup de pied quand Erik a obtenu ces codes à rouler comme un programme, mais il n'avait aucun but à l'époque. Il a commencé à faire de plus grands programmes pour voir s'il pouvait le faire fonctionner, la plupart du temps il est allé propre, mais c'était juste pour continuer jusqu'à ce que cela a fonctionné.

Maintenant, beaucoup dans l'Organisation peuvent se demander cequi était , le point de s'asseoir et d'essayer de faire beaucoup de petits programmes différents, alors il n'y avait aucun point en elle?! La raison en était d'apprendre comment les différents programmes étaient structurés et quelles faiblesses ils avaient.

Il n'y apas de programme sûr à 100 %, et Erik le savait. Tous les systèmes et les programmes ont une faiblesse, et vous avez juste, pour le trouver. Un travail extrêmement long. Toutes ces combinaisons existent s'élèvent à des millions et sont totalement impossibles pour le cerveau humain à gérer. Ce serait si la personne est chanceuse, et parvient à taper le mot de passe correct, mais quelle chance y a-t-il? Je pensais Erik. Il nécessite des programmes très sophistiqués qui bouclent différentes combinaisons. Un tel programme peut prendre plusieurs jours, voire des semaines, et s'il s'agit de serveurs plus grands que vous devez casser, cela peut prendre des mois, mais Erik n'a pas eu ce temps.

Qu'Erik a fait ces petits programmes, était d'être en mesure d'obtenir la connaissance de la façon de créer des virus, Erik sait qu'un virus est en fait un petit programme qui a la tâche de mener des actions illégales I gagner à créer des cheminsd'entrée, dans les différents systèmes a été objectif numéro I un. De nombreux systèmes sont actuellement protégés par des pare-feu. Mais comme je l'ai dit ! Tout se passe si tu veux. Il ya quelques façons plus faciles d'entrer dans

différents systèmes, mais il est basé sur la
connaissance de certaines conditions préalables
sur exactement ce que vous voulez entrer dans.
Erik voulait cacher cela complètement, une
forme de certitude pour l'auteur ou l'entreprise
de ne jamais être exclu de son propre produit,
mais Erik voulait obtenir cette connaissance
dans les entreprises, et dans le gouvernement.
Ce qui serait terrible. Les portes arrière d'Erik
sont un risque pour la sécurité que jamais le
client ne connaîtra. Ainsi, la plupart des
entreprises, et le gouvernement achètent un
produit d'entreprises bien établies qui
prétendent que leur système est très sûr. Mais
ils ne sont pas plus sûrs que le fabricant peut
obtenir en eux-mêmes quand ils le désirent. Erik
voulait développer son plan et se venger. En
signe de vengeance.

Ce plan diabolique avait soupçonné l'agent
McGill, mais ne pouvait pas le prouver, et
encore moins pousser cette théorie, alors qu'il
n'y avait même pas de preuve de ce plan. L'agent
McGill allait parler à Henke, le chef de
l'organisation, en espérant qu'il la conduirait au
fil suivant. Elle a pris contact avec Henke. Elle est
restée à l'extérieur de la place de l'Organisation
et a été accueillie par quelqu'un de

l'Organisation. Elle a demandé si Henke était là,
et il l'a fait. Ils sont allés le chercher.

Ce n' était pas mal. Henke a dit, maintenant
même SAPO est en visite. Qu'est-ce qui te fait
venir aujourd'hui ? Demandé Henke et avait l'air
très surpris.

J'ai une petite question pour toi, peut-être plus
isolée. McGill a dit, en regardant les autres gars.
C'est pas grave. Henke a dit, en regardant Bob,
qui gardait une trace de Henke.

Oui, quelle était votre question? Henke a dit,
l'air pensif. Oui, jesuis désolé. Saide McGill,
nous à sapo se demandions si vous aviez vu Erik
dans, dans un proche avenir? Ou si vous savez où
il est ? McGill a demandé. Non, il est chezlui,
n'est-ce pas? Henke a dit, et a demandé en
même temps si elle voulait manger, alors il était
temps pour le déjeuner.

« Oui, c'était approprié », a répondu McGill, se
rendant compte que c'était une excellente
occasion de mettre son ennemi sur la piste, et
quand il était temps, vous le prendiez, sans
mandat de perquisition, et tout ce qui serait
nécessaire pour avoir une occasion comme
celle-ci. Henke a demandé après un certain
temps si McGill aimait la nourriture?

Oui, c'étaittrès, bon. McGill a dit. I J'ai une
personne que jesuis très,, bon à faire de la
nourriture, c'est le cuisinier Cyanide qui fait
toute notre nourriture. Dans la même seconde,
McGill commence à tousser lorsqu'elle entend le
cyanure. Tu peux être calme, McGill. La
cuisinière au cyanure a purgé une longue peine
de prison, de sorte qu'elle a fini son temps en
prison. Henke a dit en riant. Oh oui, il y avait
quelques pensées avec ce cyanure. McGill a dit.
S'Il y avait eu cyanide, dans la nourriture, tu
aurais déjà été mort, et la nourriture aurait senti
des amandes. Répondit Henke, qui avait du mal
à se tenir à rire. Après avoir mangé tous les
deux, l'agent McGill a commencé à sortir de
l'Organisation pour se rendre à sa voiture. Elle
ne pensait pas qu'elle devenait plus sage
maintenant, plus que de manger avec l'ennemi.
Henke et McGill se sont fait signe, puis ça s'est
passé dans un sens.

McGill se demandait ce qui se passait, et je suis
sûr que Henke et plusieurs l'ont fait avec lui. En
fait, personne ne serait au savoir sur le plan plus
qu'Erik. Henke, SAPO et McGill se demandaient
ce qu'Erik faisait ou ce qui allait se passer. Henke
avait même consulté son bras droit Bob Cole, s'il
savait ce qu'Erik faisait.

Henke, ce chapeau Erik est comme une palourde et ne dit rien à personne, même à mon aide Bob frustré, et s'estrendu compteque l'information ne pouvait pas être trouvé, à moins qu'Erik veut en parler lui-même.

Au cours de la conversation, Big Mama est venue rendre compte des femmes qui avaient été actives et rendre compte de Henke, qui a profité de l'occasion pour lui demander si elle avait vu Erik, ou s'il était venu à l'Organisation au cours de la semaine, mais il ne l'avait pas fait. Henke a commencé à penser que tout autour d'Erik était particulièrement lêché, car il avait perdu son ami qui avait été battu à mort, mais même cela n'avait pas donné envie à Erik d'en parler. Elle leur a dit bonjour à l'Organisation et a quitté les lieux.

Henke et Bob étaient maintenant seuls à l'Organisation et ont pu prendre la parole en privé. Bob voulait aussi savoir comment tout était connecté. Har était frustré par l'information qui n'a pas été communiquée par Henke. Erik ne veut pas me le dire. Henke a dit. Qu'est-ce que je dois faire ? Je ne peux pas sortir l'eau d'un rocher.

Il y a eu un échange de mots entre Henke et Bob.

Bob pensait que Henke devrait pomper
l'information de l'agent McGill, mais Henke ne
le pensait pas. Les agents sont un enfer d'un
peuple, et que McGill peut bug une mouche si
elle veut, avec ses contacts, donc Henke ne
croyait pas que la pensée.

Non, c'est un cas pour Bob. Henke a dit, en le
regardant. Peut-être. Répondit Bob en souriant
à la situation qui prévalait.

Tu t'en vas, Bob, fais des recherches que tusais
faire. Henke a dit.

Bobs'est rendu compte assez, rapidement que
cette mission serait difficile à accomplir, avec un
bon résultat. Bob est parti tout de suite.

Henke avait des pensées sur ce qu'Erik faisait.

Dans une autre partie du pays, Erik s'assit et se
prépara à sa vengeance, qui était un plan
diabolique, et qui fera du mal à beaucoup de
gens et d'entreprises, mais Erik ne se souciait
pas h eétait déterminé à mettre enœuvre le plan
et puis quelqu'un se fait prendre, il ne donnepas,
une merde, fou Erik, c'était juste pour être en
mesure de compléter la vengeance qu'il pensait.
Une connaissance dont il veut profiter à
l'occasion, et dont il espère qu'elle viendra
bientôt.

Erik est à la recherche d'un système d'exploitation que de nombreuses personnes et entreprises utilisent dans leur vie quotidienne. Le fait est que chaque licence d'un système d'exploitation a une série, et chaque série de ces systèmes d'exploitation a une clé en or. Cette clé en or ne parle pas au fabricant, mais Erik sait qu'il en est ainsi.

Il est si mauvais, que vous pouvez facilement télécharger ces clés d'or via Internet. Si sûr, vous ne pouvez jamais être lorsque vous utilisez un ordinateur dans votre vie quotidienne. Comme il me l'a dit, l'homme ne peut pas gérer, ou combiner tous ces millions de mots de passe et de noms d'utilisateur différents. Par conséquent, son but était de créer différents types de petits programmes, ou des virus comme une personne ordinaire l'avait perçu comme. Entrer dans l'ordinateur d'une autre personne était une condition préalable pour être en mesure de le vider de leurs informations les plus importantes.

Chapitre 6

En, pour Erik d'être en mesure de recueillir des informations, il a dû passer inaperçu via internet, qui au début n'était pas un match facile, puisque l'Internet se composait de connexion Internet via le téléphone régulier. Comme la plupart des gens le savent, cela signifiait que vous de aviez à appeler un numéro de téléphone, un soi-disant numéro de pool modem, et beaucoup n'avaient pas le système AXE connecté à leur téléphone, ce qui signifiait que vous ne pouviez être un sur la ligne. Dans les maisons de nombreuses personnes, il fallait se déconnecter pour pouvoir faire des appels réguliers, ce qui s'est avéré qu'il n'était pas si facile d'y entrer.

Erik a effectué de nombreuses attaques la nuit quand la plupart dormaient, mais ensuite c'était le prochain problème à résoudre. Les gens éteignent souvent leurs ordinateurs la nuit, et ils connaissaient Erik. Aujourd'hui, avec le haut débit, les ordinateurs sont généralement debout sur 24 heures sur 24, lorsque de nombreux films à la maison esprit et la musique la nuit. Dans la bonne vieille ère hacker, c'était le piratage qui valait le mot et puis vous avez vraiment dû travailler pour être en mesure d'entrer dans un système. Pas comme aujourd'hui, quand il ya beaucoup d'outils illégaux en ligne à télécharger. Des outils qu'Erik lui-même a dû développer s'il pouvait entrer dans différents systèmes.

Avec les connaissances qu'il a aujourd'hui, et avec les programmes modernes et sophistiqués qui existent pour admettre, Erik serait un danger extrême pour la société, car il était une personne vengeresse qui a fait de grands dommages dans divers systèmes.

Erik est passé inaperçu dans les systèmes. Il a simplement dû obtenir un fichier dans l'ordinateur de l'utilisateur,afin de trouver certaines informations qui rendraient cette intrusion possible. En créant un virus, qui est une forme de cheval de Troie, qui est une vraie Lorsque l'utilisateur a vu l'e-mail et pressé de l'ouvrir, il est venu un signe avec mauvaise chose pour entrer dans son ordinateur, Erik espérait que ce type de fichier serait activé. Il a créé le fichier qu'il a programmé dans ce fichier, et qui est activé par diverses commandes de l'utilisateur lui-même. Dans le même temps, il ne voulait pas que cet utilisateur soupçonne tout mal dans ce fichier, (le virus) alors il a créé des commandes d'activation simples. Un classique était que vous avez envoyé un e-mail. Vous voulez ouvrir cet e-mail car *il peut contenir des fichiers malveillants qui pourraient endommager votre ordinateur. Bien sûr, l'utilisateur ne voulait pas* le faire, qui a été froidement calculé, et c'était exactement la chose, que l'utilisateur serait appuyer sur le bouton NON. Le bouton non a été programmé pour signifier OUI. Cela n'est apparu que dans le code source lui-même. Sur le signe que l'utilisateur a vu, c'était comme d'habitude, Erik voulait que l'utilisateur de croire qu'il a interrompu l'ouverture de cet e-mail particulier et c'est ainsi qu'il avait l'air pas d'e-mail a été ouvert, mais maintenant le virus lui-même a été activé en arrière-plan. Ce que le virus ferait était à la personne qui a créé le virus.

Le plus souvent, c'était comme je l'ai dit pour trouver des mots de passe importants, ou d'autres de valeur pour le pirate. Plusieurs heures, il s'est assis pour faire fonctionner un petit programme, et à ce stade, il y avait beaucoup de coups de pied. Il était tellement dans la communauté et a fait presque n'importe quoi.

Il voulait se sentir vivant, mais les coups de pied s'épuisent, et Erik, de faire des choses pires tout le temps pour maintenir ce kick-feeling. Lorsque vous unre au début de votre carrièrehacker, vous obtenez ramper là aussi jusqu'à ce que vous pouvez marcher,ce qui signifie que vous coulne pas faire des virus agressifs, au début. Les virus peuvent être divisés en deux catégories, le virus agressif et le virus indésirable. Dans, afin de comprendre quelle est la différence entre ces deux virus est, vous pouvez dire que les virus agressifs peuvent effacer l'ensemble de votre disque dur, tandis qu'un virus Indésirable ne peut présenter des signes qui disent que votre disque dur est effacé.

Un virus indésirable est inoffensif, mais ils peuvent être extrêmement ennuyeux car ils peuvent aussi jeter jusqu'à 100 de pop-up que vous pouvez obtenir une pause mineure sur, mais ilspeuvent , ne pas faire de dommages directs à votre ordinateur. Il serait si le virus junk est programmé pour être en mesure de démarrer une, énorme quantité, de programmeset l'ordinateur est en mauvais état, peut-être alors, mais autrement complètement inoffensif.

Erik, comme tout le monde, faisait des recherches sur la façon de produire des virus aussi agressifs que possible. Quand il a commencé, il y avait tout au plus 50 à 70 virus qui ont été libérés via internet par mois, mais maintenant il ya beaucoup plus. On estime qu'il est libéré de 400 à 800 virus par mois. Bien qu'il ait augmenté de façon spectaculaire, seuls

quelques-uns par an sont entendus parler, et qui
ont causé de grands dommages.

Qu'est-ce qu'Erik veut dire avec ça? Eh bien, il
est extrêmement difficile de créer un virus qui
pénètre dans tous les systèmes de sécurité, et
qui à son tour crée de grands dommages.

Bien qu'il savait que c'était extrêmement
difficile avec ces virus, il n'a jamais abandonné.
Erik ne sait pas si c'est juste le coup de pied qui
l'a conduit?! Il y avait de longues périodes entre
mes enfants mère et ma séparation et mes progrès
dans les données. Mais clairement, c'est la haine
qui a été le moteur d'Erik.

Il a commencé à faire des choses dans un circuit
fermé nerd, ce qui a créé beaucoup de rumeurs.
Les gens autour de lui, qui étaient aussi dans la
même industrie destructrice, ont vu qu'Erik
faisait des trucs cool. Être en mesure d'entrer
dans l'ordinateur d'un autre était à ce moment-
là des trucs lourds, et plus l'Internet développé,
plus les réseaux étaient sur le menu. C'était
presque comme la veille de Noël tous les jours.

Comme Erik est devenu plus habile dans le
domaine, les ordres sont devenus de plus en
plus. Il n'y avait pas de marché pour les virus,
pas dans ce pays, mais être en mesured'ouvrir ,
jusqu'à divers stocks qui étaient en ligne, il y

avait d'autant plus de demande pour. Erik voulait se faire un nom sur ce marché, et il n'y avait qu'une seule façon de l'obtenir. Un bon travail pourrait être de savoir où en étaient les choses, par exemple dans quel port, dans quel conteneur ces marchandises se trouvaient, puis vous fixeriez des notes d'envoi en faisant de fausses. Donc,, avant qu'un travail puisse être fait, il y avait beaucoup de préparation à tous les niveaux. Juste prendre un risque n'était pas une option quand vous avez soit obtenu les douanes ou la police dans le cas.

Au cours de la soi-disant année de formation d'Erik quand il vient d'apprendre comment les systèmes ont fonctionné, il y avait beaucoup de ratés qu'il a fait, il a manqué avait une grande utilisation quand je travaillerais en mode pointu. Une fois Erik en position de force, il n'y avait pas de place pour de telles erreurs. Il a travaillé pour être invisible, afin qu'il puisse travailler dans la paix et la tranquillité. Quelques minutes pourraient être des vacances. Habituellement, il était très en sueur, et Erik a toujours dû avoir un deuxième plan, s'il en avait besoin, ou est arrivé à mettre ses empreintes dans leur système. Bien sûr, vous avez toujours laissé une impression quand vous êtes dans le monde numérique et se déplacer, mais la question était juste ce que les impressions à mettre là.

Quand Erik s'immisce dans les données d'œ un autre, ou sur un réseau qui inclut plusieurs ordinateurs, il laisse une empreinte dans leur système. La piste qu'il laisse toujours est le numéro IP de son ordinateur que vous pouvez suivre, et pour éviter le numéro IP laissant des traces qui mènent directement à vous, beaucoup utilisent un faux, ce qui signifie que le numéro IP qui devient l'empreinte même, puis conduit à un ordinateur complètement différent, dans un pays différent, que là où vous êtes. Comment faire cela, n'est pas exactement un secret.

Erik utilise simplement un petit programme, qui manipule le numéro IP de l'ordinateur du client. En utilisant ce programme, l'ordinateur du client passe à Internet via un autre ordinateur. Dans le langage spécialisé, un tel serveur est appelé serveur Proxy, qui dans la pratique est assez simple. Il vous suffit de parcourir l'identité d'un autre ordinateur. Une fois que vous avez violé les systèmes d'autres personnes de cette façon, il est très important d'utiliser un tel serveur proxy qui est situé dans un pays qui ne coopère pas avec ce pays, parce que si les autorités devaient obtenir la possibilité de suivre ce serveur proxy, ils peuvent demander à partir de quel pays, et quel numéro IP il est dans le serveur. C'est-à-dire, quel est le nombre réel de propriété intellectuelle. Le numéro de sécurité sociale de votre ordinateur. Il est donc extrêmement important de choisir soigneusement quel serveur proxy vous utilisez, car cela peut êtreabsolument, crucial à la fin. Si vous choisissez un pays qui ne libère pasvos tâches, vous pouvez faire des choses amusantes. Que de cette façon n'est pas le plus ultime, Erik comprend.

Toutefois, lorsque le client a cela comme un travail, vous devez faire de meilleures intrusions que les exemples ci-dessus montrent, lorsque vous travaillez avec le contrôle, et non pas avec confiance. Il ya, comme je l'ai dit, quelques règles de base que tous les pirates travaillent avec. Être découvert est presque toujours, pensait Erik, mais là où il mène, c'est une toute autre affaire. Il s'agit du routeur à large bande que le client a, qui a maintenant à large bande au lieu d'un modem téléphonique traditionnel. Le marché vend ces routeurs avancés. L'un mieux que l'autre, et avec beaucoup de fonctionnalités que les gens ordinaires n'ont pas la moindre idée de ce qu'ils vont être pour, ce qui crée un grand danger général pour ces personnes, et non des moindres, à l'information de leur magasin d'ordinateurs. Il ne fait aucun doute que ces routeurs s'améliorent tout le temps, et avec les nouvelles technologies, les gens ordinaires devraient également être avertis plus clairement. Les fabricants disent que c'est juste pour brancher leur routeur, il est donc clair. Erik sait que la plupart des routeurs sont en défaut, ce qui signifie que l'utilisateur,le nomet le mot de passe sont les mêmes sur tous les routeurs de ce fabricant. Beaucoup utilisent également des réseaux sans fil, qui soutiennent actuellement la plupart des nouveaux routeurs, ce qui pose une menace encore plus grande lorsque le routeurest en mode usine, some fabricants ont désactivé la fonctionnalité sans fil particulière lorsque le routeur est dans ce mode, et depuis beaucoup, surfer sans fil aujourd'hui, ils permettent cette fonctionnalité. Erik sait que la situation est calme et que toutes les portes sont ouvertes. Beaucoup ont un réseau sans fil non sécurisé, et beaucoup de gens ne le prennent pas plus au sérieux. Non, ils n'ont peut-être pas d'informations importantes dans l'ordinateur, qu'ils manqueraient s'ils disparaissaient, mais s'ils savaient qu'ils pouvaient être soupçonnés d'une intrusion illégale dans une banque, et c'est exactement ce qu'Erik savait, et ont vu l'incident comme un atout de vengeance. Parce que exactement en ce moment, Erik se lève et tape dans ses mains, des crimes que vous n'êtes pas au courant, et le pire, c'est que vous ne remarquez pas. Si vous êtes chanceux, le pirate est habile, et peut-être qu'il vous protégera ainsi. Mais probablement pas. Erik connaît cette connaissance et se rend compte que leur faiblesse est sa force.

Erik a évidemment pris un autre ordinateur quand il est sorti. Mais il estassis avec un ordinateur portable. Puis il trouve un réseau sans fil. Fait important, l'ordinateur portable que vous utilisez doit être un soi-disant ordinateur propre. Ce qui signifie que le système d'exploitation Windows ne doit pas être enregistré à quelqu'un ou quoi que ce soit qui pourrait dériver pour vous, et plus important encore, vous n'avez pas un fichier, ou toute autre chose qui pourrait vous en déduire personnellement.

Une fois que vous avez rempli ces éléments de base, vous devez trouver un serveur proxy sécurisé pour naviguer en toute sécurité. En utilisant un réseau sans fil, dont une autre personne est propriétaire, vous ciblez les soupçons directement sur cette personne. Ainsi,, Erik pirate le réseau d'une autre personne et une fois à l'intérieur du réseau, il commence à surfer, et il a maintenant un serveur proxy qui a manipulé le numéro IP de son propre ordinateur

(numéro de sécurité sociale informatique).
Maintenant, lorsque vous naviguezà travers
l'ordinateur de l'autre personne, cela signifie
que vous êtesunre l'utiliser comme un HÔTE.
Même maintenant, vous avez une protection
décente. Mais comme je l'ai dit ! Vous ne
travaillez pas sur la confiance que vous travaillez
avec le contrôle. L'ordinateur hôte pirate au
moins 3 ordinateurs supplémentaires. Une fois
cela fait, il est temps de faire l'attaque sur la
cible. Juste pour rendre cela un peu excitant et
plus intéressant, il vous parlera ci-dessous d'une
attaque complète contre une plus grande
entreprise. La société avait un grand muscle
financier et la chose la plus banale à propos de
cette société était qu'ils faisaient des affaires de
l'IT, qui est devenu un défi d'autant plus grand
pour entrer. Ce n'était pas un gros travail, et en
même temps je ne veux pas dire que c'était
facile non plus. Mais tout est simple quand vous
le pouvez, indépendamment de l'industrie.

Erik faisait des recherches dans l'entreprise
depuis longtemps, et en faisant diverses
demandes de renseignements sur les différents
produits de l'entreprise, il a testé à la fois pour
remplir leurs formulaires Web, et qu'il a envoyé
des courriels ordinaires à l'entreprise. Erik a
rapidement découvert que leurs formulaires
Web étaient tout sauf sécurisés, car beaucoup

avaient de graves failles de sécurité. Ces lacunes en matière de sécurité ont permis de contrôler l'endroit où la demande atterrirait, mais il serait facile de réorienter l'ensemble de leur questionnaire. Puis Erik a simplement créé une copie de tous leurs e-mails à partir de ces questionnaires. Ceux-ci ne pouvaient pas être remarqués s'ils n'étaient pas entrés dans les statistiques du serveur de messagerie. Ce n'est qu'alors qu'ils seraient en mesure de voir qu'il ya eu de nombreux e-mails basés sur leur serveur de messagerie. Mais comme ils ne semblaient pas le faire, Erik pouvait continuer sans être dérangé dans l'obtention des courriels. Qu'est-ce qu'il pourrait donc raisonnablement tirer de cette information? Comme Erik nous l'a déjà dit, les mots clés du succès sont l'exactitude et le contrôle. La seconde où vous pensez au mot confiance à ce stade, vous êtes, tout simplement fumé, et vous pouvez alors réaliser que vous êtes dans la mauvaise entreprise. La confiance est un mot avec lequel il n'y a pas de succès dans cette industrie.

Une autre erreur commune que beaucoup font ou souffrent, est la cupidité. En faisant trop d'ingérence dans leur entreprise, plus le risque d'être découvert est grand. On se concentrerait sur la prise d'un peu, et par de nombreuses entreprises différentes à la place, mais de s'asseoir avec les dollars d'une entreprise en les redirigeant via leur propre clavier vers la destination désirée, semble presque irréel. Il y a beaucoup plus de travail de base requis avant que cela puisse être fait du tout. Mais nous y arriverons plus tard.

Grâce à divers dialogues avec l'entreprise, Erik a été en mesure d'obtenir les personnes clés qui pourraient s'asseoir sur des mots de passe importants et des noms d'utilisateur qui pourraient être bons à acquérir, mais de discuter avec une entreprise que vous videz de dollars et d'autres objets de valeur, nécessite un certain talent d'acteur. Erik ne voulait pas éveiller les soupçons au sein de l'entreprise, donc en jouant utile contre l'entreprise, il a été en mesure de trouver les gens qui géraient des pages Web et des serveurs. Le moyen le plus simple est d'ouvrir, d'ouvrir un dialogue. Erik passe par le site web de l'entreprise pour trouver tout, des fautes de frappe sur leur site ou d'autres dysfonctionnements. Ces erreurs possibles sont très,reconnaissants aux entreprises de le savoir, que les sites Web sont le visage public des entreprises aux clients. Une entreprise sérieuse ne veut pas avoir de dysfonctionnements sur le site, et même beaucoup de fautes de frappe sur une telle page donne une impression moins grave sur un client. On pourrait percevoir comme si le personnel ou l'entreprise ne pouvait pas épeler, et le fait est qu'une entreprise n'est pas plus forte que le maillon faible. En envoyant des courriels à l'entreprise au sujet de ces erreurs, Erik est venu à la bonne personne au sein del'entreprise , Erik tout à fait délibérément envoyé le courrier à la mauvaise personne àla société, au sujet de cette erreur particulière ou problème, t ilraison pour cela était que le personnelqui, par exemple, a travaillé avec le service à la clientèle ne pouvait pas voir ce qui était applicable au site, mais a remercié tellement pour Erik étant utile en les attirant l'attention sur l'erreur, et qu'ils nous ont référés à la bonne personne. Erik a simplement obtenu le nom de la bonne personne, mais c'est souvent qu'ils ont également envoyé avec l'adresse e-mail de la personne dans l'e-mail d'information.

Chapitre 7

Pour le service à la clientèle, c'était juste un cas normal, pour répondre au client qui a envoyé l'e-mail, mais pas pour Erik. Par le fait que les réponses provenaient des différentes personnes, il a ainsi pu les diviser en différents réseaux, ainsi que quel groupe de travail ils appartenaient, et de cette façon Erik pouvait facilement isoler les gens qui étaient importants. Beaucoup de grandes entreprises ont un service de soutien, mais cela ne signifie pas qu'elles sont dans la même pièce, ou même au même endroit. Ainsi, cette isolation était importante pour qu'Erik puisse facilement attaquer l'ordinateur de la bonne personne. Après tout, cette industrie n'est pas connue pour donner une seconde chance si elle échouait. Non! Il y avaitdes règles assez simples en vigueur dans ce domaine. Erik serait tout simplement JUSTE IN & OUT, Donc,de cette façon, il était assez, simple. Quand il a conçu les différents réseaux, et connecté IP - non. avec l'ordinateur de chaque personne, il a commencé par l'étape suivante. Erik a dû commencer par vérifier si tous ces numéros de propriété intellectuelle étaient actifs en envoyant un appel sur leur adresse IP non. Dans le langage spécialisé, il est dit que vous ping un ordinateur, ou plutôt un ip non. Il est le cas que tous les ordinateurs qui sont sur les réseaux sont protégés par un grand nombre de routeurs et de pare-feu.

Quand Erik envoie des appels à ces pare-feu, il devient cross-top, qui est inclus dès le début, mais à travers différents programmes, vous obtenez le type de pare-feu que vous combattez contre, et peut ainsi commencer le travail de fissuration du pare-feu. Casser un pare-feu, c'est comme jouer à la loterie. On ne sait jamais combien de temps cela prendra avant d'obtenir un gain. Il s'agit d'un processus de demande qui devrait boucler toutes ces combinaisons comme il peut être. Pendant que les boucles sont en cours, vous vous assurez de travailler sur la préparation de comment, et où envoyer ces espèces ou biens d'équipement. Une règle de base que vous ne devez JAMAIS compromettre, est de figurer de la moindre façon, indépendamment du fait qu'il soit presque inoffensif. Le contrôle prévaut.

Lorsque vous ciblez leschoses, vous avez ajouté, il doit être envoyé, ou déposé dans un compte bancaire dans les pays qui ne fournissent pas d'informations à la Suède en aucune façon. Lorsque vous êtes actif dans cette industrie, vous avez déjà beaucoup d'entreprises étrangères. Les entreprises qui ne sont pas l'État

suédois ont la moindre chance d'atteindre avec
le bras de la loi. Le déposer en Suède serait
comme un travail défait, même si vous ne le
mettez dans aucun compte qui vous conduirait
personnellement, donc il doit bien sûr conduire
à quelqu'un qui à son tour devrait retirer
l'argent. Ensuite, vous l'avez, que vous appelez
un maillon faible. Donc,, ce n'est pas un bon
moyen, alors vous irais constamment et
s'inquiéter de quand cette personne serait fuite
(gossip) informations. Il pourrait même y avoir
des pressions de la part de cette personne si elle
voulait obtenir un plus gros morceau du gâteau.
S'ils n'ont pas eu une plus grande part du
gâteau, une telle personne pourrait fuir, juste
pour vous épingler. La cupidité est une maladie
dangereuse avec qui Erik n'a jamais négocié.

Pour évoquer de grosses sommes est associée à
de grands problèmes et beaucoup de travail,
donc l'organisation a utilisé Big Mama, qui a
également été appelé enfant gobelin, qui avait
le contrôle de ces chiffres quand elle régnait sur
toutes les femmes de luxe, c'était un moyen très
intelligent pour obtenir le contrôle de ces
sommes d'argent. Bob Cole pense qu'il est
blanchi beaucoup d'argent, ce qu'il dit Henke,
mais il ne le voit pas encore comme bizarre.

Beaucoup ont utilisé un soi-disant gardien de but pour sortir l'argent. Un gardien de but est une personne qui met en place un compte bancaire et prend le coup quand les flics viennent, mais l'organisation avait gobelin kid. Personnellement, Erik a été tellement marqué par ce qui s'était passé plus tôt dans sa vie, ce qui signifiait qu'il ne faisait confiance à personne, même sur sa propre réflexion, car il pouvait être mis sur écoute.

Erik et Jim OneBone ont fait de petites applications (petits programmes) quiouvriraient, jusqu'à diverses cartes de crédit fictives. La création d'une carte de crédit prend environ 10 à 15 secondes et est ensuite entièrement utilisable. Vous pouvez ainsi l'échanger sur Internet sans le moindre problème. Faire des cartes de crédit était d'autant moins difficile que de savoir où envoyer le dollar. Tout à fait pathétique quand beaucoup de gens ne savent pas comment reconstituer leurs comptes, mais comme Erik l'a toujours dit tout au long de son temps actif en tant que criminel, que le problème n'était pas de savoir comment accéder à l'argent. Non! C'était plutôt la façon de les envoyer, et comment les garder en toute sécurité sans obtenir l'invasion avec les autorités dans la haie. Ils ont tous deux créé 20 à 30 cartes de crédit différentes pour être en mesure de faire de nombreux achats de taille moyenneimportant, ilsont utilisé différents numéros de carte de crédit et a également utilisé différents fournisseurs de cartes thus, ils ont fait quelques cartes avec des fonctionnalités Visa et certains Mastercard. N'importe quoi pour elle semblerait tout à fait normal. En principe, les numéros de carte sur les montants maximums pourraient être utilisés, mais pourquoi utiliser des limites maximales, alors vous ne tirez sur un chèque de plus du fournisseur de carte. Il ne faut pas gape sur une pièce trop grande, comme on l'appelle si sagement.

Une fois le pare-feu fissuré, c'était juste pour planter un petit fichier qui allait savoir dans quelles URL le personnel responsable est entré. Une fois le fichier en place, il s'agissait simplement de prendre sa retraite, et quelques jours plus tard, d'aller télécharger le fichier qui stockait les informations Erik voulait se remettre. Ils appellent ces virus spyware, et c'est exactement ce qu'il était. Le programme n'était que la tâche d'enregistrer les frappes que la personne a faites. Ainsi, il était ,très, facilede voir à la fois où ils surfaient, quels mots de passe et noms d'utilisateur que le personnel autorisé utilisé. Une fois qu'ils avaient tous deux reçu cette information, l'étape suivante a commencé.

Maintenant, il passerait inaperçu prendre le contrôle des serveurs de messagerie,afin d'être en mesure de prendre tous les avertissements des sociétés de cartes de crédit. En créant de nouvelles adresses e-mail et en avoyant des e-mails importants, cela pourrait rendre l'entreprise suspecte. Lors de l'accès à ces serveurs de messagerie, la dernière fois qu'ils ont accé à ces serveurs de messagerie a été utilisé. Si vous savez comment fonctionne un serveur de messagerie, vous savez aussi que ceux-ci utilisent généralement des ports standard. Les ports comme 25 et 110 sont des ports dits standard. Une fois sur ce serveur, Erik avait 100 pour cent de contrôle de l'e-mail de l'entreprise. Cette étape n'était qu'une étape préparatoire, mais aussi une soi-disant sauvegarde supplémentaire si quelque chose devait mal tourner.

Ce contrôle du courrier électronique pouvait faire gagner des minutes, des minutes cruciales, si cruciales que ce contrôle était toujours effectué. Maintenant, on peut se demander si les sociétés de cartes de crédit n'ont pas de téléphone régulier afin qu'ils puissent ainsi appeler et avertir de ces achats, qui étaient directement illégaux. Absolument, ils pourraient, mais le fait est que la responsabilité d'un achat approprié est partagée entre trois parties différentes. C'est-à-dire que l'entreprise qui vend les produits a l'obligation d'être sérieuse. Ce qui signifie que l'entreprise doit être à l'étatd'irrégularités dans , afin d'être en mesure d'utiliser ce service de l'entreprise, qui installe ces sites d'achats en ligne. La société qui ouvre,les boutiques web garantit qu'ils garantissent des paiements sécurisés sur le net contre les sociétés de cartes de crédit. Ainsi, cela prend normalement plusieurs jours avant que cela ne soit découvert. Parce que toutes les entreprises veulent fournir au client des solutions simples et intelligentes, ils'ouvre, à ces escroqueries, et par le fait que ces solutions intelligentes sont gérées par des ordinateurs, on peut ainsi manipuler ces systèmes. D'une part, c'est certain! L'ordinateur est une machine logique. S'il n'y a pas d'obstacle, effectuez la demande d'ordinateur. L'enregistrement et le courrier électronique sortant se trouve sur une bonne arme, et avec cette vérification, il était facile de supprimer tous les comptes de messagerie, ce qui aurait rendu encore plus difficile pour la police et la société d'enquêter sur le crime.

Il est prouvé qu'en tant que personne, vous ne lisez que les premières lettres d'un mot, puis le cerveau relie le mot lui-même. En exploitant cette manipulation, il était facile de créer des adresses e-mail similaires sur les propres noms de domaine de l'entreprise. Ensuite, ils voient que l'e-mail provient de leur propre serveur d'entreprise, qui est le nom de domaine de l'entreprise. Donc, rien d'étrange, mais quelque chose qui a créé un grand succès a été de lire le courrier du plus haut gestionnaire. Surtout, les e-mails sortants que le gestionnaire lui-même a écrit. La raison était d'apprendre le vocabulaire de cette personne quand un tel e-mail de ce gestionnaire pourrait être révélé en écrivant les mauvais types de phrases. L'homme est, comme je l'ai dit, une personne habituelle et on utilise inconsciemment le même genre de mots ou de phrases, et c'est ce qui pourrait rendre la vengeance d'Erik possible tout le temps.

Vous développez votre propre façon d'écrire. Peut-être que ce patron souffre d'un problème de pieu. Ensuite, un e-mail sans faute de frappe serait absolument dévastateur, surtout si le gestionnaire a déjà envoyé la personne en question que vous exploiteriez maintenant. Le directeur des ventes a été frappé quand il était le plus intéressant d'obtenir le contrôle de. Cela lui permettrait de vérifier si un employé ayant moins de pouvoirs demanderait ou ferait simplement un échantillon dans le système qui l'amenerait à faire des demandes de renseignements auprès du directeur des ventes s'il croyait que l'achat devrait être effectué. Cette approche a surtout été utilisée lorsqu'il s'agissait de payer une facture.

Toutes les formes de fraude sont basées sur la manipulation d'une manière ou d'une autre, et si quelqu'un le savait, c'était Bob Cole, et ne pas être en mesure de faire confiance à une personne l'a rendu plus paranoïaque avec la vision d'Erik de la théorie. Erik était sûr que les exemples profitent des défauts humains.

Comme les humains lisent votre cerveau au moins 3 à 4 mots en 0,25 secondes, ce qui signifie que même si vous de pariez plus lentement en sonnant le mot, votre cerveau ne serait pas apporter plus d'informations pour elle, la théorie d'Erik a été soigneusement pensé. Ainsi,une faiblesse chez l'homme, et la faiblesse est ce que la fraude est essentiellement basée sur, fournissant peu et de bonnes informations, mais pas complète. Si les

renseignements étaient complets et exacts,
l'infraction n'aurait pas été possible.

Erik savait qu'en choisissant les joyaux d'une
fraude, il risque d'être exposé assez tôt, quand
les gens n'aiment pas quand tout est trop bon.
Non! Il est important comme dans la vie réelle,
d'équilibrer et de créer un mélange de bonnes
et de mauvaises conditions. La plupart des gens
s'accrochent à l'espoir. La fraude est
habituellement fondée sur le fait que la victime
fait une certaine forme de gain financier. Lors de
la présentation d'une offre, il est important de
présenter du papier élégant et précis. Les
papiers devraient être si bons, donc ils sont
fondamentalement meilleurs que ce que les
papiers originaux seraient. Erik doit être en
mesure de donner à la personne vulnérable la
possibilité de contrôler l'information qu'elle se
présente. Erik et Jim OneBone avaient une
certaine forme de contact bancaire ou d'autres
types de références. Jim OneBone est un vieux
éco-pro, et s'attend froidement à ce que leurs
données soient vérifiées aux coutures.

Bien sûr, ce n'est pas un problème car le paquet
que vous présentez est serré et soigneusement
planifié. Lorsque vous vivez de cette forme de
travail, il est extrêmement important que vous

êtes compétent dans le domaine, quand un manque de connaissances pourrait révéler votre entreprise. Beaucoup de choses peuvent être planifiées, mais certainement pas tout. Certaines choses comme les questions directes des personnes vulnérables doivent toujours pouvoir être traitées d'une manière calme et bien lue. Vous ne devez jamais perdre la face, quel que soit le genre de question qui vient. Personne n'est si bon que vous avez des réponses à toutes les questions possibles. Mais même cela a été prévu par des réponses d'action. Vous pourriez dire que vous devriez le vérifier tout de suite. C'est peut-être ainsi que vous pouvez appeler une banque étrangère, et puisque vous avez déjà des sociétés étrangères, vous avez également un contact bancaire étranger. Maintenant, il s'agit de vraiment convaincre le client que vous appelez la banque étrangère comme ils disent qu'ils devraient le faire. Vous demandez au client, par exemple, si vous pouvez emprunter leur téléphone à domicile, si c'est correct, de faire cet appel parce qu'il sera coûteux d'appeler via mobile, bien sûr, vous obtenez d'appeler à partir de leur téléphone à domicile. Vous appelez et demandez une personne qui peut répondre aux questions que la victime peut avoir. Lorsque vousentrez en contact avec ce banquier ou cette femme, dites

« Bonjour » et prononcez le nom du banquier haut et fort afin que la victime prenne note du nom.

La raison en est de planter une graine, ainsi que de donner une impression sérieuse, lorsque la personne vulnérable a le sentiment direct que c'est réel. La raison pour laquelle vous appelez vraiment, et que vous utilisez le téléphone de la victime, c'est parce que vous voulez donner à la personne la chance d'appuyer sur l'appel quand vous les avez laissés, ou qu'ils pourraient à un moment ultérieur vérifier leur facture de téléphone sur l'endroit où vous avez appelé. Ensuite, ils ont reçu des informations qui confirmaient qu'ils appelaient la banque, et combien de temps l'appel se passait. On s'attendait froidement à ce que le client appelle la banque et vérifie si le commis de banque existe, alors c'est devenu une évidence. Les travaux en cours peuvent être décrits comme la construction d'une maison. Vous commencez par la fondation parce que c'est une condition préalable à la réussite. Mais, cependant, nous abandonnons l'affaire pendant un certain temps et de retourner à l'entreprise.

Lorsque vous devez manipuler une personne en toute sécurité, vous devez, d'avoir une pierre angulaire. Cette première pierre est basée sur certains faits, et les papiers que la personne au début recueilli lorsque l'affaire est présentée, et ses tâches auront une très grande signification. Nous contactons la société d'IT pour faire une présentation détaillée de notre entreprise et de ce que nous avons défendu. Après avoir laissé des faits de base tels que le numéro d'enregistrement de l'entreprise et le nom de l'entreprise, il était maintenant temps de donner l'impression que nous voulions seulement acheter du matériel informatique pour notre entreprise. Nous avons tout de suite déclaré qu'il ne s'agissait que d'un petit investissement d'une trentaine d'ordinateurs et d'écrans. Ce qui n'est pas beaucoup d'entreprises, il suffit de commander comme ça directement de haut en bas. La psychologie inverse était tout au sujet.

Quand un vendeur entend parler de ces quantités, ils deviennenttrès, intéressés que ces vendeurs vont souvent sur le salaire d'une commission qui est basée sur le montant qu'ils vendent. Une fois que l'attention du vendeur a été reçue, il est nécessaire de lui assigner des tâches qui ont été d'intérêt direct à ce vendeur. Erik pensait que c'était une forme de diaporama mental, qui était court et concis. En demandant son adresse e-mail, vous pouvez rapidement et facilement envoyer une sorte, d'états financiers, de graphiquesfinanciers, ou un, diaporama. En attendant en même temps que ce vendeur reçoive l'e-mail, on pouvait discuter de la difficulté du marché, quand il y avait beaucoup de concurrents, et à travers ces discussions le vendeur a été mis au courant que Erik savait de quoi il parlait, et il a fait ce vendeur encore plus intéressé à soumettre un aussi bon devis que possible à notre société.

Il savait que les gens ont des lacunes extrêmes lorsqu'il s'agit de traiter beaucoup d'information en même temps. Une personne ne peut pas gérer un diaporama en mouvement tout en recevant des informations orales. Afin de bloquer cette information que le vendeur a vu sur son écran en même temps, Erik a parlé de choses similaires au vendeur sur le téléphone, mais manifestement que l'information disparaît de la personne dans les 15 à 20 secondes. Big Mama blanchissait de grosses sommes d'argent, et avec la mauvaise mémoire d'une personne, il pourrait être en mesure de faire fonctionner la vengeance. A moins qu'Erik ne l'embête plusieurs fois. L'information qui est tout de deux façons différentes en même temps, ne revient que lorsque, par exemple, vous le rappelez, parce que la mémoire à long terme du cerveau est activée, et la personne se souvient de ce qui a été dit plus tôt.

Maintenant, on peut se demander pourquoi Erik met autant d'énergie dans un tel travail. Il le fait pour ne pas « y aller » après le coup d'État, quand tout revient à la surface parce que le coup d'État ne sera pas mieux que le maillon faible. Erik ne voulait pas s'exposer à ces problèmes possibles, parce que quand il s'agit de ce genre d'entreprise, c'est comme un ECG, c'est-à-dire qu'il peut se balancer rapidement dans la mauvaise direction, mais avec un accord soigneusement planifié, il est impossible de le prouver, alors la loi est claire sur ce point. C'est le travail du procureur de prouver qu'un crime a été commis, mais avec une telle planification, il est extrêmement difficile pour un procureur de prouver. Un procureur a également son devoir d'objectivitéà prendre en compte, ce qui signifie que le procureur doit également tenircomptede la question de savoir si quelque chose dans l'affaire parle dans le suspect.

Une fois qu'Erik a reçu le devis, c'était juste pour envoyer une confirmation à l'entreprise, qu'ils acceptent leur deviset , également confirmer où envoyer l'équipement. Quant à la confirmation elle-même, il utilise sa secrétaire, qu'il a employée au sein de l'entreprise. Il envoie un courriel au secrétaire, lui demandant d'imprimer la confirmation, puis de l'envoyer par télécopieur, ce qui est un moyen courant de confirmer une commande. La secrétaire d'Erik, qui ne sait pas ce qui se passe, et qui est essentiellement une secrétaire embauchée pour le coup d'État, est la signature. Il signe en écrivant le nom d'Erik par son propre nom. Ainsi,, le nom du directeur exécutif est sur les papiers, mais sis est signé par le secrétaire. Ensuite, vous supprimez l'e-mail que vous avez envoyé au secrétaire en vous rendre sur le serveur de votre propre entreprise. Ainsi, aucune ordonnance n'est venue du PDG responsable au secrétaire, et elle a ainsi créé un doute car il n'a manifestement pas été le PDG qui a signé l'ordonnance, qui a été télécopiée à la société de l'IT.

Ensuite, un procureur doit prouver qu'un crime a été commis. Ou s'agissait-il d'une inconduite ou d'un malentendu? Il n' y a aucun moyen de le prouver. Par conséquent, un tribunal ne peut se prononcer, car il ne fait aucun doute qu'un crime aurait été commis.

Une fois que la personne avait confirmé l'ordre
comme ci-dessus, les travaux étaient
essentiellement terminés. Lorsque la commande
est ensuite arrivée à l'adresse de l'entreprise,
tout ce que vous aviez à faire était de la livrer au
client. Maintenant Erik had de faire le processus à
l'envers. Il s'est retiré des réseaux qu'il a utilisés
comme hôtes, et où il a utilisé leurs identités
thus, Erik lui-même ne pouvait pas être révélé
depuis son propre ordinateur n'a jamaisexisté , in
la fin Erik a fait ce qui étaittrès important he pris le
disque durde l'ordinateur et l'a brisé en mille
morceaux.

Beaucoup croient que vous ne pouvez formater
(vider) le disque dur à quelques reprises, et que
toutes les informations qui étaient disponibles
lors des différentes intrusions, serait sans laisser
de trace. L'État a de nombreux programmes
coûteux et sophistiqués pour être en mesure de
récupérer les informations de données
supprimées, mais en brisant le disque dur, il
était complètement sans risque. Quand il avait
alors cassé le disque dur, c'était seulement pour
répartir les pièces à différents endroits, et si Erik
avait laissé un disque dur cassé, peut-être de
petits fragments de données pourraient être
récupérés. Qu'il s'agisse d'un risque peu
probable que cela se produise, Erik a travaillé
avec le contrôle.

Pour reprendre la préparation, il ne peut jamais
être trop minutieux. Bien sûr, le besoin de
contrôle devient presque morbide. Mais ce
n'était rien sur cela qu'Erik lui-même
réfléchissait car il se sent comme une sécurité.
En ne faisant confiance à personne, il exclut tout
risque que quelqu'un soit en mesure de révéler
ce qu'Erik fait.

Chapitre 8

Pour ce dicton: Si *une personne sait, personne ne sait Mais,si* deux *personnes savent, alors tout le monde sait. En se disant constamment qu'on ne pouvait jamais faire confiance à personne, la* vie s'est sentie seule, mais Erik s'y est habitué, quand il a choisi de se venger de la société et de tous ceux qui se sont mis en travers de cette vengeance. Beaucoup de criminels ont essayé de faire ce qu'Erik a fait pendant 15 ans, mais seulement une poignée de personnes ont réussi. Parce que s'ils ont réussi à faire le coup d'État, ils sont entrés après. Car l'homme est un homme de troupeau, qui veut constamment d'une manière ou d'une autre attirer l'attention. Plusieurs fois,c'est cette attention qu'ils ont prise. Ils m'ont simplement dit ce qu'ils avaient fait aux mauvaises personnes, et qui à leur tour ne pouvaient pas garder leur bouche fermée. Entrer par effraction dans les systèmes informatiques des autres, ou ajouter l'argent d'une autre personne, n'est pas exactement une porte ouverte à l'amitié. Non! Seuls les ennemis et les ennemis, mais Erik ne se souciait pas, comme il vient de s'asseoir et compté des dollars, car ce serait la chose la plus chère qu'il avait.

Erik a travaillé de deux façons en même temps. Tout d'abord, il a pris le contrôle total du monde numérique exposé, en contrôlant la circulation de l'information, où il pouvait facilement éviter toute menace telle que les avertissements d'autres fournisseurs. Erik a géré le courrier du directeur des achats complètement. Dans le même temps, il a graissé le vendeur en donnant une bonne impression. C'était un travail important de synchroniser constamment l'information entre le vendeur et son gestionnaire. C'était extrêmement intéressant car il a vraiment eu à mettre ses propres compétences à l'épreuve à plusieurs reprises, parce qu'il n'a jamais su quand se parler. Pour mener à bien une fraude majeure a été vraiment , laborieux parce que la vérité était qu'il pourrait aller en enfer, dès que possible s'il allait juste manquer un peu de détails. Bien qu'Erik l'ait toujours eu à l'esprit, il avait froid aux glaces. Et il pourrait dire que c'est vraiment,s difficile,mais les escroqueries sont comme n'importe quel médicament, ila , deprendre de plus grandes doses après un certain temps, de sentir le coup de pied. Dans la vie d'Erik, il est devenu de plus en plus sophistiqué tout le temps pour être en mesure de sentir ce genre de coup de pied d'une certaine manière.   Erik a commencé à se faire un nom dans cette première année quand il a bien fait avec le travail qu'il a entrepris, ce qui est important. Vous pouvez faire des grenouilles dans n'importe quel travail, mais pas dans ce. Au fur et à mesure que le mot se répandait, de plus en plus de gens lourds sortaient du marais criminel. Ces gens n'étaient pas des gars qui ont été trouvés directement sous les pages jaunes. C'était des gars très lourdement accablés, et dont la salutation était graisse d'arme sur le front. Ces gens étaient extrêmement instables, et habituellement ils étaient touchés par la variante la plus lourde, mais les gars avaient de bons emplois, et cela signifiait des dollars. Quand quelqu'un a dit des dollars, Erik a été supposé quand il allait lever beaucoup de millions. Puis il n'avait pas d'inhibitions, aussi longtemps que les notes roses ont été roulées en grandes quantités. Quia été écrasé était complètement hors de propos aussi longtemps que le dollar est venu, en t iciétait une terrible quantitéd'aspiration dans cette envie to juste faire une comparaison, c'était comme si vous aviez traversé le désert du Sahara sanseau, et quand vous arrivez, il ya beaucoup d'eau sur une table, l'eau que vous n'êtes pas autorisé à boire.

Alors vous comprendrez peut-être un peu mieux ce qu'Erik envie de vengeance et de dollars, mais cette comparaison Erik n'essaie pas de justifier, ce qu'il a fait en aucune façon. Hans me dit ce que c'était. Comme tous les criminels pensant les gens, Erik était à la recherche d'un statut dans la pègre he travaillépour deux choses,, il serait reconnu comme habile dans son domaine, mais aussi qu'il voulait être une personne redoutable,Il était très important qu'il a obtenu le respect.

Maintenant que les garçons lourds avaient contacté Erik, c'était encore plus important. Il se demandait ce qui se passe on, Personne ne m'a dit quoi faire, juste qu'il était bien payé, et ils ne pensent pas que ce serait un problème majeur pour Erik parce qu'ils apparemment déjà vérifié. Erik pensait que cela semblait extrêmement étrange car il ne dis-le à personne qui connaissait ce gang.

Quand ils étaient sur le point d'entrer dans une maison qui se trouvait dans un quartier résidentiel ordinaire, Erik a été plus que surpris. Ce n'était pas le quartier ombragé qu'il pouvait penser. Quand Erik est entré dans la maison, ils sortaient dans la cuisine et une fois assis un homme, avec une barbe sur la tête. Il semblait timide d'une manière plus distinctive, et Erik ne comprenait pas ce qu'il faisait là, mais apparemment cet homme barbu aurait une grande influence. C'était étrange quand l'homme a commencé à demander à Erik quelles connaissances il avait dans les données. Personnellement, il n'était pas exactement intéressé à nous dire ce qu'était sa connaissance, puisque cet homme n'avait même pas dit son nom. Ça ne fait pas du bien, parce qu'il ne savait pas si c'est is un flic à qui il parlait, il pourrait être n'importe qui pour Erik. Il a répondu un peu brièvement en disant son nom, Sam. Quand il a dit son nom, Erik s'est rendu compte qu'il avait atterri dans la cuisine de l'enfer. Ce Sam était le plus grand trafiquant de drogue de l'époque.

Erik était assis dans la cuisine de cet homme et avait un peu vomi pour demander son nom. Eh bien, jesuis désolé. Ce n'était peut-être pas une bonne idée d'être arrogant avec cet homme, mais il n'a pas montré qu'il m'avait perçu désagréable, ce qui signifiait qu'Erik a répondu à ses questions. La seule chose qui lui est filée dans la tête, c'est qu'il ne s'impliquerait dans aucun trafic de drogue. C'était un marché qu'il ne savait pas du tout. Quand Sam a demandé si Erik envisagerait de faire des travaux pour eux, il était extrêmement douteux qu'il ne voulait pas s'impliquer dans la drogue. Sam a répondu qu'il parlerait à ses contacts et voulait qu'ils soient entendus à nouveau. Il a demandé si Erik envisagerait de lui donner son numéro de téléphone portable, qu'il lui a donné, Malheureusement.

Il serait en contact si ce travail arrivait, ce dont il ne nous a pas parlé. Au moment où ils partaient, le fils de Sam vient manger. Quand il sort le paquet de cornflakes, le gamin a trouvé quelque chose de complètement différent des cornflakes. Sam avait aussi abattu des détonateurs qui sont là pour faire exploser divers explosifs. Erik a eu un petit levier dans son pantalon, maintenant qu'il s'était retrouvé dans, quelque chose qu'il serait en retard à oublier. Erik n'a pas immédiatement senti qu'ils menaçaient en aucune façon, c'était probablement plus qu'il a commencé à se sentir comme s'il était dans un film. En sortant de la maison de Sam, ils ont étéaccueillis par deuxgrands. Un gars ressemblait à une sortede mutant, et il venait d'un bain acide. Tout son visage n'était pas de ce monde. Ces deux personnes se découvriront plus tard être le collecteur de dettes de Sam, le collecteur de dettes de la drogue.

Erik a commencé à comprendre qu'il pourrait y avoir des problèmes s'ils devaient devenir ennemis, ou si quelque chose devait mal tourner, et il ne voulait tout simplement pas se mettre dans une telle position. Maintenant, il partirait sans savoir s'il y aurait un emploi ou non. Erik ne savait même pas ce que c'était.

Une fois de plus à la maison, les pensées ont commencé à tourner. Erik, qui était une personne qui voulait un contrôle total, n'avait pas le moindre contrôle maintenant. Un sentiment très désagréable. Après environ une semaine, Sam l'a appelé sur son téléphone cellulaire, et voulait le voir le même jour. Plus tard dans l'après-midi Erik et ses amis sont rentrés chez eux à Sam. Ils ont été accueillis par Sam à la porte. Il aditqu'on partait tout desuite, et qu'on peut parler dans la voiture. Il ne se sentait pas en sécurité en parlant dans sa propre maison. Sam n'arrêtait pas de parler d'être surveillé, et puisque SAPO regardait sa maison et tapait sur son téléphone, il était curieux. Après qu'ils ont commencé à conduire, Sam m'a dit qu'il voulait leur montrer où frapper. Le sentiment qu'Erik a eu, c'est qu'il était sur la glace mince, quand il voulait seulement travailler dans le monde numérique, mais maintenant il semblait qu'il serait dans le physique. Dans le physique où vous ne pouviez pas changer votre identité quand vous en aviez besoin. C'était comme si Erik lui-même était le matériel, au lieu du logiciel. Mais quel choix avait-il maintenant ? Quand il était dans la même voiture qu'un gros trafiquant de drogue qui n'a pas exactement vu un NON, comme une réponse. Ils s'approchaient d'un port. Sam a dit qu'ils ne restent pas le long de la clôture pour parler de ce qu'il voulait faire.

Les copains d'Erik conduisaient la voiture, et Sam était assis à côté de lui. Erik lui-même était assis sur la banquette arrière derrière Sam. Sam ne parlait qu'à Erik. Il avait déjà dit qu'il n'aime pas ses copains. Maintenant, il a demandé à Erik s'il pouvait entrer dans le système informatique du terminal ? Erik a répondu que,tant que le système terminal est en ligne, il pourrait être possible, ce qu'il semblait aimer. Il a commencé à parler de deux emplois différents, et les deux ont touché à ce port, mais plus il ne voulait pas dire quand les copains d'Erik étaient dans la voiture, Erik et Sam a fini hors de la voiture pour continueravec l'arrangement concernant ce travail. Il a ensuite demandé une fois de plus s'il pouvait vraiment faire confiance aux amis d'Erik? Absolument, a été sa réponse directe. Sam ne l' aime plus pour ça.

Sam voulait qu'Erik entre dans le système informatique du terminal portuaire où tous les conteneurs étaient enregistrés dans une base de données et voient ce qu'ils contenaient. Il avait apparemment deux commandes différentes qu'il informerait bientôt ses acheteurs ou leleurre s'ilétait possible d'effectuer. Sam a dit qu'il ne pouvait être utile avec un camion, et qu'il avait un contact qui pourrait éventuellement mettre la main sur des joints pour les conteneurs car ceux-ci ont toujours été scellés. Le reste qu'il voulait qu'Erik répare pour qu'ils puissent entrer avec un wagon-conteneurs. Les contenants qui intéressaient Sam et ses partenaires contenaient des jeans et l'autre contenaient de la viande congelée.

La viande a déjà été commandée et vendue, si elles l'ont obtenu hors du port en douceur. Pour enlever le conteneur avec des jeans était un peu plus facile car il n'a pas besoin d'une voiture remorque qui avait des refroidisseurs. Avec une tonne de viande qui a été congelée, ils ont dû trouver un tracteur remorque, parce que sinon ils seraient bientôt là avec une tonne de viande aigre. Mais comme je l'ai dit, ce n'était pas le problème d'Erik, quand Sam avait pris cette partie avec les camions.

Erik lui-même a eu assez de maux de tête quand il a dû entrer dans le système informatique du terminal. Le problème erik avait été de trouver leur pare-feu qui manipulait le numéro IP de l'ordinateur qu'il aurait à entrer dans. Soit vous avez un vrai pare-feu qui ressemble à une petite boîte, et c'est quelque part dans ce bâtiment, ou vous utilisez un logiciel qui fonctionne comme un vrai pare-feu, mais la différence est que ce pare-feu se compose, comme je l'ai dit, d'un logiciel, et comme il vous l'a dit au début, il ya toujours une faiblesse dans un logiciel. Vous avez juste, pour le trouver.

Malheureusement, ce terminal n'avait pas de logiciel qui était leur pare-feu. Non, ils avaient la version dure. Grâce au contact de Sam au port, ils ont pu obtenir des informations qui aideraient Erik, mais cette information sur leur pare-feu donnerait apparemment ce contact à Sam. Erik était dubitatif si cela fonctionnerait, et ne pouvait pas voir comment ce contact obtiendrait le numéro IP sur leur pare-feu. C'était très incertain. Erik et Sam sont revenus dans la voiture, et Sam voulait qu'ils conduisent à une autre adresse.

Les copains d'Erik circulaient en voiture dans le quartier, quand Sam ne savait pas dans quelle porte vivait la personne. C'est-à-dire une adresse sur qui la police avait souvent les yeux rivés. Sam voulait que les copains d'Erik restent, pour qu'il puisse descendre à la porte verrouillée. Erik est toujours sur la banquette arrière et son copain est toujours au volant. Sam se promène de l'autre côté de laroute et arrive à la porte qui était verrouillée. Sam prend son portable pour joindre la personne à l'adresse. Ce n'est que quelques minutes, puis Sam retourne à la voiture et saute dedans.

Maintenant, il y avait même beaucoup de police. Une voiture traverse en diagonale devant leur voiture, puis une derrière et une sur le côté parallèle.
C'est la police, conduire... Je crie Sam.

Sam devient à moitié fou quand les copains d'Erik sont à moitié paralysés par ce qui s'est passé. Sam hurle qu'il va courir sur le trottoir sur leur côté droit. Puis c'était le seul côté, ils pouvaient passer, mais les copains d'Erik étaient comme le taureau Ferdinand qui semblait plutôt vouloir rester à l'étroit dans le volant, avec le moteur éteint. Tout cela s'est passé en 30 secondes. Avant que vous ne le s'en rendiez compte, il y avait un agent de la SAPO du côté d'Erik et a pointé une arme forte chargée sur Sam, criant qu'il sortirait de la voiture.

Chapitre 9

Erik avait l'impression d'avoir trois pommes de
haut. Avec une arme à forte charge et un haut
agents SAPO, vous obtenez facilement court
dans le manteau, et rapide, Erik pensé. Si vous
n'avez jamais connu avoir une arme forte
chargée pointé sur lui, Erik peut dire que tous les
muscles dans tout le corps juste libérer, et il
commence à plus, ou moins à secouer. Erik
pensait que c'était comme si c'était environ 40
degrés en dessous de zéroet, gèle de sorte que
ses dents tremblent. C'est la peur pure, et
l'adrénaline qui gicle complètement dans votre
corps. Merde! Je pensais Erik.

Sam ouvre la porte et la police demande à
moitié crier s'ils sontarmés,quelle putain de
questionils ont rempli trois formulaires avant et
a soumis un message que nous avions des armes
« Question la plus stupide que j'ai entendu
depuis longtemps, » Sam dit. Un autre agent est
venu sortir Erik et ses potes de la voiture. Erik
est sorti et a dû se tenir contre le coffre. Les
copains d'Erik se sont assurés que ça
ressemblerait bien tôt à une zone de guerre.
Quand le copain d'Erik descend de la voiture, il
enlève sa grande chaîne de clés de l'allumage,
puis il a poussé un doigt dans le porte-clés, de
sorte que la chaîne de clés ressemblait à un

anneau sur son doigt. Une fois qu'il est sorti de
la voiture, la police lui a dit de mettre ses mains
sur le toit de la voiture. Ainsi, lui, l'ami d'Erik,
était prêt à laisser sortir la grande chaîne de clés
de sa main. Le son que cette chaîne de clés
putain créé était un bruit métallique fort, un son
que les agents derrière elle pensait était un
mouvement de manteau ou similaire, ce qui
signifiait que maintenant, était vraiment
beaucoup d'arme que les agents agitaient. Il y a
eu une réaction en chaîne lorsque l'agent qui a
sorti l'arme a réagi comme il l'a fait. Ses
collègues n'étaient pas en retard non plus pour
tirer leurs armes. C'était un cauchemar que les
amis d'Erik pensaient à peine qu'il était à
travers. La police qui est arrivée à la voiture, se
penche et brille avec une lampe de poche sous
la banquette arrière où Erik était assis. Erik voit
l'agent sortir de la voiture, et dans sa main,il
tient une petite boîte en aluminium, et il le fait
sans gants. Il tient maintenant ce bocal, qu'il a
ouvert. Dans le bocal était un sac en plastique,
et en elle il y avait apparemment quelque chose
qu'Erik n'oublierait jamais.

Pendant la route de Sam et Erik, ils avaient vu ce
bocal, mais ne s'en souciaient pas, mais ils
avaient confiance qu'Erik s'en souciait
maintenant. Erik ne voit que les flics regarder le
contenu, puis allume son collègue. Erik pouvait

lire ce qu'il disait sur ses lèvres. C'était comme si quelqu'un arrêtait le monde pendant quelques secondes. Tout ce qu'Erik a vu, c'est ses lèvres qui ont façonné le mot D.R.U.G. Hell! Erik a dit tout de suite, a démissionné. Maintenant, il est vraiment, et c'était comme s'il avait une expérience de mort imminente everything, il pensait w chapeaul'enfer serait-il avec cette personne aujourd'hui pour why, Erik a obtenu si putain pissé sur lui-même.

Vous ne devriez jamais travailler avec ce que vouspouvez , non pas parce qu'alors il va comme il l'a fait maintenant. Les pensées d'Erik étaient juste comment sortir de cette merde t icin'était pas un moyen qu'il allait aller Sam l'appelle, et dit qu'ilsne vont pas faire un bruit, et que son avocat va les sortir, mais le faible confort ne se sentait t pas. Une demi-heure plus tard, l'agent McGill a eu raison, et elle était heureuse quand ces agents les ont emmenés, et une minute plus tard, une porte de cellule s'est ouverte, et c'est l'agent McGill qui s'est rendu à la porte de Sam. Il y avait deux personnes à l'extérieur de la cellule de Sam et de McGill. Sam a juste regardé l'agent, et a choisi de ne pas répondre à ses questions, donc le police a fermé la porte. Soudain Erik entend une voix qu'il avait déjà entendue, mais il ne pouvait pas placer cette personne. C'était une femme, tellement qu'il pouvait observer, mais qui c'était, est assez difficile à établir. Agent McGill et la personne, avec la voix féminine semblait familier, il était perceptible dans leur façonde parler. Ils étaient quand Erik compris qui c'était eta commencé à frapper à la porte de la cellule, Big Mama wchapeau l'enfer faites-vous avec l'agent putain Roars Erik, now vraiment filé les pensées d'Erik Comment diable pourrait-elle négocier avec un agent?

Erik voulait appeler Henke, mais comment ça va se passer. Erik a été enfermé, et sa crédibilité était à l'Organisation. Probablement les agents avaient un informateur, et il ressemblait à Big Mama, mais Erik ne pouvait pas jurer sur elle, mais il ressemblait à ça. L'idée d'appeler Henke s'agrandit à chaque fois, bien que les pouvoirs d'Erik soient limités.

Les deux personnes ont parlé pendant longtemps et probablement ils se tenaient à l'unité d'inscription, parce qu'Erik ne pouvait pas entendre ce qu'ils se dlaient, même s'il était assis sur la celluleprès des deux , d'entre eux. Quand les deux voix se tuent, seul Erik entendit des chaussures à talons hauts qui se dirigeaient vers une autre entrée. C'est probablement le son de Big Mama (enfantgobelin),qui a informé cet agentMcGill de la situation actuelle. Erik est devenu fou avec seulement la pensée malade qu'il avait, mais sans preuve Erik ne pouvait pas dire si elle avait fourni des informations à l'agent McGill. Maintenant Erik était frustré, et il a remarqué Sam dans la deuxième cellule aussi, quand Erik a donné un coup de pied et giflé sur la porte de la cellule, et a after dit qu'il voulait faire un appel, après quelques minutes est venu une police et pilonné en arrière, et se demandait ce que l'enfer qu'il voulait?

Je veux passer un appel à mon avocat!? Scabane! Vous pouvez ,ne pas appeler votre avocat aujourd'hui. Répondit le garde.

Oui, je comprends et vous pouvez, pas arrêter ou me refuser cette conversation, vous maintenant, bâtard dela police.

Il est presque 22h30, et pourquoi tu n'appelles pas he demain? Saider le garde.

Non, jevais appeler mon avocat maintenant. Erik répond un peu en colère.

Il a laissé sortir Erik o ils ont commencé à aller à l'ascenseur pour aller jusqu'à l'étage 3, mais ils doivent attendre jusqu'à ce qu'il y ait un autreagent de police, alors ils ne sont pas

autorisés à monter avec Erik lui-même, en raison
du niveau de sécurité, il ne faut que quelques
minutes et un autre agent de police sera com.
Puis il y avait trois personnes l'ascenseur pour
maintenant ils pouvaient people aller. Tout le
monde est monté au plan 3, et quand ils étaient
là, l'un des agents a quitté le secteur, et l'autre
garde s'est assis à la table et a suivi le tout, de
sorte qu'aucune chose inappropriée n'est venue
pendant l'appel.

Juste au moment où Erik était sur le point
d'appeler, alors le garde reste immobile ? Erik a
demandé s'il n'y allait pas? Non, jeune homme,
je nequitte pas cet endroit.

Erik a ensuite demandé au gardien pourquoi il
ne pouvait pas s'appeler lui-même, puisqu'il n'a
même pas été reconnu coupable du crime qu'il a
appelé, il voulait juste faire son appel
apparence.

Alors je suppose que j'ai le droit de parler à mon
avocat moi-même, je nesuispas condamné. Dit
Erik. Erik, oublie ça, et appelle ton avocat.
Répondant t ilgarde.
Juste à leur appel est venu un officier de police
qui est monté dans l'ascenseur et a ouvert la
porte. Les gens qui étaient assis à la réception
ont demandé aux flics si un détenu pouvait
s'appeler lui-même, bien sûr qu'ils peuvent, ils

sont libres et seulement arrêtés, de sorte que la plupart des droits qu'ils ont droit à. C'est-à-dire qu'ils peuvent s'appeler eux-mêmes, mais seulement à l'avocat ou au représentant compétent.

Erik savait que l'avocat répondrait par un appel de réponse et a dû laisser une déclaration à son avocat et à Henke qu'il y a probablement un infiltré dans l'Organisation. Je veux que vous vérifiiez ce que Big Mama (gobelin kid) a avec l'agent McGill. Vérifiez toutes les possibilités parce que, il est bizarre. Je vais te reparler. Erik, c'est lui.

Après l'appel, le gardien est venu et les autres policiers et les trois d'entre eux sont descendus à la cellule à nouveau. Il y avait beaucoup de pensées Erik avait, mais il était complètement sans réponses, comme d'habitude.

Chapitre 10

Le matin, il était assez usé. Trois d'entre eux ont
été arrêtés, mais l'ami d'Erik a été libéré
immédiatement dans la matinée, mais ni Erik ni
Sam n'étaient libres. Ils ont dû attendre les
résultats du laboratoire médico-légal de SKL=
Staten, donc il y avait beaucoup d'heures de
sommeil pour Erik et Sam. Déjà, après le petit
déjeuner, ils sont venus et ont laissé sortir Erik,
quand il a eu le résultat de SKL, qui a montré,
qu'Erik n'avait rien à voir avec la drogue.

La police qui a laissé Erik sortir, il a demandé à
quitter les lieu, et que, avant qu'il ne change
d'avis et a dû rester derrière la serrure o boom.

La police qui a laissé Sortir Erik, a ouvert une
porte latérale pour qu'il puisse quitter la garde.
Cette porte s'appelle aussi « La porte de la honte
» où tous les gens sont assis, et où la police doit
libérer quelqu'un faute de preuves, ou un
ivrogne qui a bu et qui a besoin de se sobriété et
celui qui sort qui a été arrêté.

Sam a été laissé en détention parce qu'ils
avaient probablement trouvé quelque chose qui
pourrait lier Sam à un crime. L'avocat de Sam est
venu après le dîner et a clairement fait savoir à
ces policiers que toutes les empreintes digitales
seraient remises à l'avocat qui a été trouvé par

SKL. L'agent qui a trouvé la canœur lâche avec une lampe de poche, puis a pris ce bocal sans gants qu'il n'aurait pas dû faire. L'avocat avait été autorisé à parler à Sam et était au courant de cette information.

Le lendemain, Sam est sorti de prison parce que c'était peut-être la police qui avait pris la canœur et laissé des empreintes digitales. Parce que l'avocat était au courant de cette information, et en a profité, Sam pourrait être libéré faute de preuves.

Tout le monde était heureux, et tout le monde était à nouveau en liberté. Les amis d'Erik étaient rentrés chez lui chez sa femme et s'étaient promis de ne plus être une colle gouvernementale, et il avait aussi dit à sa femme de la rassurer. Même l'avocat était heureux du résultat, et toutes les personnes ont été séparées. Dit et fait, Erik o Sam a commencé à discuter de ce que la vengeance serait comme. Ce n'était pas très sûr car Erik savait qu'il serait bientôt interrogé. Il s'est avéré que la canne contenait environ 12 grammes d'héroïne hecto. C'était moins bien, et comme Erik n'était personnellement pas connu de la police à cette occasion, il pouvait sentir qu'il pourrait être en mesure de s'en sortir dans quelques années. C'était unepensée vraiment stupide. La drogue est la dernière chose à laquelle il faut s'impliquer, et surtout avec l'héroïne.

Il s'est vite avéré qu'Erik serait de nouveau détenu, les agents avaient arrêté Erik et Sam. Là, ils étaient à la fois dans l'arrestation et avec certains, pour dire le moins, bâtard agent méchantqui a promis qu'ils rendraient la vie difficile pour eux, s'ils n'ont pas avoué leur crime. Erik n'a pas dit un son, sachant ce qui se passerait quand il est sorti s'il était considéré comme un grincement. Ainsi,la bouche était, et est resté fermé sur cette canne d'héroïne.

Encore une fois, ils ont tous deux dû enlever la ceinture, lacets et vider les poches de tout. Puis c'était juste pour commencer à faire le lit avec un oreiller en plastique et une couverture qui sentait la merde. Comme Erik n'avait été arrêté que deux fois, cette nuit est devenue un enfer de beaucoup de préoccupation pour l'avenir, et s'il allait revoir ses enfants.

Erik n'a pas dormi une minute la première nuit, quand il se passe beaucoup de choses. Non seulement parce que c'était une sacrée vie, mais aussi parce qu'ils avaient d'abord été arrêtés, et maintenant ils ont été informés que le procureur a décidé de les arrêter, pour les motifs qui existaient, et cela pourrait signifier 3 à 4 jours dans cette cellule, une incertitude qui était atroce. Pire encore, Erik est maintenant allé peindre beaucoup de mauvaises pensées, l'une pire que l'autre. Les enfants étaient en discussion tout le temps, et comment la mère des enfants allait agir, quand elle a découvert qu'Erik était accusé de crimes liés à la drogue. Oui, c'était en sueur.

Tôt le lendemain matin, deux policiers viennent chercher Erik pour l'interroger,, j'ai été un interrogatoirequi était vraiment court, t-ilinterrogateur acommencé par expliquer qu'ils ne pensent pas que c'était l'héroïne d'Erik, mais voulait qu'il choisissait Sam comme le propriétaire de cette canne. Erik a dit que je ne pouvais pas faire cela parce qu'il ne savait pas qui était la canne d'héroïne, ce qui n'était pas un mensonge! Ils ont dit qu'ils avaient sécurisé les empreintes digitales de Sam dans la canœ, donc ils savaient déjà que c'était sa canœ. La question d'Erik était pourquoi il rait pointer du côté d'une personne alors qu'elle le savait déjà? Mais Erik ne savait rien et ne pouvait pas nous le dire. Qu'Erik ait eu cent ans que c'était celui de Sam, il ne le soulignerait jamais, ni personne d'autre. C'est et reste une loi non écrite de ne jamais aller rat personne. Puis la police a dit que Erik pourrait être un accomplice à des infractions liées à la drogue. Il s'agissait d'une tactique d'intimidation pure de la police, desorte qu'il aurait peur et dire tout ce qu'une eau courante. Mais il y avait quelque chose devraiment, mal avec l'affaire, mais Erik ne pouvait pas comprendre ce que c'était. Mais Erik n'avait pas dormi de la nuit, donc ses pensées étaient comme du sirop dans sa tête, combinée avec une grande préoccupation pour l'avenir.

Erik a dit à la police qu'il voulait un avocat s'ils voulaient poser plus de questions. Puis ils ont décidé de mettre fin à l'interrogatoire. Erik pensait que c'était peut-être parce qu'ils allaient lui trouver un avocat. Unautre , la police est entré dans la salle d'interrogatoire, puis cela serait à nouveau le ramener à la prison. Puis il a été enfermé à nouveau, et le voilà dans cette cellule sombre dont il voulait juste sortir. Comme Erik gisait là sur le banc dur appelé lit, il regarda le sol, vers le bas à droite de la porte de la cellule. Il se demandait où il était pour l'immersion dans le, étage? Mais il a vite compris que quand il avait besoin de frapper un sept (pipi). Erik s'est pointé à la porte pour appeler le gardien afin qu'il puisse aller aux toilettes, mais ce garde n'était pas exactement une personne rapide.

Il a fallu plus d'une heure avant que ce garde s'ouvre, pour qu'Erik puisse aller aux toilettes, donc il avait maintenant été clair, à quoi était la fente dans le sol. C'était un dernier recours si le gardien n'allait pas être à l'heure. Ensuite, il fallait bien pisser par terre. Il était également là pour que les gardes puissent rincer le sol s'il y avait un ivrogne dans le lit qui a tout jeté vers le bas. Beaucoup de nouvelles choses Erik appris au cours de ces heures.

Tout d'un coup, la police ouvre la porte de sa cellule et dit qu'Erik va sortir avec lui. Ils marchent jusqu'à ce banc où la veille ils ont dû abandonner leurs affaires. Erik se demandait ce qui sepasserait, sur? La police a dit qu'il allait être libéré. Comment est-ce possible ? La police a demandé à Erik de se taire, et qu'il prendrait ses affaires et disparaîtrait de sa vue. Une déclaration ceci, la police n'aurait pas à répéter, comme Erik rapidement et facilement juste quitté l'endroit pour trouver un endroit, pour rattraper le temps. Une fois sorti du poste de police, toutétaitsi, sacrément bon de voir tout signifiait beaucoup plus maintenant qu'avant il est allé derrière les barreaux it était comme si toutes les personnes qui étaient dans la ville étaient vos meilleursamis. Erik a dit bonjour à tout et à tout le monde. Oui, c'était un étrange sentiment de liberté et il s'est comporté comme s'il avait le pire de la chance. Un peu comme être ivre salon quand vous unre à votreplus heureux. Il a commencé à penser à son désir de vengeance sur la société, et se demander s'il a eu cette chance, de corriger son comportement destructeur. Erik voulait croire que c'était le destin qui lui jouait une farce, qui allait bientôt s'avèrer être une pensée naïve. Quelques jours plus tard, Sam avait également été libéré, et Erik a commencé à se demander comment l'enfer c'est arrivé.

L'avocat de Sam avait créé une sacrée vie avec la police et les procureurs et avait demandé quelles empreintes digitales étaient sur la canne d'héroïne en elle. C'est le laboratoire médico-légal de la police qui a déterminé les empreintes digitales. Lorsque l'avocat a demandé toutes les empreintes digitales, les empreintes digitales du policier étaient également censées être sur la canœur, et c'est devenu le point d'acquittement en l'espèce. Quand l'agent a sorti la canœur de la voiture, il a fait la grosse erreur, qu'il l'a fait sans gants. Une erreur dont l'avocat de Sam a profité, et qui a permis à tous ceux qui étaient dans la voiture de marcher librement, Dieu merci. Après cela, Erik a juré de ne jamais s'occuper de la drogue, ou de se remettre dans une telle situation.

Maintenant que Sam était à nouveau libre, il voulait qu'ils retournent aux affaires comme d'habitude. Erik se sentait chancelant plusieurs jours après et n'était pas particulièrement intéressé à faire des travaux pour Sam, mais pour Sam, c'était la vie quotidienne pure d'entrer et de sortir.

Erik était maintenant sur ses gardes et avait développé un sens de l'odorat qui pouvait sentir les flics. Erik a vu des flics sur tout, c'était 99% dans sa tête, même s'il n' y avait même pas de flics près de lui. Trois jours après la libération d'Erik, Sam voulait se revoir. Ils devaient se rencontrer au milieu de Malmöà une adresse. Erik est venu, attendant que Sam sorte d'une porte. Après un certain temps, il vient, et avait un sac de document noir avec lui, Erik senti un sentiment désagréable dans son estomac. Ne se sentait pas bien, comme il vient de sentir ce que le sac contenait. Quand Sam est monté dans la voiture, il nous dit que ses contacts voulaient qu'ils continuent comme déterminés avec les travaux du terminal. Erik se demandait s'ils ne seraient pas à court avec elle pendant un certain temps, quand les flics avaient évidemment leurs yeux sur eux, mais Sam ne voulait pas que.

Sam semblait extrêmement stressé sur le travail terminal qui Erik ne pouvait pas believe aumoment they seulement eu des plans pourle travail, etrien n'a été décidé. Pourtant, Erik était tellement stressé que, tant que nous en avons parlé.

Erik s'est assis dans la voiture et a dit une prière tranquille qu'il ne voulait pas parler de ce qui était dans le sac, quand il pouvait presque deviner ce qu'il y avait dedans. Sam voulait qu'ils aillent courir en dehors de Malmö. Il n'a pas laissé tomber le sac pendant une seconde pendant toute la durée du voyage. En chemin, Sam lui dit qu'Erik devrait toujours appeler son avocat. Ou si vous avez des problèmes financiers, vous devriez appeler Big Mama, il n'a rien coûté, dont il était très clair, il a laissé une carte de visite à l'avocat, et a dit qu'Erik pouvait maintenant voir cet avocat comme son contact juridique.

Chapitre 11

Il a également dit que si quelque chose devait lui
arriver, ou s'il devait retourner en prison, Erik
recueillerait toujours des informations par
l'intermédiaire de cet avocat. Sam l'a aussi
remercié de ne pas être allé aux ragots quand ils
sont allés en dernier, et Sam a dit qu'il faisait
confiance à Erik. Mais je lui ai dit comme il était,
que je n'avais rien fait, pour lequel il avait besoin
de le remercier, mais il a senti que. Après leur
petit tour Erik déposerait Sam où il l'avait déjà
ramassé. Avant qu'ils ne se séparent, il a dit
qu'il appellera Erik demain. Fais ça. Il a répondu,
et a quitté le site avec une pression un peu plus
forte sur le gaz, quand Erik ne voulait pas être
avec cette personne pendant trop longtemps.
Erik pensait que son chemin était tout à fait
correct, comme il maintenant couvert pour les
frais juridiques.

Le lendemain, Erik s'assit surtout et attendit que
Sam appelle pour qu'ils décident quand ils
commenceraient les travaux du terminal. Peu
après 13 h.m. a reçu un appel. C'est l'avocat de
Sam qui a appelé Erik pour lui dire que Sam avait
été arrêté, quelques heures après qu'Erik l'ait
déposé la veille. Il avait été arrêté, avec un sac
avec un kilo d'héroïne dedans. Sam avait envoyé

un message à son avocat qu'il informerait Erik de poursuivre le travail terminal, auquel il n'a pas beaucoup réagi, au début, mais quand leur conversation était terminée, Erik a commencé à se demander comment il pouvait laisser un tel message à son avocat, quand il avait été arrêté avec un kilo d'héroïne. Ensuite, les travaux du terminal devraient être la dernière chose sur son chemin sur son chemin.

C'était probablement le même sac que Sam avait apporté avec lui dans la voiture d'Erik, avec laquelle il avait été arrêté. Henke avait une bonne personne pour cette question, où les difficultés pouvaient être résolues, et c'était Bob Cole. Imaginez si Erik était venu dans l'appartement, quand il attendait qu'il sorte à la voiture, Non, il ne manquait pas de pensées de ce genre. Il est devenu une activité de pensée extrême dans la tête d'Erik pendant de nombreuses heures ce jour-là. Vers 17 h.m. Erik regarda par le regard dans la porte et voit une femme et un policier en uniforme masculin. Je n'avais pas l'impression qu'il voulait sauter du balcon, car il avait un grenier. C'était juste pour ouvrir.

C'était un vendredi, et Erik aurait ses enfants plus tard dans la soirée, quand c'était son week-end. Quand Erik a ouvert la porte, ils voulaient qu'il vienne à la gare. La première question d'Erik était, s'il était en état d'arrestation ? Non. Vous n'êtes que griffin pour une infraction criminelle liée à la drogue. Qu'est-ce que tu racontes?! Nous devrons le faire lorsque nous arriverons à la gare.

Erik voulait changer de pantalon alors qu'il n'avait qu'une paire de pantalons de survêtement, mais il était à peine en mesure de le faire, mais à la fin ils ont accepté. Quand il a eu fini, la policière a fait un pas dans le hall d'Erik, parce qu'elle allait lui passer les menottes.

Devrait-il être nécessaire? Erik a demandé.

Oui, répondit-elle brièvement.

Dans le même temps, Bob Cole est venu avec un pas au bâton, et a vu qu'Erik est entré dans une voiture de police , Bob a déclaré à l'Organisation et avait l'air inquiet.

C'était sacrément embarrassant d'avoir marché trois escaliers dans la maison où Erik vivait avec des menottes et deux policiersont l'impression que tout l'escalier s'était réuni juste à ce moment-là t il raisonde cette curiosité était que la police avait mis la voiture de police à l'extérieur de la cage d'escalier, et toutes ces mamies dans les escaliers se demandaient ce qui s'était passé. Une fois à l'intérieur de la voiture de police, le voyage s'est rendu au poste pour d'autres interrogatoires. Maintenant vint un vieux policier expérimenté ,qui interrogerait Erik sur un crime contre la drogue. Tout d'abord, il a stratégiquement commencé son interrogatoire en présentant un certainnombre, de classeurs qui, selon salutmcontiendrait des crimes dont Erik était soupçonné, mais qu'ils ne pouvaient pas prouver. C'était sa façon d'expliquer qu'ils le surveillaient depuis longtemps. Puis le policier policeman a commencé par demander à Erik s'il connaissait un Sam ? Il était difficile de nier, car ils avaient été arrêtés il ya quelques jours.

Oui, je le connais. Erik répond. Quelles affaires avez-vous entre vous ? C'était sa deuxième question, et ma réponse était simple. Nous n'avons pas d'affaires ensemble.

Puis ce policier explique que la dernière chose qu'Erik serait maintenant, était d'être arrogant comme il se présente comme un suspect dans un crime grave de drogue qui pourrait lui donner 8 à 10 ans. Erik a eu un sentiment étrange pendant l'interrogatoire, mais a pensé qu'il pourrait parler à Jim OneBone, qui est coupé et tranché avec son expérience sur les drogues qui seraient livrés, ou de ce genre. Pendant quelques secondes, Erik est devenu complètement silencieux. Il savait qu'il n'avait rien à voir avec la drogue et se demandait d'où ils avaient obtenu cette désinformation de?!

Nous avons eu cette information de votre copain Sam. Saider le policier. Sam avait dit qu'Erik était la personne qui possédait le kilo d'héroïne avec lequel il avait été arrêté. Maintenant, vous devez vous en foutre if je suis un suspect, je veux un avocat immédiatement», says Erik sur un ton en colère. L'agent a dit qu'il allait s'asseoir maintenant, ou passer la nuit à la gare, ce qu'Erik avait peu envie de faire, et il ne voulait pas faire un autre bruit sans avocat. La police a dit qu'ils avaient du mal à croire les déclarations de Sam, et encore moins qu'Erik serait le véritable propriétaire de l'héroïne kilo, puisque Erik était connu pour des choses complètement différentes. Les données et les crimes financiers étaient son principal domaine de travail, et cela avait rendu le Procureur extrêmement réfléchi lorsqu'on lui a dit qu'Erik aurait été impliqué dans la drogue. Maintenant, il a été confronté à deux questions importantes. Était-ce la vérité que cet officier vous avait dit, ou si Sam n'avait rien dit ?! Peut-être qu'ils ont été déclaration du policier qu'ils voulaient mettre des fourmis dans la tête d'Erik et de cette façon, voulait qu'il confirme que c'était l'héroïne de Sam. Mais les faits étaient qu'Erik n'avait jamais vu ce kilo d'héroïne, quand Erik a rencontré Sam.

Peut-être que c'était la façon dont Sama, deceive la police. Erik est devenu très incertain. Quand j'ai demandé à l'avocat que Sam lui avait donné une carte de visite, et qui il voulait, pour le défendre avant l'audience, la police dit qu'il peut aller pour la journée, mais qu'il est toujours comme un suspect, et il se pourrait qu'ils l'appellent pour un interrogatoire à nouveau. Erik pensait que son problème avec Sam était terminé, mais parle de lui se dupe.

Quelques mois se sont écoulés, et un jour il y a eu une convocation à unprocès, le procès de Sam. Oh,, merde jet était comme si elle n'allait jamais se terminer et Erik a dû comparaître au procès Quand il estentré, il était presque vide, à l'exception, du frère de Sam, qui a également été convoqué à ce procès. Son frère avait Erik rencontré une fois avant, donc il était familier. Son frère a dit qu'il était important qu'Erik ne lui dise rien, mais qu'il dise simplement qu'il ne savait pas. Oui, c'était une tâche extrêmement facile, car il ne savait rien à ce sujet, donc c'était juste pour dire la vérité. Il y avait très peu de questions que le procureur avait à Erik, et la plupart des questions qu'on lui a posées, principalement axées sur Sam et sa relation. Nous sommesjuste amispas plus », répond Erik. Le procureur demande s'ils avaient des affaires entre eux, mais ils ne l'ont pas fait. Le tribunal de district n'a alors demandé que si Erik avait demandé des frais d'indemnisation pour perte de revenu ou indemnité de conduite. Mais il ne voulait pas cela, parce qu'il se sentait heureux que sa part était terminée.

La vérité, cependant, était différente. Le frère de Sam dirigeait l'entreprise maintenant, et il voulait qu'Erik continue à travailler en phase terminale. Non, pas une chance ! Erik a dit directement. Puis ce frère dit que Sam avait fait une chose stupide pendant qu'il était sorti. Selon son frère, il avait acheté le kilogramme d'héroïne à crédit auprès des contacts d'affaires qui recevraient les contenants contenant des jeans et une tonne de viande. Mais que je nesuis pasmon problème! Erik a dit.

Erik n'avait parlé à Sam que de ces accords. Son frère a alors informé Erik que Sam avait parlé à ces gars-là et lui a dit qu'il avait un gars qui pouvait très facilement entrer dans le système terminal. Maintenant, il a commencé à devenir mal à l'aise pour dire le moins. Comment Sam a-t-il pu faire une chose aussi stupide, prendre un crédit avec ces gars-là était moins intelligent. Car le fait était que Sam et l'héroïne à effet de levier était basée sur Erik entrer dans un système informatique, et à travers ces conteneurs, la dette de Sam envers ces gars-là serait payé, mais maintenant le problème était seulement, que Sam et l'héroïne étaient dans les terres de l'État et bien enfermé. Tout d'uncoup, c'était comme si toute la pression était sur Erik pour résoudre ces problèmes. Maintenant, c'était tout sauf amusant. Tout d'uncoup, il n'était pas question de savoir s'il était possible d'entrer dans le système ou non. Maintenant, ce serait juste fait.

Le frère de Sam a dit Erik rencontrait un représentant de ces gars nothing ilétait si sacrément désireux de savoir que vous étiez plus, ou moins forcé de faire le travail, et que ces gars-là aurait un visage sur vous. Ce qui dans le monde numérique a tout fait pour éviter, tilpresse était presque insupportable quand Erik a commencé àréaliser qu'il était confronté à un travail extrêmement risqué. Un travail qu'il ne voulait pas.

Le lendemain du procès, ce représentant en viendrait à laisser plus d'instructions. La personne qui est venue parlait finnois-suédois et portait une veste en cuir noir. Il a demandé si

Erik était toujours intéressé par le travail, et sa première pensée a été que le frère de Sam avait apparemment menti à Erik. Il avait dit à Erik qu'il n'y avait pas de retour en arrière, et qu'il ne pouvait pas dire non à ces gars-là, c'était carrément malsain de le faire... mais l'homme qui est venu demande si Erik veut, et n'avait pas la moindre exigence sur lui en ce qui concerne ce travail. Qu'est-ce que c'était Erik manqué maintenant, something certainement pas correspondre depuisqu'il a soudainement eu deux versions Erik a dit à l'homme qu'il voulait revenir avec un message, which il pensait que c'était correct ilreprésentant se lever pour aller un fter il estparti, Erikétait vraiment, en colère contre le frère de Sam et a exigé une sacrée bonne explication h eassis tranquillement et juste regardé Erik comme s'il avait vu unfantôme.

Enfin, il a dit que son frère avait reçu une lettre de ces gars par l'intermédiaire de son avocat. Son frère reçoit la lettre qu'il avait à son tour reçue de l'avocat de Sam. La lettre disait simplement que la dette serait réglée, sinon ils s'assureraient qu'il a été choisi en prison. Ce n'était pas plus, mais Sam était évidemment très effrayé, car il a fait tout son possible pour rester dans la prison où il était maintenant assis, et a attendu sa peine, évitant ainsi la prison pour la plus longue période. Il a dû vraiment faire confiance à Erik, car il était maintenant sa seule sortie. Son frère était soudain très humble envers lui, quand lui aussi s'inquiétait pour son frère, qui a emprunté une plus grande somme d'argent pour acheter un kilo d'héroïne. Une préoccupation qui était vraiment justifiée.

Où est Erik dans cette misère ? Il avait sa haine, et son désir de vengeance qu'il voulait gagner beaucoup d'argent sur, et s'il avait été un peu raisonnable à l'époque, il venait de tourner le dos et s'en alla, mais malheureusement le désir de dollars, et le défi était trop grand pour s'abstenir, ce qui a fait Erik accepter ces gars-là. Une nouvelle réunion a été réservée, où Erik a dit ce qu'il avait à réclamer une indemnisation s'ils réussissaient, et quelles informations il avait besoin pour entrer dans le système terminal. Le contact de Sam au terminal a maintenant fait courir son frère, et les camions ont offert aux autres garçons de réparer. Maintenant, il y avait beaucoup de travail à faire. Erik voulait 250 000 SEK quand le travail a été fait. Un prix qui était purement trop bon marché, ce qui n'était pas le moindre problème pour passer à travers. Ils ont probablement pensé Erik était un peu stupide quand il a demandé si peu, mais il se sentait comme une bonne somme alors, et Big Mama (enfantgobelin) pourrait peut-être redistribuer ce capital afin que Sam pourrait payer son chemin hors de son enfer.

Pendant que le frère de Sam organisait l'information dont Erik avait besoin, il a vérifié qui était responsable de la récupération de ces conteneurs. En faisant juste quelques appels simples, vous avez découvert beaucoup d'informations précieuses. Quand Erik a recueilli cette information qui était pertinente à connaître, il a commencé à chercher des hôtes. Jim OneBone était à la recherche d'hôtes appropriés pour couvrir l'identité de l'ordinateur d'Erik. tandis qu'Erik était à la recherche d'un serveur proxy approprié. Un serveur qui serait loin de ce pays, mais il était également important que ce serveur proxy n'a pas assommer de sorte qu'il n'a tout simplement pas perdu le contact avec ce serveur proxy parce que par ce serveur, il a eu des contacts avec les différents hôtes. Ensuite, il semblerait que ce sont ces hôtes qui ont attaqué l'ordinateur terminal.

Erik avait également dit qu'il voulait recueillir du papier, comme des billets de consignation et d'autres papiers qui étaient directement nécessaires pour mener à bien cet accord. Contrairement à d'autres emplois de pirates,

Erik ne prendrait rien de ce terminal. Ce qu'il allait faire, c'était savoir quelles livraisons les intéressaient, puisque les marchandises étaient spéciales. Jeans et viande, ce n'était pas plus difficile.

Erik ne savait où se trouvaient ces marchandises, et dans quel conteneur elles se trouvaient, puis il arrangeait également de faux papiers sur des billets d'envoi et des signatures.
Le frère deSam'organiserait également l'étanchéité nécessaire pour que la situation semble tout à fait normale. La prise était d'entrer dans un récipient soi-disant vide sans susciter trop d'intérêt. Mais surtout. Pourquoi il entrerait dans la zone du terminal portuaire, sans beaucoup de questions se demandait Jim OneBone, qui avait l'air complètement remis en question.

Chapitre 12

Grâce à tous les appels téléphoniques qu'Erik a fait, il a été en mesure de savoir qui était responsable de la charge surce , jour particulier tpoule, il était juste faire de faux papiers qui avaient l'air mieux que les vrais. Je pense que c'est ce qui a pris le plus de temps. Grâce à ce contact que Sam avait au terminal, son frère est sorti un sceau, avec les pinces nécessaires pour sceller le conteneur. Puis un timbre confirmant qu'il a été imprimé à l'intérieur du terminal. Maintenant, le travail a commencé à trouver leur pare-feu. Erik a commencé à scanner leurs systèmes à travers divers programmes, pour vraiment vérifier s'il a eu un contact avec leur protection ultime. Quand il a scanné et trouvé ce pare-feu, il était temps d'envoyer un signal (ping), pour voir si ce pare-feu a répondu. Ce qu'il a fait. Ensuite, il était temps de commencer le processus de boucle, qui serait casser ce pare-feu avec beaucoup de combinaisons différentes. Comme Erik le sait déjà, cela peut prendre un certain temps, et tout au long du temps, il a eu des contacts avec les clients, qui étaient également intéressés par la façon dont il s'est passé. Entrer dans le pare-feu du terminal a commencé à prendre sur les forces, mais pas physiquement, mais, tous , le plus psychologiquement. Il y avait beaucoup pour la pression qu'Erik était sous, pour résoudre ce problème, quand l'échec pouvait avoir des conséquences dévastatrices pour une personne qu'il connaissait à peine, mais voulait toujours aider. C'est peut-être l'aspiration d'Erik qui a le plus attiré, mais il peut encore se demander aujourd'hui si sa conscience n'avait pas complètement disparu à cette époque. Parce que quelque chose en Erik voulait l'aider, même si c'était criminel ce qui se passe. Erik s'est toujours protégé, pensant que c'était pour la vie d'une autre personne, qu'il a fait cela, et qu'en même temps il savait qu'à ce moment-là, il se refusait la vérité à lui-même.

Il a fallu plus de dix-huit heures pour casser le pare-feu, ce qui n'était pas extrêmement long, mais compte tenu de ce qui allait être fait, il était très frustrant d'avoir à attendre ces dix-huit heures. Maintenant, il était temps d'entrer dans leur base de données qui était également protégé par mot de passe, mais il n'était pastrès , difficile, il a continué pendant moins d'une heure. Quand Erik était maintenant à l'intérieur du système, il a dû entrer une nouvelle adresse IP non, de sorte que leur pare-feu accepterait leur ordinateur. Jim OneBone a pris soin d'entrer ce numéro IP, sinon Erik serait piraté chaque fois qu'il est entré, et il n'y avait pas de temps pour. Erik a simplement mis le numéro IP de l'hôte comme une exception dans le pare-feu, ce qui signifie que le pare-feu arrête toutes les intrusions de l'autre IP non. De cette façon, leur pare-feu n'enregistrerait pas leurs petites visites comme intrusion directe, car leur numéro IP était maintenant accepté dans le pare-feu.

Maintenant Erik serait rapidement essayer d'obtenir une image dont les livraisons, qui étaient les plus appropriés lorsque la commande way très, spécifique. Les vêtements n'étaient pas un problème à trouver, mais souvent ces conteneurs contenaient une cargaison générale, qui était arrimée à l'intérieur du terminal. Mais celui qui cherche trouvera, et celui qui trouve, a été à la recherche. Ce n'est pas plus difficile. Maintenant, c'était juste pour trouver une solution intelligente. Ensuite, ils ont dû faire ressembler, rien n'a été pris de l'endroit et comment faites-vous? Tout d'abord, ceux qui ont commandé la livraison voulaient qu'ils le résolvent, comme ils l'ont fait pour les camions. Le frère de Sam et Erik étaient censés briser cette noix. Il s'est vite avéré que son frère était tout sauf dans l'étape de planification quand il a été lapidé et a dit qu'Erik viendrait avec la solution. Erik était légèrement fatigué de ce type innocent. Comment diable pourrais-je le résoudre, je n'étais pas dans des conteneurs et une telle merde que je voulais juste faire des transactions de différents types b, ut maintenant je voudrais soudainement résoudre ce pour moi des cas difficiles? Comment trouver de telles solutions quand je savais à peine comment un conteneur a été conçu? Erik se demandait.

Erik n'avait pas d'autre choix que de recueillir des informations via Internet, car il est un perfectionniste qui refuse de laisser les choses au hasard, mais résoudre un problème, à résoudre sur place, rend les choses difficiles. Ensuite, il est presque impossible de le faire théoriquement.

Jim OneBone construit des rampes qui étaient normalement utilisés pour charger la cargaison générale sur, et s'est avérévraiment , eh bien, mais alors Jim OneBone était vraiment pointilleux aussi. En introduisant cela comme un conteneur vide, cela signifiait concrètement que ce conteneur serait placé dans un endroit différent de celui à livrer. Il y aurait une distance entre ces conteneurs qui devenait extrêmement difficile à manipuler. Ainsi, l'introduction d'un conteneur vide ne résoudrait pas leurs problèmes. Non, ils avaient évidemment besoin d'un plan plus intelligent. C'est étrange avec les gens quand vous êtesexposéau stress. C'est comme si votre cerveau s'enfermait, et vous pouvez difficilement trouver le plan le moins simple. Erik a simplement dû déconnecter tous les must-havesdans , afin d'être en mesure de penser de manière constructive. Comment pouvait-il manipuler ces gens, qui travaillaient au terminal et dans le port, zone, jet était clairement unvéritable défi. Beaucoup s'attendaient froidement erik à résoudre le problème. Quand il est venu, à la conclusion que le plan était une simple manipulation à l'œil, et non pas une manipulation physique, il est devenu un peu plus facile de concevoir un plan.

La première chose qu'Erik a fait a été d'aller à son ancien atelier où il a commencé à souder ensemble une grille qui avait la même fonction qu'une barre de chien dans une voiture. Si vous pensez à une telle grille, qui peut être adapté, à la fois latéralement et la hauteur sage, alors vous pouvez avoir une image de ce que cette grille ressemblait. Grâce à cette grille,ils pourraient créer une imaged'un conteneur bondé. La grille n'avait qu'une seule fonction, et c'était de fournir un soutien si quelqu'un allait pousser les boîtes qui se trouvaient dans le conteneur. Le grid fournirait un soutien qui a fait les boîtes avant ne pouvait pas être poussé dans, puis l'ensemble du coup serait facilement révélé. Maintenant, c'était le prochain problème à résoudre. Que rédigerait-il de façon appropriée sur la note d'envoi qui accompagnerait ce conteneur, qu'il devait entrer dans la zone portuaire? Ils ont également dû trouver un camion de transport qui pourrait éventuellement faire fonctionner ce genre de conteneur. Erik a trouvé une entreprise de transport qui semblait très approprié pour cela et a créé des billets de consignation de cette société.

En recueillant des logos à partir de leur propre site Web, il a été en mesure d'imprimer un projet de loi de lading qui avaitl'air vraiment , authentique avec leur propre logo. Maintenant, c'était juste pour trouver une compagnie de destination qui, selon le projet de loi de lading recevrait les marchandises de retour de la Suède, que nous pourrions facilement trouver, car il y avait toute une série de ces entreprises.

Il était maintenant temps de communiquer avec les clients au sujet des conteneurs disponibles et des fournisseurs. De l'auto-préservation feat, Erik nepeut pas vous dire quelle entreprise ils ont choisi. Mais contre cela, il peut vous dire qu'ils ont apporté ce qu'ils avaient décidé à l'origine.

Les clients ont envoyé deux camions de la capitale vers le comté de Skane en Suède. Ces

camions pourraient être disponibles pendant
une semaine, ce qui leur donnait en pratique
une longueur d'avance de 5 jours. Ils avaient une
pression de temps, quand les conteneurs qu'ils
allaient rencontrer, étaient censés être livrés à la
compagnie qui commandait les marchandises.
Ainsi,, ils ont dû effectuer ce travail avant la
date de livraison prévue. Le conteneur qu'ils
allaient ramasser a été déblayé et ainsi scellé, de
sorte que personne ne serait en mesure d'y
mettre d'autres choses.

Leur client voulait rencontrer Erik avant de faire
le travail, ce qu'ils ont fait. Puis il a demandé
comment il l'a résolu en termes pratiques. Ils
voulaient aussi qu'Erik donne des détails sur la
façon dont il avait l'intention de le mettre en
œuvre.

Erik leur a dit qu'il voulait qu'ils utilisent
l'avantage qu'ils avaient maintenant, en termes
de temps, et pendant deux jours, contrôler la
compagnie de sécurité qui gardait les
conteneurs déblayés qui se trouvaient dans la
zone portuaire. Ils étaient tous d'accord là-
dessus. Puis Erik voulait qu'ils mettent un gars à
l'extérieur de la zone dans les prochaines 24
heuresdans , afin d'être en mesure d'obtenir ces
moments où la société de sécurité est venu. Un
travail triste, mais très,important, parce qu'ils

ne voulaient pas l'attention de la compagnie de garde. Ils étaient maintenant dans un travail très complet, mais sous pression. Il n'y avait pas de place pour les erreurs en aucune façon. Il suffirait pour la personne qui a vérifié les temps de l'entreprise horloger, vient de manquer un garde, ou peut-être s'endormir pendant quelques minutes. Cela nous aurait donné tous les mauvais moments, et cela aurait été gaspillé.

Erik en tant que personne n'aime pas être dépendant des autres, mais était maintenant complètement dépendant, de ce que ces gens feraient ou peut-être pas faire, mais maintenant il n'a pas l'impression, comme s'il n'y avait pas de retour en arrière. Ils ne pouvaient pas faire autant pendant le temps qu'ils attendaient le temps que la société de sécurité avait, et Erik était un peu inquiet que cette société de sécurité ferait des vérifications aléatoires. Quand ils ont eu les temps, il s'est avéré qu'ils avaientde jolis horaires serrés de garde, et puis il est devenu non moins pensif. Ils n'avaient qu'àprendre une décision alors qu'ils s'étaient sur le point de faire grève. Ils ont décidé de le faire entre 02h30 et 03h20, ce qui leur a donné un maximum de 50 minutes pour faire le travail.

Ils avaient probablement plus de temps, mais ils garderaient ces temps. La société de sécurité

pourrait bien sûr être un peu plus tôt, et ils
n'avaient pas vérifié leur temps depuis
longtemps. C'est stupide de prendre un risque.
Ils ont également décidé que la reprise aurait
lieu tôt le lendemain matin, car le risque que ce
travail soit découvert était beaucoup moins
élevé. Ils ont décidé de le faire assez tard dans
l'après-midi, quand vous êtes fatigué le soir et
donc pas aussi observateur que vous êtes dans
le milieu de la journée, et puis leur conteneur
n'a pas eu à se tenir dans la zone portuaire et
attirer vos yeux pendant toute une journée de
travail t ilchauffeur de camion étaitl'un des
garçons du client et a été minimalement informé
de ce transport particulier qui était l'intention
because ils ne voulaient pas que cet homme se
comporte nerveusement ou autrement invoquer
une attention inutile.

Il a eu les fausses factures de lading, puis a
conduit jusqu'aux portes du port. Ils étaient à
distance eux-mêmes pour voir le camion.
Lorsque leur voiture arrive, le conducteur du
camion saute pour montrer les papiers, ce qui
inciterait ce transport. Chaque minute était
comme une heure. Erik pensait que ça prenait
un sacré moment, et soudain ça sonne dans le
portable du client. C'est le conducteur qui
appelle, et dit que les papiers qu'il avait, n'a pas
pu être trouvé, et que le code à barres qu'ils

avaient maintenant commencé avec n'était pas sur le projet de loi de lading. Erik lui-même avait entré le transport dans la base de données. Mais c'était quoi ce code à barres? Erik s'est tourné vers le frère de Sam et s'est demandé comment il pouvait rater ça?

Il s'est défendu en disant qu'il n'avait reçu que ce genre de billet d'envoi de leur contact à l'intérieur du terminal. Comment peut-il nous donner les mauvais papiers?! A-t-il été payé? Le client a demandé au frère de Sam?

Il répond qu'il l'a payé en totalité en lui versant 1 500 SEK pour le poste. Il devait avoir 20 000 SEK pour ce travail, n'est-ce pas? Il a dit le client au frère de Sam. Qui était maintenant tout à fait disposé à mettre une balle dans sa tête, par colère! Ils ont dû appeler le conducteur pour l'informer qu'il devait faire demi-tour. Au moment où nous étions sur le point d'appeler le chauffeur, nous le voyons rouler dans la zone portuaire. Il s'est avéré que ce système de code à barres était juste sur le test et la personne dans l'écoutille avait dit qu'il y avait beaucoup d'expéditions ce système ne pouvait pas trouver! Ensuite, ils ont seulement testé le système. Confirmé pour la cupidité. Ainsi, la théorie d'Erik était vraie une fois de plus.

Quelqu'un a appelé le téléphone d'Erik. Quand Erik a regardé son téléphone, il a vu que c'était Henke qui a appelé. Qu'est-ce qu'il veut maintenant, Erikpensé etrépondu , Erik n'a pas eu   l'air de dire un son ... Henke était tellement en colère et, il ne pouvait pasentendre cequ'il voulait,, Henke était encore en colère, et Erik n'entendait que certains mots, comme si c'était si faible, si c'était Erik qui l'a fait.

Qu'ai-je fait? Erik a demandé.

Qu'est-ce quetu as fait ? Henke a dit... Vous le savez, mais nous en parlerons sur une autre ligne. Henke vient de jeter au téléphone, tellement en colère qu'il était.

Erik a poussé un soupir plus profond et s'est demandé ce qui se passe. Pourquoi Henke était-il si en colère, et surtout, pourquoi est-il en colère ? Les pensées tourbillonnaient avec Erik, sans succès. Lors de la planification était en cours, Erik avait despensées sur les actions de Henke. Qu'est-ce qui l'a mis en colère ? Il doit y avoir une explication logique, mais elle est lâche avec son absence.

Chapitre 13

Erik a dû revenir à la planification, donc il a dû y penser plus tard.

Parce que le frère de Sam n'a payé que 1500 SEK pour le travail, cette personne-ressource n'a pas fait un bon travail. S'il avait reçu ses 20 000 SEK, celane serait jamaisarrivé. C'était totalement inutile, et a rendu tout le monde nerveux, et a créé un stress qui n'est pas approprié d'avoir quand il va sur des affectations comme celle-ci, mais c'était un problème plus tard qu'ils ont dû trier eux-mêmes.
Maintenant, c'était juste pour attendre jusqu'à ce que le conducteur contacté et nous a dit où se trouvait le conteneur. Ils ont été placés après la date de livraison, qui ne parlait pas directement en leur faveur, car le conteneur serait expédié le lendemain, mais le conteneur qu'ils allaient vider était la première livraison de plusieurs jours plus tard. Cela pourrait les amener à être en mesure de courir entre ces conteneurs, et au pire avec une longue distance, mais Jim OneBone avait une bonne formephysique , de sorte qu'il a travaillé.

Le chauffeur a appelé à nouveau pour nous dire où se trouvait notre conteneur. Maintenant, c'était juste pour aller à un endroit où Erik pourrait se connecter au filet, et plus tard vérifier l'endroit où il a été mis en place. Erik pouvait alors voir qu'il y avait beaucoup de course, car ces conteneurs n'étaient pas dans la même rangée.

Cela signifiait également qu'ils avaient besoin de 4 chariots de sac pour plusfacilement, déplacer les boîtes avec des jeans. Bob Cole était aussi une personne qui pouvait garder un œil sur, de sorte que l'entreprise de sécurité ne serait pas les surprendre quand ils portaient ces boîtes. Bob Cole regarda Erik obliquement, mais il pensait que cela avait à voir avec la conversation entre Henke et Erik, ou celle que Henke criait.

Maintenant, il était temps de descendre au port et ensuite passer par-dessus la clôture. Une clôture composée de trois rangées de barbelés au sommet. Ils ont jeté une couverture sur les barbelés pour qu'ils puissent facilement passer. La personne qui voulait garder une trace de l'entreprise de sécurité n'allait pas dans le secteur, alors il a aidé à les amener par-dessus la clôture. Ils avaient une partie qui passerait par-dessus la clôture, notamment ces 4 chariots de sacs qui pesaient certains. Puis ils ont eu le grid qui allait plus. C'était beaucoup plus facile quand il était possible de se coucher.

Une fois à l'intérieur de la zone avec tout l'équipement, il suffit d'aller au conteneur qui était numéroté, ce qui lerend très, facile à trouver. Avant de commencer le travail, ils ont dû mettre en placeune sortede plan sur la façon dont ils fonctionneraient, car ils savaient maintenant à quelle distance se trouvait entre ces conteneurs. Le frère de Sam devait s'occuper de l'étanchéité du conteneur, mais aussi de l'arrimage des boîtes. Erik ne se sentait pas beaucoup en confiance en son frère, car ilne pensait pasqu'il pouvait se cacher le propre bas s'il y mettait un chercheur, mais aussi parce qu'il semblait flou. Ils ont fait une dernière vérification avec la personne qui allait vérifier sur la société de sécurité, donc rien ne se passerait mal. Mais c'était calme sur ce front.

Ils ont commencé par ouvrir le conteneur qui devait être vidé de jeans, mais pour Erik c'était aussi un chèquesupplémentaire, donc il n'a pas eu la mauvaise information sur le contenu. Une fois qu'ils sont entrés dans le conteneur, il a juste eu à vérifier le contenu des boîtes. Oh, oui, oui. C'était un jean exactement comme prévu. C'était des jeans design, et ily en avait beaucoup. À la première estimation, ils devinent à 2000 paires de Jeans, mais ,ils n'avaientpas de contrôle particulier t it était toutsimplement imaterial en ce moment. Ainsi, Erik a sorti le grid qu'il avait faitdans, afin de préparer led set. Les autres ont commencé à charger des boîtes sur

les chariots de sac, puis ont commencé à les
rouler sur leur conteneur. Maintenant, il y avait
trois charrettes roulant tout le temps, et le frère
de Sam rangé aussi vite qu'il le pouvait. Il a dû
faire quand ils étaient finalement 4 hommes qui
ont chargé et roulé des boîtes. C'était plein tout
le temps. Ils avaient vraiment à faire, car ils
n'avaient que 50 minutes. Puis il a même dû
laisser quelques boîtes revenir à ce conteneur,
et une trentaine de jeans, ce qui couvrirait la
pause, ce qui signifiait qu'ils devaient prendre et
vider un certain nombre de boîtes dans leur
conteneur afin qu'ils puissent mettre en place
un conteneur visiblement emballé, avec les
boîtes vides.

Lorsque la dernière boîte a été transférée dans
leur conteneur, ils ont jeté tous les chariots
dans le conteneur vide. Ils ne pouvaient pas les
transporter à nouveau. Ils ont commencé à
assembler la grille, puis deux rangées de boîtes
presque vides. Les boîtes emballées pleines de
plastique, et au sommet jeter un certain
nombre, de jeans, qui a donné une pression que
les boîtes étaient pleines, si quelqu'un ouvrez le
récipient, à un chèque. Mais le crime parfait
n'existe pas, ce qui n'était pas le cas puisqu'ils
ont oublié deux choses. Ils n'avaient pas de
ruban adhésif pour les boîtes coupées, puis ils
n'avaient pas de nouveau cadenas pour le

conteneur, quand ils ont coupé ce qui était auparavant assis là.

Ils ont mis le joint, ce qui indiquerait que le conteneur n'a pas été ouvert. Juste pour espérer qu'ils y verraient une erreur, et qu'ils ont eux-mêmes mis dans une nouvelle serrure. Maintenant, ils étaient à court de temps et ont dû prendre leur retraite. Ils ont contacté la personne qui a vérifié les gardes et ont dit qu'il allait les récupérer. Pendant ce temps, ils ont fait leur chemin sur la clôture à nouveau, ce qui n'était pas si facile pour la dernière personne compte tenu des barbelés. Une veste en enfer, mais ils pouvaient se le permettre.

Maintenant, ils ont quitté la zone portuaire pour pouvoir dormir quelques heures avant que le conteneur ne soit ramassé par leur chauffeur le lendemain matin.

Maintenant, c'était une fois de plus que l'on se solidifierait comme un coffre-fort, quand ce conducteur serait entrer dans la zone portuaire pour ramasser leur conteneur, mais cette foisil s'est vraiment, en douceur. Ça n'a pris que quelques minutes, et puis il est venu après le conteneur. C'étaitabsolument, merveilleux. Mais Erik n'a pas osé faire de grands sauts de joie car ils n'ont pas eu le bateau dans le port, comme on dit. Le conducteur sortait aussi des portes. Ils ont suivi le cours des événements de loin. Il mettait maintenant le crochet en place, ce qui tirerait le conteneur sur le camion. Lentement mais sûrement, le conteneur a glissé patience, patience! Oui,, Erik était aussi hyperactif qu'une fusée du Nouvel An, et il voulait juste voir le camion à l'extérieur de ces portes une fois pour toutes.

C'était extrêmement excitant, et même s'il savait qu'il avait fait un bon travail préliminaire, quelque chose d'inattendu pourrait arriver, quelque chose qu'Erik aurait pu manquer dans tout le stress. Il a pensé à tout recommenceret, encore une fois, juste au cas où il pourrait prévoir tous les problèmes. Ils parlent de minutes que toutes ces pensées sont venues sur, et qui a créé un stress intérieur en Erik. Le client semblait plutôt calme une fois le camion sorti, alors c'était comme si le client soufflait la fumée de cigarette à la hâte. On aurait dit qu'il retenait son souffle tout le temps, et maintenant que le camion roulait, il a soufflé la fumée! Oui,, même les gars chevronnés comme le client pourrait être nerveux. Tout le monde applaudit et il semblait que cinq gars étaient debout près d'une clôture électrique, comme ils ont sauté de joie. Erik a à peine eu un mot entier, comme ils parlaient dans la bouche de l'autre par pur bonheur. Le conducteur a été informé de l'endroit où mettre le conteneur. Ils avaient une place dans la ville appelée Ystad, avec un vieux forgeron. Il avait beaucoup de ferraille sur sa ferme, donc ce conteneur n'attirerait pas beaucoup d'attention. Lorsque le conducteur a quitté le conteneur, le travail suivant a commencé, pour reconditionner les boîtes. Lorsque ce travail a été fait, ils ont commencé à couper le conteneur avec la torche de coupe. C'était un sacré boulot, mais ça a bien marché. Les petites pièces dont le conteneur se composait maintenant pouvaient facilement être cachées à l'endroit, et donc le problème a été résolu. La remorque a tiré les marchandises vers la capitale où il y avait déjà beaucoup de commerçants qui voulaient acheter ces jeans de marque bon marché.

Quand ils ont vérifié le nombre de jeans, il y avait près de 2500 paires. Ce qui s'est élevé à une valeur d'environ 1 250 000 SEK, mais le client a dû prendre un prix inférieur. Un prix de 295 paires SEK pour ces jeans. Vous pouvez deviner s'il y avait une grande demande pour ce stock. Erik a obtenu ses 200 000 SEK comme promis. Le client a fait le plus gros profit. Puis

295 SEK fois 2 500 paires, une belle petite
somme de 737 500 SEK. Pas une somme
complète ment fausse. Le client, cependant,
avait quelques bouches de plus à nourrir.

Le frère de S am était heureux qu'ils   n'ont
pas mis une balle dans son front. am's
Puis,par sa cupidité, il ruinait   tout le coup
d'État.   Après tout, il a été autorisé à garder
le 18 500 SEK qu'il that   avait reniflé et qui se
trouvait à l'intérieur du terminal. Mais Erik a
appris une fois de plus. Par jamais fait confiance
àpersonne , vous évitez à la fois beaucoup
de problèmes, et d'être being déçu.

Erik pouvait maintenant souffler, quand la
première partie de leur commande a été
achevée. Maintenant, ils seraient en quelque
sorte trouver une couche qu'ils pouvaient choisir
une tonne de viande congelée sur, mais il n'était
pas si désireux sur elle, quand il avait un enfer
d'une douleur de formation, puis ils ont déplacé
toutes ces boîtes dejeans deux fois. Ainsi,, une
tonne de viande n'était pas exactement
alléchante.

Peu de temps après, Henke a fait son appel 5, et
il se sentait obligé de répondre, et même si
Henke était, Erik ne savait pas quoi, du moins
pas alors, mais Henke l'a informé. Après tant de
conversations, Henke devrait être plus calme,

mais il n'était pas... au contraire, Henke est devenu presque intimidant, et c'était une façon complètement différente de résoudre les problèmes. Erik a plus facile à gérer les menaces que caress, car il a été formé pour cela. Erik ne voulait pas penser à cette solution, mais était curieux de savoir ce qui a rendu Henke si en colère.

Erik a cherché lui-même ce qui a déclenché cette solution, et Henke avait été l'ami d'Erik pendant de nombreuses années. Il doit bien sûr être quelque chose qui vaut la peine de se battre pour, Erik pensé. Henke ne ferait jamais ça pour rien, et cela semblait l'ennuyer correctement. Erik allait l'appeler par Skype, pour lui parler à coup sûr, sans écouter. Il a dit et fait, Erik a appelé Henke. Oui, que voulez-vous? Henke a dit.

J'ai parlé au frère qui a survécu aux abus d'Anton, c'est-à-dire Evert, et il m'a dit des choses, après un peu de persuasion, que vous Erik, avez coupé Anton après qu'il soit devenu fou. En d'autres termes, vous avez battu à mort une personne au cours de l'Organisation, et c'est une chose interdite à faire. Même si la personne est coupable de voies de fait, vous ne pouvez en aucun cas battre quelqu'un de l'Organisation. Henke dit.

Quand Henke a terminé son discours, Erik s'est rendu compte que le jeu serait sur un terrain de jeu complètement différent de celui qu'il avait l'habitude de jouer sur. Erik savait qu'il était temps de réfléchir rapidement et de trouver des solutions avant l'Organisation, même s'il était mentalement difficile de penser de cette façon pour Erik. Tous les gens de l'Organisation.sont devenus en quelques minutes les ennemis d'Erik. Il s'est rendu compte qu'il y avait de gros problèmes, et toutes les réflexions, les plans,les pensées et les solutions avaient disparu avec le vent. Maintenant Erik se tenait debout, et même s'il avait sa formation, il était un peu rouillé.

Toutes les personnes qui lui faisaient confiance, et qu'il a construites pendant de nombreuses années, étaient partie. Le pire, c'est qu'Erik trahissait un ami qui était en prison, et qui à son tour empruntait de l'argent pour de la drogue aux mauvaises personnes, et qui le menaçait par l'intermédiaire de l'avocat de son frère, qu'ils couperaient Sam sur la voie à moins que la dette ne soit bientôt réglée.

Le client avait gagné énormément de confiance en Erik, quand il a réussi ce coup d'État,et , voulait aussi qu'il planifie cette livraison, mais comme je l'ai dit, mon intérêt pour la planification de ce fut extrêmement faible. Il a dit qu'après cette livraison, ils pouvaient faire de grands coups, mais plus simple, parce qu'il avait très,de bons contacts avec les entrepreneurs et les restaurants.

Peu importe ce qu'ils ont rencontré, tant que c'était de grandes quantités, il l'a vendu sans problème, mais même cela n'a   pas motivé Erik, parce qu'il était fatigué et fatigué, d'avoir certaines personnes autour de lui, des gens qui leur étaient directement mortels. Erik a dit au client qu'il ne voulait pas travailler avec le frère de Sam. Le client n'a pas aimé le frère non plus, car il pouvait tout compromettre. Le problème était la dette de Sam pour l'héroïne, qui n'était pas entièrement payée. Le client avec qui Erik avait maintenant des contacts n'était pas au sommet de cette ligue, maisil avait clairement des contacts importants erik a commencé à sedemander , qui il travaillait réellement pour Erik a posé la question au client, mais ce n'était pas exactement une question qu'il avait l'intention de répondre. Avec le temps, vous obtiendrez plus d'informations. Il varépondre. Erik a dit qu'il pouvait oublier cette question.

Erik n'a pas aime ce sentiment. Quand vous parlez de ce sentiment, c'est une chose très difficile à expliquer, mais si à un moment donné de votre vie vous avez été exposé à une situation qui s'est sentie désagréable, c'est probablement la chose la plus proche Erik peut le décrire. Dans le monde criminel, les gens parlent souvent de :

ERIK VA À SES VIBS.
C'est exactement ce qu'il ressentait. Il a eu de mauvaises vibrations quand il a eu cette réponse. Bien que la réponse ait été claire et claire, la question était plus, ce qui n'était pas clair.

Tapez *pour ne pas poser de questions sur ce que vous ne voulez pas savoir!*
Erik pouvait très facilement comprendre que le client avec qui il avait été en contact avait sa tête qui le dirigeait à cent pour cent. Mais qui étaient-ils?

Chapitre 14

Mais pour y penser, serait juste faire un nervous et maintenant Erik serait principalement prendre, une décision sur leur offre t ilclient lui a offert la même compensation psource travail. Être en mesure de gagner 400 000 SEK en quelques semaines n'a pas été mal payé directement which signifiait que la réponse d'Erik était tout à fait évident, mais même si la réponse aété donnée, ce n'était pas une solution à l'endroit où l'on a trouvé une tonne de viande congelée comme donné.

Le cerveau fonctionnait extrêmement en ce moment. Beaucoup de pensées ont été laissées, pour réfléchir à savoir si ce serait un. Logiquement, en tant qu'être humain, vous vous demandez qui peut recevoir 2500 paires de jeans, et les faire vendre rapidement, puis commander une tonne de viande? Hm. Même s'ils n'ont pas encore vendu tous les jeans, Erik avait effectivement été payé, et puisque les jeans ne sont pas périssables, ils peuvent bien sûr s'allonger loin de toutes les longueurs, sans vieillir, et que ce client avait des contacts, il n'y avait aucun doute, puisqu'ils commandaient maintenant toute la viande. Manifestement, ils avaient organisé des camions sans problème. Normalement, dans le monde criminel, c'est 90

p. 100. Vous avez rencontré des gens qui pouvaient tout réparer, alors que les faits étaient qu'ils étaient complètement incapables de réparer quoi que ce soit. Ils avaient des contacts locaux à l'endroit où ils étaient actifs, mais habituellement ce n'était rien de plus que des mots vides.

Comme il y avait tant de choses, ce n'était pas sans erik douter, quand quelqu'un a commandé une tonne de viande qui, dans la pratique, avait besoin d'être vendu tout à fait immédiatement. Ce n'était pas exactement une vente qui se tourna vers les vieilles dames et autres particuliers. Non! nous parlons d'acheteurs avec de grands portefeuilles et avec un grand espace de stockage, donc il y avait beaucoup de choses qui battreaient avec une telle livraison. Bien que cela ne semble pas inquiéter le client.

Erik hésitait à savoir s'il allait résoudre ce problème, et en même temps pensé qu'il se sentait mal de ne même pas essayer. Un peu ennuyeux, il était, quand il a obtenu des emplois qui n'étaient pas des emplois directs en informatique, bien quece travail pourrait être , besoin de ces compétences. Un travail comme celui-ci était principalement basé sur le déplacement des biens physiques. Erik honnêtement n'avait aucune idée par où commencer à chercher. Il était peu probable qu'un camion de transport voyage avec une tonne de viande. Ils avaient une remorque avec des refroidisseurs, et donc,jusqu'à présent, tout allait bien. Maintenant, ils auraient juste quelque chose à remplir avec. Prendre des conteneurs et des choses similaires signifie que la police commence à garder les zones qui ne sont pas gardées normalement. Surtout s'ils pensent que c'est une ligue qui est en mouvement. Même si vous vous attendez à obtenir la police sur vos talons, vous devriez le prendre en toute sécurité avant l'incertitude. C'est probablement ce que le client pensait, et c'est pour cette raison qu'il essayait maintenant d'accélérer le processus d'une manière légèrement plus fine. C'était donc juste pour commencer les enquêtes. Erik ne savait pas s'il allait pleurer ou rire, toute la mise en place a été comme prise à partir d'un mauvais script d'Hollywood, qui était caché parce qu'il était si mauvais. Erik connaissait un chauffeur de camion qui était un peu à moitié criminel, et qui avait fait quelques petites choses pendant un certain temps, mais il avait maintenant une famille, et une dame qui le tenait par le cou. Erik pouvait lui demander s'il avait des contacts avec des conducteurs qui conduisaient un camion frigorifique. Mais poser de telles questions le rendrait probablement, c'est le moins qu'on puisse dire, se demander, et peut-être insalubrité curieux, quand il commencerait à rechercher des objets appropriés.

Erik ne voulait pas qu'il soit blessé, parce que l'argent fait faire des choses stupides aux gens. Le risque qui existait, c'est que ce camionneur qu'Erik contactait maintenant parlerait trop, ce qui signifierait qu'il avait des problèmes permanents pour le reste de sa vie. Quelque chose qu'Erik ne voudrait pas sur sa conscience. C'était peut-être pour toucher, pour la conscience, je ne voulais pas qu'il lui arrive quoi que ce soit. Ce n'était pas vraiment une bonne idée de le contacter, car il avait de la famille, mais il est facile de le dire maintenant avec le recul. Ce chauffeur que nous appelons dans ce livre à Tompa.

Ce Tompa a commencé ses enquêtes immédiatement en faisant un appel. Après le premier appel Erik juste eu à expliquer qu'il a dû serrer, comme il peut, ne pas parler de telles choses au téléphone. Erik a dû commencer à prendre rendez-vous avec différentes personnes et faire la conversation entre quatre yeux. Tompa semblait penser qu'il pouvait parler de toute façon, mais après avoir parlé, plus en langage clair avec lui, il est venu à réaliser que

c'était de grandes choses, et les mauvaises
personnes à baiser avec who va avoir les choses,
qui travaillez-vous pour? C'est-à-dire des
questions qui étaient naturelles à poser. Des
questions tout aussi naturelles auxquelles il était
tout aussi naturel de ne pas répondre. Tompa
voulait aussi savoir ce qu'il en tirerait, et peu
importe ce qu'il demanderait, cette
compensation n'affecterait que le portefeuille
d'Erik, parce que c'étaitlui qui l'avait
embauché. Erik a dit à Tompa que la
compensation, nous avons dû prendre, quand
nous savions si tout est entré en lockdown.

Tompa a fait des recherches pendant plus de
quatre jours,etdans l'intervalle, Erik aurait mis
au point une solution intelligente qui pourrait
fixer cette livraison. Quand Tompa lui a dit ce
qu'il avait, ce n'était pas exactement ce qu'Erik
voulait entendre. Trouver autant de filet de
bœuf semblait totalement impossible, le plus
proche qu'ils pouvaient obtenir, était un
approvisionnement avec des viandes
différentes. Il y avait beaucoup de viande, filet
de porc et d'autres viandes, qui ont été comptés
comme des délices. Erik a décidé de rencontrer
le client le même jour, lorsque Tompa recevrait
également une copie des notes de consignation

qui compl'compaient le contenu de ce camion frigorifique.

Quand Erik plus tard dans la soirée a montré à l'acheteur ces billets de lading, il les a regardés pendanttrès, très longtemps, et puis il dit qu'ils le prennent. Le client se penche vers l'avant du canapé où il est assis, me regarde et dit. Maintenant, nous savons que vous ne voulez pas nous tromper, et Erik ne comprenait toujours pas ce qu'il voulait dire par là? Pourquoi voudrait-il les tromper, je pensais ?! Ce serait carrément stupide, et signifierait une mort rapide, et puis c'était comme erik's god vieille grand-mère disait toujours, *que vous ne devriez pas mordre* la main qui *vous nourrit.*

Le client dit alors qu'ils ont pendant longtemps, eux-mêmes essayé de mettre la main sur la quantité, mais pas même eux avec leurs contacts pourraient le réparer, dit le client, quand Sam avait dit qu'il l'avait fixé, ils se demandaient clairement comment c'était arrivé, quand ils savaient qu'il était pratiquement impossible de mettre la main sur elle, ils ont choisi d'attendre et de ne pas agir contre lui , comme une action violente contre le client signifierait une perte totale pour eux.

Un jeu qui signifiait essentiellement qu'Erik a aidé le client, et en même temps sauver le mal de Sam, mais ces règles du jeu n'ont pas été parlé. Je ne pense pas que Sam voulait rester en prison et ne pas êtresatisfait, car il avait des affaires inachevées avec ces gars-là, et qu'il était sous la menace, il n'y avait aucun doute. Tout aussi sûr que Sam serait mort si Erikabandondait maintenant. Maintenant, la pression a commencé à se sentir sur Erik, qui voulait juste avoir une vie tranquille.

Erik fermé les yeux, et voulait juste penser à quelque chose de gentil ... Eh bien, non, non! Comment pouvez-vous profiter d'une vie, quand vous n'avezpas de vie, si sacrément ridicule, t hought lui, Erik compris à l'époque que sa vie ne s'amenait pas, et la réalité était que Erik juste au moment de l'expérience, et bien qu'il se sentait un peu déprimé avec beaucoup de must-haves, Erik voulait sentir le sentiment qu'il avait, et qui l'a rendu entier, ou présent pour le moment.

Henke avait convoqué au cours de la journée un certainnombre de membres de l'Organisation pour voir comment le problème d'Erik serait résolu, et s'il y avait des suggestions. Il n'ya pas exactement un manque de suggestions qu'ils ont faites, et il y avait des gens qui détestaient apparemment Erik pour avoir tué l'un des siens. Big Mama tenait la grande caisse pour l'Organisation, donc Henke ne voulait pas étrangler son autorité.

Pour commencer, a dit Henke, seuls quelques-uns de l'Organisation sont à cette réunion. Alors seul le cercle intérieur est présent, certaines personnes sont comme Erik complètement inconscient de cette réunion. Les gens qui étaient avec Erik étaient Bob et Jim OneBone. Il y avait eu deux camps, mais personne n'était au courant de cette distribution, pas même Erik. Henke s'est tourné vers les autres membres de l'Organisation pour apprendre ce qu'il faut faire avec Erik, et qui allait exécuter l'action, mais personne ne voulait élever lavoix, jesuis devenu une putain de vie comme si quelqu'un dans l'Organisation renversé ou jes toute une vaisselle.

C'est la cuisinière Cyanide qui s'est tout droit dirigé vers les membres du groupe, et a regardé avec ses yeux en déclaré, après tout ce qu'elle avait entendu à la réunion de la cuisine. Comment diable pouvez-vous juste penser Erik ferait cela sans raison Elle a dit,vous un re va devoir aller fuck it how pouvez-vous même penser Erik l'a fait,, damn vous devriez avoir honte de vous-même,je l'ai connu pendant de nombreuses années, et il n'y amême pas eu de tendances vers de telles choses. Henke demanda clairement par curiosité si le Cyanide Cook était un peu amoureux d'Erik, car Henke avait rarement entendu un tel discours de défense de la part d'une autre personne de l'Organisation. Il sonne comme un amour malheureux qui prévaut, et riait un peu, même si ce n'était pas le moment de rire maintenant.

Non! Dit le cuisinier Cyanide, maintenant vous unre ridicule, et je suisun m pas amoureux, et est retourné à la cuisine à nouveau.

Peu de temps après son discours, il y avait une grande personne, une montagne musculaire à l'Organisation, qui était prêt à juste mettre une balle dans la tête d'Erik, quand ce bâtard avait trahi sa parole, et de sang froid tué Anton. Il ne mérite même pas d'être l'un des nous. Le gars voulait faire une différence, quand un homme qui ressemblait à un raisin sec, et avec des forces qui avaient couru il ya plusieurs années, informé le gars qui avait été si arrogant et semblait difficile. Il ressemblait à une montagne de muscles, et son cerveau était dans ses bras. L'homme qui s'est adressé au motard était GammelMan et avait été dans l'Organisation pendant de nombreuses années, et peu connaissaient son nom.
Ils sont tous devenus complètement silencieux

parce qu'il n'était pas souvent GammelMan
avait quelque chose à dire.

Maintenant, jevais vous dire des informations
importantes sur ce PointMan, donc tous ces
idiots se tament et tout le monde sait à quoi
nousavons affaire. Eh bien, allez avec moi
 uncalme! Dit la montagne musculaire.

Vous morceau de merde, maintenant vous unre
vase taire, écouter et ne pas jouer idiot.
GammelMan a répondu et a poursuivi en disant:
Je ne pense pas que vous savez ce qu'est un
PointMan?
Non, a déclaré la montagne musculaire.

But beaucoup de gens savent qu'un PointMan a
quelque chose à voir avec l'armée, a déclaré une
personne sage dans le groupe.

Yes, that est jolie,à droite GammelMan dit,
mais il ya deux variétés d'un PointMan qui
existent, et Erik n'est pas formé par les militaires
et leurs connaissances. Non, il s'agit d'un
PointMan qui est formé par l'Organisation avec
beaucoup de formation sur de nombreuses
parties de la vie.

Hé, hé, hé. Comment peut-il être difficile de tirer
sur la personne en question, et donc le
problème est terminé, quand Erik a fait

beaucoup de choses négatives et de crimes, a déclaré muscle montagne.

Nous y revenons plus tard », dit Gammelman, en continuant à nous parler de PointMan.

Eh bien, un pointeur,est plus avancé que de faire du travail. Non, un pointman à part entière devrait être en mesure de faire des emplois pour différentes organisations, mais aussi être en mesure de médiation entre ces parties, mais juste ce peu, à la médiation, Erik n'était pas si intéressé. Beaucoup,fois il y avait des organisations lourdes derrière le produit.

L'acheteur pourrait être une entreprise ordinaire, qui voulait le truc. Ensuite, l'Organisation déploie son Pointman, où il a agi comme une forme d'outil de conversion entre ces parties.
Soudain, Erik avait été forcé dans un rôle de personnage pointman similaire. Un rôle qui signifiait qu'Erik prenait consciemment de grands risques personnels. Si quelque chose n'allait pas, il était lui-même sur la glace mince. La police a d'abord eu beaucoup de mal à placer Erik, ou à quelle organisation il appartenait, comme Erik le sait maintenant par la suite, et cela a grandement intrigué l'Organisation. Lorsque vous jouez avec des gangs criminels aussi lourds, la police a beaucoup de ressources

disponibles. Organized crime était censé être
surveillé.

Quand Erik s'est déplacé dans de tels cercles, il
est rapidement passé sous surveillance. Il est
maintenant devenu un criminel encore plus
lourd, et la police a rapidement suivi toutes les
étapes qu'il a prises, à savoir avait fini dans l'un
de leurs dossiers les plus homely. Il s'appelle ASP
et est un registre de reconnaissance dans le cas
d'Erik. C'est quelque chose qu'Erik a découvert
bien après.

Un PointMan est formé pour les armes,
explosifs, explosifs ciblés, munitions, pistolets,
revolver, fusil d'assaut, lance-grenades, acides,
chaux, mais aussi dans la langue, Erik manipulé 3
langues, ainsi que 2 langages de programmation.
Ci-dessus, comme si cela ne suffisait pas, Erik
avait un QI élevé. Et avait une faiblesse ou une
force, il était toujours seul. Il a choisi d'être lui-
même, un ours solitaire qui a probablement
laissé une marque sur lui au fil des ans. C'était
rarement, ou jamais on pouvait voir Erik heureux
ou qu'il riait. Non, ce n' était plus dans sa vie, et
je peux le dire à tout le monde dans cette pièce.
Dit GammelMan, et poursuit en disant, n'hésitez
pas à obtenir un, ennemi, mais d'abord voir ce
que vous en tant que personne ont en face de
vous. Vous êtesassis ici me dire ce que vous

devriez faire avecErik ... mais c'est peut-être Erik
qui vient après vous, et puis vous avez un
problème appelé assez bon.

Henke et les autres membres de l'Organisation
ont commencé à devenir gris en couleur. Oui, a
dit Henke, maintenant nous savons ce que nous
avons devant nous, et il semble approprié que
vous êtes tous sur vos gardes. Le vieil homme se
tourna vers la montagne musculaire et lui
demanda s'il savait maintenant ce qu'était un
PointMan, et il hocha la tête en accord avec lui.

Henke, qui était le leader, a compris que Erik
sera un problème s'il utilise ses connaissances à
l'Organisation. Il attendait que Bob revienne de la
planification qu'il avait, avec Erik. Bob ne savait
rien de la réunion.

Bob est venu après un certain temps et Henke a
profité de l'occasion pour appeler Bob dans
l'Organisation, il avait l'air un peu pensif quand
Henke l'a appelé.

Bob. Henke a dit. Je pense que nous avons
beaucoup de problèmes devant nous.

Est-ce qu'on l'a fait ? Bob a dit. Notre ami Erik a
tué Anton. Henke dit. Bob croyait que le premier
Henke se moquait de lui, mais s'est rendu

compte assez, bientôt ce n'était pas le cas, mais attendait ce que Henke dirait. Comment ça a pu arriver ? Bob se demandait.

Oui. Henke a dit, je me demande aussi, mais ça commence par le seul frère qui me dit en toute confiance qu'Erik a tué Anton, et c'est comme ça.

Tout le monde dans l'Organisation ne sait pas que nous avons eu une réunion, mais vous, Bob, êtes ma main droite, alors c'est correct.

Henke s'assit et se dit s'il vendrait Erik quand il le ferait à Anton.
Et il se demandait s'il se moquerait de l'agent McGill et utiliserait ainsi lespouvoirs de SAPOd'une manière positive pour l'Organisation. Mais à quoi ça ressemblerait ? Henke pensait.

Henke pensait. J'appellerail'agent McGill.
Elle a répondu à son portable, et Henke a dit bonjour.

McGill, on doit parler de quelque chose qui s'est passé. Henke a dit. Je veux qu'on se rencontre tous les deux dans un site de déchets parce que ça peut paraître étrange.

Quel est l'intérêt ? McGill a dit.

Mais il ne voulait pas en parler là-bas.

En même temps, dans un autre endroit, Erik se tenait debout, et planait la vengeance qui se passait, et ne savait pas ce que Henke faisait. Erik voulait juste qu'il puisse donner une solution à son ami, pour qu'il ne soit pas battu à mort en prison.

Le client voulait qu'Erik organise le transport jusqu'à la capitale, et de là ils avaient eux-mêmes des gens, et dès que le camion arrivait dans la capitale, le travail d'Erik serait fait. Il voulait revenir à la planification duport translui-même et t ilclient ne voulait passavoir, comme il voulait seulement savoir quand le camion pourrait arriver dans la capitale. Erik a fini par rentrer à la maison à Tompadans , afin de coudre le sac. Au moment où il partait, le client tend un sac en plastique, un sac ordinaire que vous obtenez dans le magasin lors de l'achat de nourriture. Il tend la main à Erik, et dit qu'il est maintenant payé pour le travail.

Chapitre 15

Erik regarde vers le bas le sac et s'assure qu'il ya
beaucoup de billets de banque dans différentes
dénominations. Le client dit qu'ils sont en
petites coupures parce qu'il est plus facile pour
Erik de disposer, car ils ne brillent pas autant
que les gros billets de banque.

Non. Erik a dit. Je vousfacturerai quand le travail
sera terminé. Les choses peuvent maltourner, et
je wisera responsable duremboursement.

Le client a essayé de rassurer Erik qu'ils ne lui
feraient aucune demande si la police les arrêtait,
puis il l'a dit, il ne voulait pas entendre. Le client
dit qu'ils feront beaucoup d'affaires à l'avenir,
avec un petit sourire sur leur visage. Un sourire
qu'Erik n'avait vu qu'une seule fois lors du
dernier coup d'État. Erik sentait à quel point son
avenir serait sombre, avec beaucoup de must-
haves, et un client qui vient de tenir pour acquis
qu'il était intéressé par ces emplois.

Quand il s'agit de crime, on peut décrire ce
monde comme une toile d'araignée
gigantesque, où tout le monde est en contact les
uns avec les autres d'une manière ou d'une
autre. Ce qui signifie que si vous faites trop d'un
imbécile, ou faire de mauvais travaux, il se

propage rapidement. Plus vous vous êtes enre cours dans la toile d'araignée, plus vous aviez de puissance.

Comme vous le comprendrez, Erik était loin sur le bord et était au milieu de celui-ci, comme un Svensson avait appelé une carrière, et où il se trouverait un nom comme cela a été dit auparavant. Erik a commencé à acquérir de plus en plus de compréhension de la façon dont tout était connecté. Cette toile d'araignée était une échelle de carrière, et on montait lentement plus près du centre du filet. C'est ce cercle intérieur que tous les criminels voulaient trouver, mais peu l'ont fait. C'était comme dans le monde réel, rempli de beaucoup d'obstacles et d'embûches, mais la différence était que nous étions des voyous, volontiers pris un raccourci.

Erik est rentré chez lui à Tompa pour faire la dernière planification qui était nécessaire pour que le travail réussisse. Maintenant, ils ont dû trouver les faiblesses qui nous donneraient l'occasion de réussir. Tompa avait trouvé un collègue qui était fatigué de son employeur, qui semblait payer ce conducteur trop mal. Pour une autre raison, il ne pouvait pas voir, comme il pouvait mettre en place sur leur plan qui était comme suit. Erik a dit à Tompa qu'il organiserait un certain nombre, de bouchons de lueur mauvaise pour le camion qu'ils détourneraient. Les bougies d'allumage sont l'équivalent de bougies d'allumage dans une voiture ordinaire, mais les moteurs diesel ont plutôt des bougies d'allumage. Toute personne qui a conduit une voiture qui ne fonctionne pas sur tous les cylindres sait qu'il est difficile de le faire si elle devait se produire, et l'intention était que ce conducteur serait conduire dans une plus grande aire de repos. Des endroits où les gens peuvent s'arrêter pour prendre un café, mais aussi où les conducteurs peuvent passer la nuit. Ensuite, ils utiliseraient la même fréquence radio que cette compagnie de transport utilisé sur leur radio com.

En conduisant dans un tel endroit, le conducteur a été en mesure d'échanger les bouchons de lueur pour les bouchons de lueur qui ont très mal fonctionné. Ces bougies d'allumage avaient Tompa mis la main sur dans l'atelier où ils ont généralement desservi les camions. Pendant qu'il changeait ces pattesde lueur,il n'a pas pu entrer en contact avec eux. Au lieu de cela, ils ont attendu que ce conducteur de faire une demandeà son employeur, via la radio com s'il yavait un autre conducteur qui étaitlibre , et qui pourrait éventuellement prendre sa conduite, quand il a dû conduire à l'atelier avec son camion w chapeau,il a effectivement said était que la remorque était sur les lieux, et qu'il a commencé à conduire à l'atelier. Ils ne voulaient pas qu'il ait des ennuis. En appelant seulement le camion de transport pour qui il conduisait, il leur a donné le feu vert pour ramasser la remorque avec la viande, mais seulement pour couvrir le butin réel, puis l'histoire était que le conducteur avait eu une pause pendant le temps correspondant qu'il a fallu pour changer les broches de lueur. Le fait qu'il s'était tenu immobile pouvait également être certifié par les gens autour de lui, qui avaient conduit dans l'aire de repos, mais la preuve la plus importante de cette rupture a été le tachygraphe, que tous les pilotes professionnels ont installé sur le tableau de bord. Il est là, de sorte que la police peut vérifier que le conducteur n'a pas conduit trop d'heures sans une pause. Une couverture parfaite. Ensuite, les bouchons de lueur étaient mauvais, qui aussi pourrait être vérifié par la suite.

Tompa ramassa la remorque avec la viande, avec le tracteur de remorque que le client avait disposé. Puis il l'a conduit à une zone boisée, où la deuxième remorque était vide. Quand il est arrivé, tout ce que vous aviez à faire était de rebrancher et recharger. Skane county est un paysage plat et vous ne voulez pas conduire avec une remorque. Maintenant, ce maudit transport a recommencé. Ils avaient juste des gants de construction ordinaires à porter sur leurs mains, où le froid passe rapidement à travers. Ils étaient très fatigués, il faudrait 20 hommes, puis c'était beaucoup pour continuer. Quand nous avons fini de porter, les mains comme deux bâtonnets de poisson congelés ont été légèrement dit. Erik avait reçu un numéro de téléphone du client, à qui il enverrait un message texte. Avis serait complètement vide, rien écrit, qui nous a dit que les marchandises se dirigeaient vers la capitale, à l'endroit exposé. Il faudrait 10 heures pour atteindre cette destination. Ainsi, un « garder la vitesse » ronde. Ils *ne voulaient* pas obtenir *les doigts lucratifs de la* police dans cette livraison. La ronde a pris un peu plus de temps quand il y avait beaucoup de travaux routiers. Quand le camion est arrivé, Le travail d'Erik était prêt, et le paiement qu'il avait déjà reçu, alors c'était une fête, quand Tompa est revenu.

Il y avait un barbecue avec beaucoup d'alcool, mais pour une raison quelconque, ils n'ont pas griller de la viande.
Le client était très,satisfait du travail et a préconisé une grande coopération future. Erik avait un joli,bon capital dans sa poche. Tompa et l'autre pilote seraient maintenant obtenir leur part du gâteau. Comme nous n'en avions pas

parlé plus en détail auparavant, il n'y avait plus qu'une négociation. Tompa m'a demandé ce que j'avais obtenu pour le travail. Une question à laquelle j'ai préféré éviter de répondre. Erik a dit qu'ils pouvaient dire ce qu'ils voulaient. Tompa était censé payer son collègue sur ce qu'il a reçu en paiement. Tompa pensé un 25 peut-être 30 SEK pour les deux emplois était raisonnable. Puis c'était comme s'il avait eu un Flashback et pensé à ce que le frère de Sam avait fait au contact à l'intérieur du terminal. Alors ça n'aurait pas l'air bien, si Erik tombait pour la cupidité lui-même. Erik a dit à Tompa qu'il a reçu 65 000 couronnes pour les deux, et qu'il he ne se soucie pas de ce qu'il donne à son contact, mais assurez-vous qu'il se taisait, et qu'il fonderait ce montant qui était raisonnable, pour garantir de le garder silencieux. Maintenant, vous ne pouvez jamais garantir que quelqu'un va se taire, mais en leur donnant un montant qu'ils se sentaient heureux avec, cette chose fait les choses un peu plus sûr. Erik lui-même, comme vous avez probablement déjà calculé 135 000 SEK, mais il y avait aussi beaucoup de travail pour planifier ce coup d'État.

Tompa a crié sur sa vieille dame et a dit qu'elle pouvait aller faire du shopping tout le week-end si elle le voulait. Couché bas, je ne pense pas qu'il était dans son vocabulaire, qui est maintenant devenu un problème pour lui. Maintenant qu'il a promis à sa femme de magasiner tout le week-end. Vous pouvez, ne pas faire des promesses comme ça à votre femme, et puis vous pouvez, nepas la laisser agir. Non, maintenant il avait un problème Erik pourrait se foutre de la façon dont il a fait avec son argent, mais si on le remarque, que leur famille a agi grand et large, il pourrait conduire à beaucoup de problèmes inutiles pour Erik. Si ce Tompa avait été interrogé par la police, l'un mènerait à l'autre, ce qui aurait pu se terminer par l'interrogatoire de sa femme. Puis on s' était fait baiser. Et vous n'êtes pas plus fort que le maillon faible.

Tompa était à la plus, naive niveau, quand il ne croyait pas une seconde que ce travail pourrait être dérivé du jugement. Il y a eu une altercation entre Tompa et Erik, ce qui he lui a permis de mieux comprendre à quel point il était important de faire profil bas. Tompa collègue qui a laissé la remorque dans l'arrêt de repos, a été assez rapidement appelé àl'interrogatoire de la police pour dire pourquoi ilalaissé les marchandises derrière, mais son histoire était durable, et que la police pouvait vérifier après le fait. Mais où la viande est allée, n'est pas encore résolu. Le crime est maintenant interdit dans le temps.

Maintenant qu'il a décrit ce crime ci-dessus, ses propres pensées sont pourquoi il n'a pas donné, un damn de faire plus de crimes pendant un certain temps. Comme Erik avait gagné deux ans de salaire pour deux infractions au moment où ce crime a été commis. Le montant gagné pour ces crimes était de 335 000 SEK. Un montant qui était beaucoup d'argent à l'époque, mais ne pense pas qu'il était satisfait avec elle. Probablement. Erik pensait qu'il était cool de réussir avec ces crimes, dont il a également thought étaient vraiment, intelligentsi vous entendez par vous-même .! Où allait Erik ? Une âme confuse qui a essayé de venger, tout en tendant à le rendre illégal, juridiquement purement mentale.

Erik avait commencé à donner à la cupidité un visage de plus en plus clair, mais où lui, en tant que personne, avait mis les pieds dans la vallée du déni. Le client a demandé à Erik pour qui iltravaillait? Maintenant, il y avait eu des problèmes complètement nouveaux dans sa tête qui étaient broyage. Qui était Erik ? Qu'est-ce qu'il faisait ? Toutes ces questions égo-ciblées étaient devenues de plus en plus. Bien qu'il ait nié tous les actes répréhensibles et enfreint la loi qu'il a lui-même fait. Erik a essayé de rembobiner la bande dans sa tête, dans, afin de voir son propre rôle dans cette misère, il vient de lui faire sentir mal, mais ce rembobinage a été fusionné avec des enchevêtrements sur la bande.

Pourquoi n'y a-t-il pas pensé ? Est-ce son corps qui s'est défendu en soudant la porte aux événements qu'il avait vécus ? Tout était bizarre. Pourquoi y a-t-il eu de tels blocages? Puis Erik ne pouvait pas y penser, effrayant que c'était si mauvais.

Toute personne qui est, ou a été un criminel, est persécutée par ces questions, tôt ou tard. Lorsque les questions et les remords apparaissent, il n'y a que deux choses à faire. Ce qu'il faut faire, c'est briser le mode de vie destructeur et demander rapidement de l'aide. Cela pourrait être ramené dans la société. C'est la vision théorique qui ne fonctionne pas dans la pratique. En fait, de nombreux criminels se rendent compte dès le début que ce n'est pas une vie durable, mais vousavez , pour obtenir de l'aide professionnelle pour briser le comportement. La société réagit habituellement trop tard, et souvent la société ne réagit pas tant que quelqu'un n'est pas condamné à une forme quelconque de punition. La prévention est mêmemauvaise, et il sera apparemment toujours. Bien que les autorités se soient améliorées, leurs efforts sont comme un grain de gravier dans la mer. Les conséquences qui deviennent, de l'absence passive des autorités, peuvent être comparées à couper le doigt. Après un certain temps, la plaie guérit, puis la tavelure tombe, mais la tavelure est toujours là. Avec ce Erik disant que si les autorités attendent avec leurs mesures préventives, ils obtiennent enfin les méchants, sur diverses mesures pénales telles que la prison, mais peu importe la qualité des prisons ou des mesures de soins sont, alors il y aura toujours une personne avec une personnalité marquée.

Erik avait commencé à penser à quel rôle, en tant que criminel, il avait lui-même. Il n'était pas l'un d'entre eux à l'époque, mais il a quand même fait beaucoup de travail pour diverses organisations, qui voulaient ses services. Dans la société ordinaire Erik avait été considéré comme une ressource qui était liée à la mauvaise clientèle, mais au cours de la première partie de la carrière criminelle d'Erik, sa mission était comme n'importe quel travailleur indépendant, avec la grande différence qu'Erik a constamment dû enfreindre la loi, afin de faire son travail. Il a découvert qu'il avait été inscrit au registre asp, lors d'un procès, lorsque le procureur l'avait inscrit dans sa demande d'arrestation. Qu'il soit détenu pour menaces illégales et qu'il y ait un grand risque qu'Erik m'effectue ces menaces, mais aussi qu'il soit un criminel plus lourd et qu'il soit membre de l'asp. On pourrait dire que le tribunal de district a approuvé les souhaits du procureur par quelques mots clés.

Il a dit les mots ASP, Clubs, menaces illégales avec des battes de baseball t poule,il a été détenu avecdes restrictions complètes t il petit procureur putain,il n'étaitque trois pommes de haut, mais il était tellement en colère à l'audience préliminaire que vous penseriez, qu'il était d'au moins 2 mètres de haut. Il est complètement allé au plafond quand il a entendu le mot « club » ou similaire. Il adorait mettre Erik derrière les barreaux.

Quelle organisation Erik appartenait finalement, il ne voulait pas aller à l'autorité, car il ne serait pas bénéficier purement sain. La raison principale est que le message de ce livre, est sur Erik, et comment la société a agi contre lui, et comment il en tant que personne a réagi quand il a fait des choses extrêmement stupides pour les entreprises et les individus, mais encore une fois à l'événement.

Selon le procureur, l'arrestation était pour une récupération qu'Erik aurait effectuée, ce qu'il avait fait. Erik avait reçu un nouveau type d'affectation où il récupérerait une dette et effrayerait un gars. Normalement, il y avait toujours deux dans ces recouvrements, mais il a été jugé être un assez, simple récupération et que Erik comme une personne était comme un fou avec une batte de baseball Erik n'a pas tiré de la merde pour elle à l'époque, j'ai été un moment que i j'aurais probablement dû être examiné à l'esprit. Mentalement, il n'avait aucune inhibition à n'importe quel niveau.

Erik s'en allait pour ce travail, et il était près de 170 km jusqu'à l'arrivée. Qu'il avait un travail à faire était le même que vous avez été fiancé à l'objet, c'est-à-dire la personne que vous obtiendrez l'argent de. Tantque le travail n'était pas fait, on était fiancé à cette personne. Maintenant, on peut se demander pourquoi vousdites, fiancé?

Le mot fiancé vient comme la plupart des gens savent du mot engagé, mais dans les temps anciens, il a été appelé fiancé quand vous avez donné une bague de fiançailles une fille et lui a promis, de l'épouser dans un an, mais dans le monde souterrain ce mot a un sens complètement différent. Le mot vient au début du tueur professionnel qui l'avait comme une source de revenus. Quand ils ont obtenu un, article qu'ils allaient exécuter pour une somme d'argent. Le plus souvent, il y avait plusieurs assassins sur le même objet. Par conséquent, ces assassins ont d'abord été fiancés avec l'objet, jusqu'à ce que le travail soit terminé.

Pour ma part, il s'agissait des rotules de l'objet ou d'un os du nez cassé. Erik était prêt à aller aussi loin qu'il le voulait. Jet est horrible de dis-le, mais c'est ainsi qu'il était devenu une personne.

L'agent McGill est arrivée après un certain temps au point de rendez-vous Henke et elle avait déjà décidé. McGill se demandait ce que Henke voulait parce qu'elle n'était pas si à l'aise lorsque ces deux personnes se sont rencontrées.

De quoi voulais-tu parler ? L'agent McGill a dit. Parce que je veux que vous sachiez que je ne veux pas le résoudre de cette façon quand,, vous êtes tous les deux dans deux camps différents.

Henke a dit. J'ai quelques questions, elles sont tout. L'agent McGill leva les sourcils et avait l'air légèrement troublé, ici je me tiens aux yeux du leader et du jugement, alors parlez d'inconduite. L'agent McGill a dit.

Bien. Henke a dit, pour vous dire le contraire. Je me demandais si vous aviez envie de prendre la personne qui a tué,, Carl? Demande Henke

Qu'est-ceque c' L'agent McGill a dit... et vous le sauriez ? Elle l'a dit à Henke.

Oui, je connais McGill, mais ça va vous coûter cher, alors vous l'obtenez », dit Henke.

Combien cela coûterait-il? Je suissûr que je peux vous arrêter pour quelque chose. Agent d'intervention McGill Alors tutombes malade pour ne pas avoir le tueur de Carl. Alors, pensez-y. Je vaisvous lefaire savoir. Henke then ils se sont séparés.

Erik avait commencé à tomber ces 170 km qu'il avait en face de lui et a commencé à se pédant dès le premier mile et jusqu'à son arrivée. Dans la voiture, il avait une batte de baseball tournée à la maison du type plus rugueux. Erik pensait que les battes de baseball qui étaient sur le marché étaient tout simplement trop faibles, et se pencha trop facilement, et il voulait faire un bon travail. Quand Erik est arrivé, il lève les regards vers l'appartement où vivait l'objet, et il était avec les gants et attraper la batte de baseball. Depuis Erik lui-même était sur cette collection, il avait aussi une arme avec luiun Beretta 92F, une arme que les officiers militaires américains ont comme leur arme standard. Erik est sorti de la voiture, et vers la porte. Quand il est arrivé au bon étage, la porte dans laquelle j'allais est déjà ouverte entrouverte. Erik a commencé à sentir des ennuis quand il se sentait comme s'il avait reçu de mauvaises vibrations.

Il était allumé sur les escaliers où Erik était debout et il ne voulait donc pas tirer son arme comme il l'avait dans le sauteur derrière son dos, parce qu'il pouvait y avoir des gens regardant par le judas dans leurs portes. Après quelquesminutes, la lumière s'allume dans les escaliers et Erik met le bois de balle contre le mur de la cage d'escalier pour pouvoir sortir son arme et faire un mouvement de manteau. Maintenant, il était là, avec une arme forte et une chauve-souris t il a pompél'adrénalinesur assez, eh bien Erik a pris un rôle où il n'était pas vraiment lui-même. La personne malade et possédée qu'il était devenu, maintenant entrer dans lehall, et a continué dans le salon. Personne n'était là. Erik a vérifié toutes les pièces adjacentes pour toute personne qui aurait pu être la connaissance de la victime ou similaire, et il a compris que la personne avait tiré de son appartement, à chaque hâte de se sauver.

Erik sort à nouveau de l'appartement et entend qu'il ya des discussions du côté de l'appartement de. On l'a entendu comme si quelqu'un se tenaittrès, près de la porte et pressé. Un son qui se produit lorsque vous avez un espace entre le cadre et la porte, et quand vous appuyez contre elle devient un son qui se produit. Rapidement Erik arraché ouvrir la porte qui a été déverrouillée et à l'intérieur de la porte se trouve un gars avec un téléphone portable et de parler. Il a parlé au gars qu'Erik cherchait. Le gars qu'il recherchait avait vu la voiture d'Erik, puis a couru dans son voisin, pour descendre rapidement à travers les balcons à l'arrière de la propriété. Le gars dansle couloir plus, ou moins tomber en arrière et commencer à ramper dans son appartement, alors qu'il a   dit ne me tirez pas dessus, ne tirez pas! Il était légèrement terrifié.

Erik a sécurisé son arme et l'a remis dans son dos. Le gars a commencé à se calmer un peu quand il n'a plus vu l'arme d'Erik. Erik a vu à quel point il avait peur, sa lèvre inférieure tremblait de peur, même si Erik ne l'avait en aucune façon menacé, mais dans son monde cette intrusion était plus que suffisante. Au début,il ne savait pas du tout où le gars était allé, mais après une certaine persuasion, il lui a dit que le gars avait conduit à la maison à ses parents. Erik lui a dit que si tumens, tu devras chercher tes rotules pour le reste de ta vie. Il comprenait bien le message d'Erik. Il a obtenu l'adresse de ses parents à la maison et lui a souhaité une bonne soirée. Comme Erik n'avait aucune connaissance locale de la ville où il se trouvait, il a dû chercher une station-service pour mettre la main sur une carte. Après avoir localé l'adresse, il est entré dans l'allée de ses parents.

Chapitre 16

Il y avait de l'hiver et de la neige sur le sol. Dans la cour, on aurait dit que toute une équipe de football s'y était dirigée. La neige a été piétinée presque partout. La maison était sombre, pas de lumières brillaient, juste un poinsettia dans certaines des fenêtres. On aurait dit la maison que Dieu avait oubliée, complète ment abandonnée. Erik se promenait dans la maison pour voir à travers les fenêtres, mais tous les gens brillaient par leur absence. Audébut, il pensait que le gars n'avait pas conduit ici du tout, mais toutes les empreintes de pas qui avaient poussé la neige vers le bas de l'entrée, ont été récemment faites. Comment ont-ils appris qu'Erik venait ici ? Le voisin à qui il a parlé,a-t-il prévenu ces gens ? Erik était furieux et serait avec beaucoup de détermination conduire à la maison à ce voisin à nouveau, mais cette fois, il serait sacrément clairainsi , le gars a pris le message Erik était maintenant complètement convaincu que ce voisin était derrière cette tentative de récupération a échoué, ce qui signifiait que dans les milieux criminels on pourrait perdre la face. De retour dans la rue où vivait le voisin, il a maintenant vu que cette personne avait apparemment aussi émigré. Tout était noir. Erik est passé et a fait une ronde avec la voiture, pour qu'il puisse s'asseoir dans la voiture et voir, s'il y avait une activité dans les appartements.

Erik n'avait pas passé beaucoup de minutes dans la voiture quand une voiture de police vient glisser vers lui. Il a été rapidement vers le bas avec sa tête baissée avant qu'ils ne le voyaient. Là Erik était assis avec une arme forte, et dans sa poche et il avait une poignée de Stesolid 5mg. Les flics qu'il n'a pas vu, mais gardé lentement devant moi. Le taux d'oreilleht a fortement augmenté. J'avais l'impression que c'était lui qui était poursuivi à la place. Erik est sorti de la voiture, mais a quitté la batte de baseball alors qu'il était sur le point de quitter la voiture. Erik avait reçu les comprimés par ses soi-disant amis, au cas où il aurait du mal à faire la récupération, car il peut devenir très sanglante. Mais comme je l'ai dit, il s'éloigna de la voiture pour trouver une petite ruelle ou similaire. Erik a dû laisser tomber toutes les pilules dans un puits sur le chemin. C'était absolument le plus sûr, car il pensait encore à savoir si des enfants trouveraient ces comprimés, ce qui aurait pu avoir de graves conséquences qu'Erik ne voulait pas.

Quand Erik a jeté les pilules, il s'est promené dans le quartier, et il est venu à l'hôtel, pensant qu'il réservait une chambre sous un faux nom et payait comptant, donc il prendra la guéri son demain. Quand il est arrivé à la réception, il y a deux femmes. Il était assez tard dans la nuit, donc il a dû sonner une cloche pour que les portes s'ouvrent, pour qu'il puisse entrer. Quand Erik entre en, contact avec l'un des membres du personnel de l'hôtel, il demande ce qu'il en coûte d'avoir une chambre simple? Quand il se présente pour lui dire quel est le prix, Erik regarde sa plaque signalétique qu'elle avait sur sa veste. C'était le même nom de famille que la personne où il allait faire la récupération. Ce nom de famille était un nom très inhabituel, alors il a réagi immédiatement quand il a vu le nom. Erik a rapidement dû présenter des excuses quand elle a dit quel était le prix.

Oh. Il a dit, je vaisdevoir continuer àchercher. C'était tout simplement trop cher pour une seule nuit. Erik l'a remercié et est sorti de l'hôtel. Quand il est sorti de l'hôtel, il s'est dit à quel point le monde est petit. Ici, vous courez autour d'une ville que je savais peu de choses. Trouve un hôtel, et il se trouve un parent de l'objet. Qu'ils se connaissent ou non, c'était étrange de toute façon. Erik a appelé ses amis sur le front de la maison, et leur conseil était de s'éloigner tout de suite. Maintenant, il avait marqué ce dont ils étaient capables, ce qui dans de nombreux cas était suffisant.

Mais non! Erik aurait mis la main sur ce type, et s'il avait mis la main sur son voisin, c'était un bonus. Il a commencé à se promener dans la ville en attendant le retour de l'objet. Il a commencé à obtenir un peu plus tard dans la soirée et il faisaitassez, froid à l'extérieur. Il y avait une Galleria avec des magasins. Erik est allé s'acheter quelque chose à mâcher, mais il vient de se retrouver avec un chocolat. Quand il s'est échauffé un peu, il est sorti du centre commercial pour continuer vers sa voiture. Erik n'est pas allé si loin du centre commercial quand il a soudainement commencé à sentir comme des flics. Assez pour que ce soit une plus grande ville, mais maintenant la police passait par là, quand il se sentait comme toute la police était venu à cette ville, ou ils étaient après Erik?!

Erik avait peur qu'ils soient après lui. Les procureursavaient tendance à être placés en détention provisoire pour la moindre fois. Ils étaient à la recherche d'erreurs et de crimes tout le temps, mais cette fois il s'adrait que le voisin de l'objet avait non seulement averti l'objet, il avait également pris le soin d'appeler la police. Il s'avère que le gars Erik aurait attrapé, avait comme je l'ai dit sauté à l'arrière de la propriété, et courir sur la route pour prendre le numéro d'immatriculation de la voiture, Erik était venu. Quand la police a découvert qui était Erik, il a fallu un tour, mais il ne savait pas cela quand il est entré dans la place.

Erik a essayé de s'éloigner de la place, et a commencé à demi-courir de retour dans le centre commercial, sortir ainsi de l'autre côté du centre commercial. Maintenant, il cherchait encore une ruelle, et maintenant il y avait du crime dans la cuisine. Erik avait une arme forte sur lui, et il ne voulait pas être arrêté avec cela, et la seule chose qu'il pensait était de trouver un trou d'homme à nouveau, alors mon problème aurait disparu. Il a commencé à entrevoir un trou d'homme avec des barres, maintenant Erik pensé, et a commencé à chercher l'arme avec sa main gauche, donc il savait qu'il était là. Le tuyau était vraiment,froid quand il faisait froid dehors. Erik a mis la main sur l'arme, a sorti le magazine et a fait un mouvement manteau de sorte que le coup de feu dans la course sortirait. L'idée était juste de le jeter entre la calandre, mais il s'est avéré que le pistolet était tout simplement trop grand. Il n'est pas facile d'obtenir un si bon moment, si une telle grille afin qu'il puisse le soulever, alors maintenant il s'agissait de penser rapidement. Erik regarda le magazine à l'arme à

feu et pensait que le petit talon qui est au fond
du magazine pourrait être utile, alors il a obtenu
la calandre. Il a conduit vers le bas un morceau
du magazine pour contourner le talon, de
sortequ'il accroché à la calandre, ce qu'il a fait.
Erik a soulevé la calandre tellement qu'il est
venu un peu sur le bord de la rue, afin qu'il
puisse saisir autour de la grille trou d'homme. Il
a juste ramassé son arme et son magazine, puis
il savait s'il avait quelque chose qui pourrait être
directement inapproprié en cas d'arrestation.

Dans un autre endroit de la ville...

Henke a choisi de parler à Bob que Henke
pensait que l'agent McGill avait foiré la situation
Henke ne savait pas comment le faire et ne
voulait pas être vu, comme un grincement
putain avec les autres dans l'Organisation but
comment diable les membres le perçoivent
maintenant? Henke pensait.

Bob était un vieil homme, alors Henke lui a
confié beaucoup de choses. Bob a pensé qu'il
devrait vérifier pourquoi cela s'est produit, et
pourquoi l'agent McGill voulait-il obtenir un
morceau du gâteau?

Écoutez, je ne sais vraiment pas, mais je suppose
qu'elle voulait se lever », a déclaré Henke.

Oui, c'est peut-être aussi simple que ça. Bob a dit.

Bob se demandait en silence ce qu'Erik faisait, et ce que big mama avait pour certains plans douteux avec McGill

Tu as l'air inquiet, Bob. Henke a dit. Qu'est-ce qui t'arrive ? Henke a demandé.

Non, ça n' a rien à voir avec moi. Bob a-t-il répondu, mais je me demande pourquoi cela se produit maintenant? « Je ne peux pas libérer Big Mama ou l'agent McGill, mais je suis presque certain que cela va se passer », a poursuivi Bob, levant les sourcils que lui seul pouvait faire.

Henke a dit à Bob que pour le moment, il était possible de le laisser aller, et ce ne sont que des théories qui créent des maux de tête. Henke a également dit que l'agent McGill s'était exprimé à l'occasion de leur rencontre, mais qu'elle se demande ce qu'elle voulait vraiment?

Erik a commencé à glisser autour de la ville comme une personne totalement innocente, mais tout comme les criminels voient les flics, les flics voient les criminels, aussi sûrement que Amen dans l'église. Cela semble étrange, mais plusieurs fois il est si, qu'ils se voient d'une

manière étrange, etdans ce cas, il a été pendant
quelques semaines en arrière brillé par la police
(Wanted). qu'il ne savait pas non plus, à cette
occasion. Lorsque le voisin de l'objet a complété
son rapport avec le numéro d'immatriculation
de la voiture d'Erik, il a soufflé les policiers de la
ville avec le gros tambour. Les agents qui
chassaient normalement les ivrognes et autres
avaient maintenant une affaire liée à Mc avec
une personne recherchée. C'était une veille de
Noël pour eux. Erik a commencé à découvrir
cette ville très,petite et exiguë. Il s'est promené
pour pouvoir voir sa voiture de loin, mais il
n'était pas temps de la ramasser, car il y avait
des policiers aux deux extrémités de cette route.
Non pas que ce fut une surprise directe, mais
Erik n'a toujours pas accepté qu'ils étaient à sa
recherche et a décidé de faire le tour de la police
pour obtenir quelques pâtés de maisons de sa
voiture. Quand il est arrivé à quelques pâtés de
maisons de sa voiture, il s'est pointé sur une
autre route, pour trouver son chemin hors du
centre-ville lui-même. Quand Erik a commencé à
marcher sur cette route, il pouvait maintenant
voir un autobus de police jusqu'à la gauche, plus
haut sur une route adjacente. Juste une minute
après avoir vu ce bus de police, il y aura aussi une
voiture de police régulière sur la route où Erik a
basculé. Il a ramassé son chocolat juste pour

faire quelque chose de sorte qu'il ne serait pas
étrange qu'il y est allé o il pensaitsiputain,
pensée stupide, stupid alors ilrougites juste
ill'écrit t ilvoiture de police régulière conduit
assez près d'Erik avant qu'il ne s'arrête. Un
policierdescend et commence à appeler son
nom, et puis il était temps de se rendre compte
qu'il était après lui. C'était un policier d'âge
moyen qui a commencé lentement à marcher
vers Erik, avec un policier derrière lui, avec une
main sur son arme de service. Ce policier voulait
que tout se passe bien. Avez-vous une arme sur
vous, a-t-il demandé?

Ils se comportaient avec beaucoup de tension et
de prudence. Erik a répondu qu'il était armé.
Maintenant, c'est devenu très tendu. On pouvait
entendre et voir cet agent de police prendre une
position complètement différente et une
position vocale différente.

Ez l'arme ! Il dit, d'une voix plus affirmée.

Erik a dit qu'il n'est armé que d'un chocolat et
qu'il n'avait pas l'intention de poser quand il en
restait trop. L'agent lui crie alors de poser à
nouveau l'arme.

Je n' ai pas d'armes! Erik répond.

Nous ne vous croyons pas, you, Ic'est à direvers
le bas, allongez-vous you, satanique psychopath
crier, le policier.

Erik a compris qu'ils n'appréciaient pas sa
«blagueau chocolat ». Quand il est gît sur le sol, il
y a aussi des policiers de la route adjacente.
C'était les flics du bus. Toute l'atmosphère était
devenue désagréable et tendue. Ils ont d'abord
mis Erik menotté sur le dos, mais après une
fouille, le policier plus âgé dit qu'ils allaient
mettre les menottes sur le devant, si Erik est
resté calme.

J'avais l'impression d'une perte d'énergie inutile
pour riposter. Quand ils ont mis Erik dans la
voiture de police, ils ont commencé à conduire
vers le poste de police. Ils sont entrés à l'arrière
de la gare et sont entrés par quelques portes.
Une fois à l'intérieur du garage, ils n'ont pas
ouvert la porte de la voiture jusqu'à ce que la
porte derrière eux était complètement fermée.
Avant l'ouverture du policier, il a dit à Erik de
rester très calme, et s'est assuré qu'il n'avait
pas la chance de sortir de là. Erik a alors
demandé aux flics ce qu'il avait fait? Une
question qu'il a maintenant posée à
plusieursreprises au cours du voyage. Il a
simplement répondu qu'Erik savait très bien. Les
flics se demandaient en même temps comment

Erik aurait pu faire peur à toute une famille en quelques heures. Il s'est avéré que toute la famille de l'objet était assise dans le poste de police quand ils étaient terrifiés.

L'officier a amené Erik dans un bureau. Peu de temps après le verdict est venu un autre agent de police, qui serait assis et attendre et vérifier Erik tandis qu'un autre agent de police a contacté le procureur pour entendre quelles décisions seraient prises dans son cas. Le policier qui était sur ses gardes a pensé que c'était cool d'avoir capturé la farce de Skane comté. Il avait une façon plutôt humble et a demandé ce que le méfait faisait jusqu'à présent dans le pays, quand ils n'étaient pas habitués à avoir des criminels de ce calibre. Erik n'avait pas de réponse plus longue, mais lui a répondu que c'était une affaire. Il se demanda immédiatement qui n'avait pas fait ses affaires? C'est une question à laquelle on n'a pas répondu. Quand ce policier a commencé à comprendre qu'aucune réponse ne viendrait d'Erik, il a changé de tactique et a commencé à parler en général de cette ville où ils se trouvaient dans laquelle il pensait être inintéressant. Erik voulait simplement entendre ce que le procureur avait à dire et quelle décision il avait prise. Il leur a fallu au moins une

heure pour mettre la main sur tout procureur
qui voulait prendre, une décision.

Ils ont également allumé son numéro de sécurité
sociale afin quele bureau deda y pourraitprendre,
une décision. Erik savait tellement qu'il était
recherché, donc le procureur avait déjà une
raison de l'enfermer, mais ils voulaient
apparemment l'attraper sur plusieurs points.
C'était avant tout cette nouvelle affaire, ils
voulaient lier Erik à. Après une longue attente, le
policier qui a menotté Erik, entre dans le bureau
pour annoncer que le procureur avait décidé de
l'arrêter pour menaces illégales aggravées,
possession illégale d'armes qui seraient
prouvées par un témoin, car il n'avait pas d'arme
quand ils l'ont arrêté. Puis il a voulu garder Erik
pour cambriolage dans deux appartements et
procédure arbitraire. En outre, il était déjà
recherché, quand il a été soupçonné d'avoir
poignardé un gars dur à Skane comté, donc
probablement ce procureur avait tout surses pieds.

Erik a demandé un avocat immédiatement,
qu'ils organiseraient jusqu'au lendemain matin.
Maintenant, c'était pour retourner leurs affaires.
Ceinture, lacets, bouclesd'oreilles et poches
vides. Puis il s'est emporté dans la cage derrière
les barreaux à nouveau. Damn ce qui fatigué Erik
était sur le point d'entrer et sortir comme le pire

syndrome yo-yo, mais il n'avait pas beaucoup à dire. Il ne pouvait que s'allonger et attendre que l'avocat vienne demain matin.

Après une longue nuit, finalement son avocat est finalement arrivé vers neuf heures du matin. Ce n'était pas celui qu'ils utilisaient, comme il serait d'abord venir à, une date ultérieure. Erik n'a pas aime le nouvel avocat, mais c'est un avocat de toute façon.

Il a commencé par se présenter et me donner une carte de visite avec ses numéros de téléphone.
Sedan m'a dit que ça avait l'air difficile. Il y avait des témoins selon la police qui ont vu Erik avec une arme, et qui ont également dit qu'il l'avait menacé avec cette arme, qui était un mensonge pur. Il avait apparemment perçu son audition comme une menace, mais il n'avait pas pointé une arme sur ce type. Erik a mis l'arme de côté, mais il l'avait vue, tellement qu'il savait. Maintenant, l'avocat voulait qu'ils se mentent bas et attendre les prochaines audiences au cours de la journée. Erik n'a pas voulu être interrogé, ce qu'il a clairement déclaré à cet avocat. Il dit qu'ils gagnent le plus en répondant aux questions.

Cet avocat et Erik n'avaient manifestement pas la même opinion au sujet de l'interrogatoire,

mais ils ont néanmoins conclu qu'Erik
participerait physiquement à ces audiences.
Selon la loi, vous avez droit à n'importe quelle
durée avec votre avocat, mais il s'agit, selon lui,
d'une modification de la vérité. Ils ont
rapidement été appelés à la première audience
lorsque mon avocat est arrivé.

Maintenant, il y avait un nouveau policier qui
s'est présenté comme inspecteur. C'est bien.
Il se demandait si Erik voulait alléger son cœur
et admettre des crimes. Son avocat a déclaré
que son client a nié tout acte répréhensible sur
tous les chefs d'accusation. Il se mit alors à
parler de son « Objet », qui s'était senti menacé
par Erik. Étrange! Il pensait. Erik n'avait même
pas rencontré le gars en direct, et l'avocat a
répondu que son client ne savait même pas qui
était cette personne. C'était bizarre. L'officier a
dit. La personne qui a fait le rapport a décrit
votre batte de baseball endétail. Puis quelque
chose d'encore plus étrange était que votre
voiture se tenait sous l'appartement de l'objet?
Mais ce que le policier pensait être
absolument,sensationnel, c'est que dans la
voiture d'Erik il y avait exactement la même
batte de baseball. C'était étrange ?! L'avocat
s'est tourné vers Erik et s'est demandé s'il avait
une réponse sur les raisons pour lesquelles il
avait une batte de baseball dans sa voiture.

Erik a répondu qu'il avait commencé à jouer au baseball et s'est entraîné beaucoup à frapper la balle. L'avocat et la police ont ri un instant. Je n'avais pas l'impression de croire en cette version. Erik a dit à son avocat qu'une batte de baseball n'était pas illégale. La police a entendu ce qu'il a dit. Non. La police a dit que ce n'est pasaussi, tant que vous   frappez des balles, mais si vous frappez des gens, il devient très illégal. L'avocat d'Erik a souligné qu'il n'y avait rien au sujet de son client frappant quelqu'un avec une batte de baseball. Puis son avocat lui a dit que cela pourrait être une coïncidence, qu'il y avait une batte de baseball similaire dans la voiture de son client, comme le voisin d'Object l'avaitdécrit, til officier dit alors que cela ne pouvait guère êtreune coïncidence, puisque cette batte de baseball particulier était à la maison tourné et a été la batte de baseball la plus rugueuse qu'il ait jamais vu. La batte de baseball avait plus de 12 cm de diamètre à l'avant du bois.

L'avocat a regardé Erik un peu, puis a dit au policier qu'il n'y avait presque rien enfreindre la loi, comme le policier a dû l'admettre. L'agent a dit qu'il n'avait pas non plus vu un joueur de baseball porter une aussi grosse batte de baseball. Il voulait avoir une explication sur les raisons pour lesquelles il avait une si grosse

batte de baseball. Erik n'avait qu'à lui répondre,
que les arbres de baseball achetés plier
facilement si vous frappez une balle. Oui, Erik a
répondu. L'agent le regarde comme s'il se
demandait si Erik pensait qu'il était
complètement tombé derrière un wagon.

Il demande alors si Erik pensait qu'il était perçu
à tort par l'«Objet » de se sentir menacé par lui,
ce à quoil'avocat d'Erik a répondu, qu'il était tout
à fait bien compris. L'agent voulait savoir ce
qu'Erik faisait si loin de chez lui.

J'étais libre et je voulais juste me voir dans toute
la Suède. Erik Inspecteur a répondu. L'agent
voulait mettre fin à l'interrogatoire et a expliqué
qu'il pouvait rester dans la cage un peu plus
longtemps. L'avocat d'Erik a dit qu'ils pouvaient
le retenir quelques jours. Erik a dit à l'avocat
qu'il connaissait ces règles pour qu'il arrête de
lui dire.

De retour dans la cage. Maintenant, c'était
comme si toute la police courait et regardait qui
était Erik. Il s'est avéré qu'il y avait beaucoup
d'intérêt pour qui il était.

Si je le fais, connu au sujet de cet intérêt, j'ai
pris un sou chaque fois qu'ils ontregardé, dans la
cellule où j'étais assis. Ça aurait été beaucoup

d'argent, adit Erik. Il a commencé à monter et a
sonné la cloche pour que le garde vienne.

Chapitre 17

Je veux appeler mon avocat maintenant! Dit
Erik.

Vous widevra attendre qu'il wisera de retourplus
tard. Répondre à la garde, t sonétait en fait un
comportementmal que vous have le droit de
contacter votre avocat, quand vous souhaitez
but c'est ce que la loi dit, maisla réalité est une
histoire complètement différente. Vous n'avez
pas grand-chose à faire quand vousêtes assis là
dans laprison , et dans le brick, il est sombre.
Trois heures après l'audience, il était encore
temps pour une autre audience. L'inspecteur est
venu tout seul et a ouvert la porte de la cellule
d'Erik. Il se demande si Erik pourrait envisager
de répondre à toutes les questions sans un
awyer l. Non! Il n' y a aucun moyen! Erik répond
avec agacement. L'inspecteur a fermé la porte
de la cellule et fermé l'écoutille d'inspection
pour qu'il y ait de la fumée à ce sujet. Il était très
ennuyé par le non d'Erik à l'interrogatoire.

Il est revenu après environ 45 minutes. Tu peux
te lever maintenant ? L'inspecteur se
demandait. Votre avocat est sur les lieux, a-t-il
dit avec une grande irritation. Erik a dû se lever
pour entrer dans une salle d'interrogatoire, son
avocat était déjà dans la salle d'interrogatoire.
Voyons voir, dit l'inspecteur. Selon les

plaignants, vous avezmenacé de faire sauter ces rotules avec votre arme. Quelle arme ? L'avocat d'Erik s'est demandé. Maintenant, l'avocat voulait savoir de quelle était l'allégation dont parlait l'inspecteur? C'est son avocat, disant qu'ils ne pouvaient pas s'asseoir ici et insinuer. Eh bien maintenant, il est le cas que le demandeur avait fait cet affidavit. Ce que l'inspecteur nous a dit. Cet inspecteur avait beaucoup à faire, mais cela dit. Les crimes ont été niés pour tous les chefs d'accusation, ce qui n'a pas fait d'Erik une personne, plus populaire à cette station. Après de nombreux démentis, il était une fois de plus temps de retourner à la cellule sombre. Lorsque vous unre enfermé et il estcalme, vous commencez à penser à toutes les mauvaises choses que vous haont fait dansvos jours. Erik a eu un sentiment de vengeance. Il voulait juste envoyer un tas de ses amis.à ces gens qui l'ont prévenu. Erik n'a pas été autorisé à appeler quelqu'un d'autre que l'avocat qui était le seul avec qui il pouvait avoir des contacts, de sorte qu'Erik ne pouvait pas compliquer l'enquête. Erik était ennuyé parce qu'on ne lui avait pas dit ce qui allait se passer.

Il a commencé à être en fin d'après-midi et maintenant il ya un garde de sécurité encerclé, qui a travaillé supplémentaire sur l'arrestation et qui informe Erik, qu'il allait au tribunal de district pour l'audience de détention. Comment un stupide agent de sécurité a-t-il pu venir dire ça ? C'est l'avocat d'Erik qui l'a informé d'une audience préliminaire ?! Quand devrais-je être à une audience de détention, s'est demandé Erik?

Demain à 22 h. Répond à la garde.

Maintenant Erik était vraiment énervé et a commencé par pure fureur pour donner un coup de pied sur le lit putain qui était maintenant la seule chose qu'il pouvait allumer, Erik était tellement en colère que le garde de sécurité a ouvert l'écoutille d'inspection pour me demander de se calmer. Erik lui a dit d'aller en enfer. S'Il est entré, Erik a promis de monter le lit dans l'étroite allée de lui. L'agent de sécurité n'est pas entré, mais il a versé du carburant d'humeur en fourrage du visage dans l'écoutille d'inspection et en disant que c'était une menace pour l'agent. Il devrait être content d'être de l'autre côté de la porte de la cellule.

L'avocat d'Erik est arrivé peu avant 18 .m. Il s'est tellement excusé de ne pas avoir annoncé plus tôt dans la journée qu'il y aurait une audience de détention. Puis il dit qu'Erik sera probablement détenu. Erik se demandait comment diable le procureur pouvait aller à l'audience préliminaire avec ces, faible preuve qui était essentiellement fondée sur le ouï-dire des demandeurs. L'avocat dit que si vous déménagez avec une telle clientèle, vous devez vous attendre à être souvent détenu sur la base de mauvais éléments de preuve, puisque lui en tant que personne était sur les dossiers, comme dans les dossiers de police ASP, alors il avait comparu fréquemment dans les listes de police, et serait probablement détenu sur des incidents antérieurs. Cela se sentait faible et n'a pas donné à Erik une plus grande confiance dans la société parce qu'il était déjà si haineux envers elle, maintenant vous pourriez penser qu'il était coupable, mais il n'est pas pertinent précisément sur cette question. La société doit prouver qu'elle est coupable d'un crime. Vous pouvez, ne pas juger sur les anciens incidents, alors il ya un problème avec le système de justice.

Avec le recul, Erik peut dire que la société fait souvent des abus bruts en jugeant sur le ouï-dire, et sur les sacs à dos des gens. C'est un danger commun quand des innocents peuvent être jugés. Maintenant Erik avait été sur une tentative de récupération et n'avait pas fait de mal à personne. Mais il pourrait s'agir d'une personne qui avait un casier judiciaire, et qui avait recommené dans sa vie qui a été accusé.

Cette personne serait-elle également détenue?
Le risque est grand. Il est totalement
inacceptable que cela se produise.

Ce pays a un livre de droit qui est clair, mais qui
n'est pas respecté. Pourquoi tu ferais ça ? La
Commission européenne déclare clairement
qu'il faut être considéré comme innocent
jusqu'à preuve du contraire. Il dit aussi qu'un
grand danger pour la société s'est posé, puisque
les médias ont souvent eu le temps de juger le
suspect devant lestribunaux, une décision. En
même temps que la loi dit que nous avons la
liberté de la presse. Que la politique ians ne peut
pas comprendre que ces lois s'effondrent
considérablement, et qu'un changement dans la
loi est nécessaire, parce que vous ne réagissez
pas aux loisjusqu'à ce que vous en tant que
personne ont été exposés. Est convaincu que
beaucoup maintenant, pensant qu'Erik se sent
désolé pour lui-même, et que lui en tant que
personne aurait été injustement traité par la
société. En fait, Erik a été un enfer d'un cochon
contre beaucoup de gens en son temps, et
probablement le mot cochon est un mot trop
gentil parce qu'il a fait beaucoup de choses
illégales.
Il a été appelé la plupart du temps pendant son

temps criminel, mais indépendamment de son mauvais comportement, il ne justifie pas que la société elle-même enfreint la loi et enferme le méfait par abus de pouvoir. Tout le monde a droit à un procès équitable et ne devrait pas être jugé par la société tant que le verdict n'aura pas été rendu, et même si notre pays doit se conformer à la Commission européenne, des innocents sont condamnés chaque jour dans notre pays allongé. Tant devant les tribunaux que dans les médias.

Mais revenons à l'action.

Erik avait peu d'intérêt pour cet avocat, car il avait maintenant plus ou moins déjà déposé une perte, croyant qu'Erik serait détenu. Il avait simplement eu un avocat qui ne faisait que le nécessaire pour ses clients, et qui n'avait pas d'esprit decombat , de sorte que ce n'était not pas qu'Erik sentait que la vie était assez lourde, pour le moment.

Le lendemain matin, le petit déjeuner est arrivé et Erik a eu le temps de parler à son avocat quelques minutes avant qu'il ne se dirige vers le tribunal de district pour une audience préliminaire. Naturellement, ila été détenu pour risque de fuite et qu'il y avait un risque de collusion si j'étais libéré à ce stade. Donc, c'était juste de retour à la prison pour attendre le ramassage à la prison.

Le personnel de la prison qui venait chercher Erik n'était pas vraiment pressé de venir. Ce n'est que vers 5 h du soir que quelque chose a commencé à se produire. Erik n'avait été emmené sous douche que deux fois depuis son arrestation. Il était préférable d'être détenu, car c'était une meilleure cellule, et des vêtements propres pour erik pouvait se sentir un peu plus frais.

Quand le personnel de la prison est arrivé, il y avait un homme et une femme. Curieusement, c'était la garde féminine qui s'asseyait côte à côte d'Erik sur la banquette arrière. Avant de sortir à la prison, l'agent qui l'a interrogé voulait lui passer les menottes. Menotté, il était d'environ 20 mètres. Quand you unre dans une voiture deprison, il ressemble à une petite cage derrière le siège du conducteur en plastique dur, et vous obtenez de s'asseoir contre la fenêtre. En face de l'un il ya quelque chose, comme un tuyau de fer plié qui est ancré à la cage elle-même. Il est habitué à menotter les gens gênants.

Le gardien et le coordonnateur de la sécurité ne voulaient pas qu'Erik s'échappe, d'où la sécurité rigoureuse. Ils avaient même un « chauffeurde garde » et deux gardes afin de maintenir une sécurité renforcée.

Quand Erik est monté dans la voiture de prison, la gardiene a dit qu'elle enlèverait les menottes d'Erik, mais en même temps a dit qu'ils monteraient sur lui la même seconde, comme il baise dans la voiture. Elle a dit qu'elle savait ce qu'ils défendaient, et qu'ils ne frapperaient pas une femme, bien que cette femme serait un garde. Apparemment,elle a été informée, car ils n'étaient pas autorisés à utiliser la violence contre les femmes ou les enfants. C'était une loi non écrite qui était toujours suivie. Ils avaient une demi-heure de route dans ce fourgon de détention avant d'arriver à la détention custody dans une grande ville. Maintenant, c'était dans un poste de police à nouveau, l'ascenseur au dernier étage, dans ce bâti ment. Et puis c'était le moment d'être enregistré auprès de la Garde centrale, Erik avait fait cela tant de fois au fil des ans, don il savait ce qui allait se passer.

Ils voulaient savoir, beaucoup de choses comme, par exemple, si Erik a pris des médicaments ou abusé de drogues, et Erik pourrait répondre non à ces questions, car il n'a jamais réellement ingéré aucune sorte de drogue dans son corps, par lequel il signifie narcotiques. Cependant, Erik a bu beaucoup d'alcool à la place. Maintenant, il était temps d'abandonner tous leurs propres vêtements, et au lieu d'obtenir des vêtements qui ont dit KVV, (L'administration pénitentiaire) sur, et un couple de sandales.

Maintenant, c'était juste dans une nouvelle « cage », à décomposer, parce que c'était ce qu'il était en fait, mais dans le tribunal de district, il est appelésibeau collest un danger iion. J'aimerais que tous les procureurs ou autres fonctionnaires du gouvernement puissent rester enfermés pendant quelques semaines. Ensuite, ils auraient un côté beaucoupplus, humble contre ceux qui sont enfermés dans les prisons. Car il faut être clair, être détenu est loin d'être la même chose que de s'asseoir hors d'une peine dans une prison. Là, les détenus ont des choses à faire, comme travailler et rencontrer d'autres détenus, c'est-à-dire une vie plus humaine. Une vie en détention avec restrictions signifie l'isolement à l'intérieur de quatre murs et une heure de repos par jour, ce qui signifie que vous arrivez à vous asseoir dans votre cellule 23 heures par jour. C'est ce qu'on appelle humain ? Maintenant, peut-être beaucoup de gens pensent que ce qu'Erik a fait, ni était-il humain, et qu'il valait la peine de s'asseoir dans la cellule

23 heures par jour. Oui, beaucoup de gens qui lisent ces lignes sont probablement en ligne, mais maintenant qu'Erik a été en liberté près de dix ans, il voit les choses un peu différemment. Si les autorités détiennent une personne, il incombe à ces autorités de s'assurer qu'elle va bien, tant physiquement que psychologiquement.

Plusieursfois, vous entendez qu'un détenu a essayé de se suicider, et a même réussi. Pourquoi pensez-vous que cela n'arrive qu'en détention? Vous pouvez également le voir du côté de la victime, qui pense qu'il est agréable que le méfait est enfermé quand ils se sentent généralement menacés, et c'est ici que tout le système échoue, Erik pense.

Lorsqu'un procureur détient l'agresseur, la victime est bercée par une fausse sécurité. La victime peut bien sûr se sentir en sécurité pendant un certain temps pendant la détention proprement dite, mais lorsque le procès commence, s'il y a un procès, il y a une grande raison pour laquelle la victime peut ressentir une menace plus tangible. Parce que ce qui se passe dans un rapport de police, c'est que la police qui reçoit le rapport promet habituellement des prairies dorées et vertes au demandeur, mais la réalité frappe rapidement, et se présente sous une tout autre forme. La vérité est que le suspect est enfermé sur des termes complètement inhumains, et il crée une personne qui devient extrêmement vindicative. Comme le suspect ne rencontre personne, il devient isolé, et comme un être humain commence à penser des pensées complètement folles. Ce qui fait de vous un suspect une pensée courte. Vous n'avez pas à garder une personne enfermée pendant une longue période, pour qu'elle commence à tomber en panne. et où cet homme devient comme une bombe à retardement. Il est étrange que la société moderne traite les suspects de cette manière malsaine. Alors ce pays est un grand défenseur des droits de l'homme. Si vous êtes en détention, vous devriez être présumé innocent jusqu'à ce que le verdict soit rendu. Combien de personnes pensez-vous ne sont pas en détention chaque année en Suède, qui est ensuite libéré, quand il est devenu clair qu'ils ne sont pas, coupable. Cela n'a rien à voir avec les crimes qu'Erik a commis, ni pourquoi il a été détenu. Si vous êtesun méchant que vousavez, de compter sur ces mesures coercives. Erik veut informer les gens ordinaires qu'ils peuvent facilement être détenus. On entend assez souvent dire que des hauts fonctionnaires ont été arrêtés parce qu'ils étaient soupçonnés d'écocriminalité. Ces hauts fonctionnaires vivent une vie dans le couloir du sandwich à la crevette, ce qui signifie que si une telle personne est détenue, ellepeut avoir des conséquences absolument dévastatrices, car une détention leur donne une très mauvaise réputation. ,

Ce qui est probablement le pire, c'est que la psyché d'une telle personne ne peut pas faire face à cet exercice de liberté. Ils se sentent très rapidement mal à ce sujet et descendre dans une sortede psychose qui conduit à des tentatives de suicide. Même un méchant assaisonné se sent merdique, peu importe à quel point ils sont durs. La seule différence est que les voyous ont généralement un mandat inclus dans les règles du jeu quand ils commettent des crimes différents. Ainsi,, la psyché des méchants est plus préparée, et c'est généralement absolument,, crucial.

Dans un autre endroit de la ville.

L'enfer! Henke pensait. Maintenant, je nesuis pas meilleurqu'Erik quand il a battu Anton à mort. C'estune pensée frustrante dans Henke, qui pour le moment ne savait pas comment résoudre la question.

L'agent McGill a conduit et rencontré Henke et a maintenant eu une personne comme témoin. Henke a demandé qui elle portait ?

Il y a une personne avec qui j'ai parce que nous ne devrions pas travailler nous-mêmes, mais la personne en question peut marcher une certaine distance. McGill répond.

Bonjour! Henke a dit, et s'en aller, de dire que la personne que vous avez amenée avec vous pouvait m'identifier.

Eh bien, c'est un risque quevous un re va devoir prendre Henke, si vous voulez encadrer la personne qui a tué Carl. Henke se sentait comme un grincement bon marché quand l'agent McGill a dit ces mots.

Réglage Erik était une bonne idée, mais maintenant la situation avait changé radicalement, parce qu'elle avait une personne avec elle de SAPO, et il ne se sentait pas comme Henke voulait prendre ce risque

Henke a dit à l'agent McGill qu'il voulait juste luiparler, ou il n'y aura rien de tout cela.

Ils avaient tous deux l'air ennuyés par la situation, et Henke vient de la regarder, qui n'a pas dit grand-chose. Henke avait pris sa décision et est allé à sa voiture et a fait un bon départ de saut. McGill s'est rendu compte que Henke ne voulait pas remplir son engagement et s'est rendu compte qu'aucune solution n'était à venir.

Oui, pensait McGill. Henke va devoir revenir s'il veut nous parler.

Henke est allé au Club et s'est rendu compte que la solution était en panne.

Maintenant Erik ne veut pas que les autorités soient privées de ces mesures coercives, mais pense qu'ils devraient former le personnel qui ont des compétencesparticulières , dans ce domaine t ilservice pénitentiaire sort souvent dans les médias de masse avec leur personnel étant spécialement formé dans ce domaineparticulier, mais comment peuvent-ils être spécialement formés,quand ils n'ont pas eux-mêmes été soumis à cette forme de détention?

Si l'on veut développer le système carcéral, le personnel doit savoir ce que c'est que d'être enfermé sans savoir quand il sort. Pourquoi ne pas l'avoir dans le cadre de leur éducation? Laissez-les s'asseoir pendant 2 semaines ou un mois, afin qu'ils puissent sentir leur propre registre émotionnel, qui vient clairement à un isolement. Ensuite, ils n'auraient plus été aussi impolis envers les détenus, parce qu'il y a un grand pourcentage, qui sont détenus et assis là innocemment, et ils sont traités de la même manière que les personnes lourdement criminelles. Les différences sont grandes entre la psyché d'un bus et une Svensson. Un méchant l'a comme un travail, tandis qu'un Svensson, qui se fait accidentellement arrêter perd complètement pied.

Mais revenons à l'événement...

Erik était maintenant dans la cellule de la prison et se demandait combien de temps il serait autorisé à s'asseoir là. Il savait que le procureur ne pouvait pas le retenir plus longtemps que la peine de prison équivaudrait à, mais avec ce sac à dos Erik tiré sur, tout crime pourrait être longtemps derrière les barreaux. Parce que c' est comme ça. Une personne normale aurait quelques mois pour, par exemple, la possession illégale d'armes à feu. Si Erik avait été personnellement puni pour un crime semblable, il aurait été d'au moins 6 mois indépendamment de ce que dit le livre des lois. Cela semble irréel, mais c'est la vérité. Certains éléments criminels sont punis plus sévèrement que d'autres.

Maintenant Erik a commencé à planifier parce qu'il pouvait survivre à cette période de détention, psychologiquement, et sans perdre son masque pour les gardes. Il était dur comme granit, quand il était en contact avec les gardes, mais au fond, il était doux comme une oreille b douce quiear se sentait très mal everyone qui a été enfermé dans cette forme d'isolement a des larmes de champen abondance, mais personne ne voudrait l'admettre. Vous ne vous habitez jamais à être enfermé en tant qu'être humain, peu importe si youhaontété enfermés X nombre de fois. Tu te décomposes un peu à chaque fois. Vous devenez plus fort qu'une personne ordinaire, mais jamais aussi fort pour ne pas le sentir.

Les jours étaient extrêmementlents, et Erik voulait parler à quelqu'un à la fois comme un mec et comme une personne, donc il n'est pas devenu fou. Être enfermé 23 heures par jour vous rend temporairement loufoque, et il peut, ne pas être expliqué, mais vous avez, àl'expérience de cet enfer vous-même. Un jour, l'un des gardes vient ouvrir la porte de la cellule d'Erik et dit qu'il avait un visiteur. Erik a été un peu surpris parce qu'il avait des restrictions complètes et n'était pas autorisé à visiter plus que de son avocat, mais le dirigeant avait apparemment reçu un fax du tribunal de district où les restrictions d'Erik avaient été changées en ce qu'il était maintenant autorisé à avoir des visites. C'était une grosse affaire pour Erik, parce que cela signifie qu'il arrive à lire le journal, écouter la radio, etc.

Après quelques heures, la visite d'Erik est arrivée, mais Erik savait qu'aucun visiteur auparavant puni n'était autorisé à entrer, alors Erik s'est demandé clairement qui viendrait.

Soudain, un garde frappa sur la salle de visite où Erik était assis, il y a un homme qui connaissait Big Mama, et cette amitié s'est construite dans des locaux complètement différents.

Erik se demandait pourquoi cette personne était venue lui rendre visite, car il ne semblait pas vouloir parler autant lors de la visite.

Qui êtes vous? Erik a dit, et avait l'airtrès , surpris.

Mon nom est Benga, et je connais gobelin enfant un peu sporadiquement, et je pense que j'ai un important message à vous sur ce qui est susceptible de se produire.

Oh, tupenses, alors? Erik l'a dit à Benga.

J'ai entendu une conversation entre l'enfant gobelin et l'agent McGill, et cela ressemblait à une confiance entre ces deux-là. Cela ressemblait à une conversation entre la mère et la fille, mais c'est ce dont ils discutaient qui m'a fait réagir.

Qu'est-ce que tu veux dire maintenant ? Erik l'a dit à Benga.

Eh bien, je ne veux pas porter des commérages, mais il semblait qu'il était prévu de vous casser Erik quand vous avez entendu qu'ils parlent tous les deux ...

Les deux ? Erik a dit.

Oui, il semble qu'elle et gobelin enfant, sont mère et fille, Benga dit.
Qu'est-ce que c'est que ça Erik a dit... Non, c' est unre pas ! Ils ont souvent des fêtes ensemble, et ils parlent tous les deux comme s'ils étaient mère et fille, a dit Benga.
Qu'est-ce que tu veux dire maintenant ? Dit Erik, qui ne comprenait pas ce qui se passe. Non! Erik a dit, je comprends et c'est assez. Oh, oui, oui. Saide Benga, alors j'ai l'impression que j'aifait un bontravail. Oui, vous l'avez certainement fait. Erik a dit, et leurs chemins divisés.

Le gardien a enfermé Erik à nouveau, et Benga est sorti de prison.

Hm. Said Erik, cela commence à expliquer pourquoi l'information reste sur le mauvais plan, et pourquoi les mauvaises personnes le recueillir si facilement sans que nous avons un grincement.

Le bureau du cerveau d'Erik a commencé à réaliser ce qui allait se passer dans le monde souterrain, bien qu'il ne pouvait pas voir exactement ce qui allait se passerà , le moment

Erik! Il a crié au gardien quand il a déverrouillé la salle de visite.

Eh bien, j'aiun m fait. Erik a dit, qui savait que le gardien ne voulait pas rencontrer par surprise, donc c'est certainement pourquoi ils ont pleuré.

Qu'est-ce qui se passe, vieux ? Je me demandais le garde.

Le gardien se demandait comment Erik allait?!

C'était le soir, et puis il y a des règlements qui disent que les gardes devraient être deux quand ils ouvrent la porte de la cellule si tard parce que le personnel est minime, et surtout quand ils ont ouvert la porte à une personne qui était assise avec des restrictions complètes. Ils sont peut-être très désespérés de s'échapper. Donc,il a fait une faute, et il a montré qu'il ya aussi de bons gardes.

Il a mis une chaise à l'entrée de la porte de la cellule. Il avait remarqué qu'Erik avait commencé à plancher après plus de deux semaines enfermé et d'être complètement isolé. Il a dit qu'Erik pourrait avoir un prêtre de prison qui pourrait venir lui parler si tu le voulais. Hahaha! Est-ce I que je parlerais à un prêtre de l'église et autres? Non! Cela semblait clairement ridicule, il ne pouvait pas s'asseoir et parler à un prêtre. Tu savais de quoi il allait parler. Alors il aimerait devenir chrétien aussi ! Alors le garde dit que le prêtre n'est pas comme un habitué. Il ne mentionne jamais l'Église ou sa foi à moins que vous ne la dénonissiez vous-même.

Oh? Erik a dit étonné de la garde. Comment est-il? Il estlà pour aider les détenus quand c' est lourd,et si vous avezbesoin de quelqu'un à qui parler, dit-il, et j'ai pensé qu'Erik pourrait essayer de lui parler. Oui, bien sûr, pensa Erik, il serait bon si vous restiez là et mâché beaucoup de merde afin que le garde pourrait savoir comment les crimes se sont produits.

En outre, il a dit que le prêtre avait un devoir de confidentialité, qui, selon lui, correspondrait parfaitement à Erik.

Ce gardien avait à voir avec de nombreux criminels lourds qui vivaient du crime organisé. Après une longue période de conversation avec le gardien,ils ont décidé qu'Erik allait essayer de lui parler.

L'après-midi du lendemain, il entend comment ils ouvrent la porte de sa cellule. Il y avait la garde qu'Erik a parlé à la veille, et avec lui, il avait un petit prêtre roux, mais Erik ne pouvait pas voir sur les vêtements quand il n'avait rien à montrer qu'il était un prêtre, mais Erik n'avait pas d'autres visites qui ont été directement réservés. Maintenant, il était comme un capercaillie fier, froid glacial et avec un regard qui a probablement dit que je pouvais gérer moi-même. Mais la vérité était tout à fait différente. Erik, cependant, était un peu pensif au sujet de ce prêtre, car il n'était pas possible de voir s'il était ce qu'il prétendait être. Il pourrait être un flic qui a profité de la situation quand Erik était en panne pour le compte à rebours. Erik se méfiait beaucoup de cette personne et ne savait pas s'il pouvait lui faire confiance. Il était apparemment habitué au fait que le prêtre était traité avec beaucoup de suspicion. Quand le prêtre est entré dans la cellule,il s'est présenté, puis il n'en a pas dit plus, le gardien est allé et il était assis Erik avec un prêtre qui n'a pas dit un bruit. Toute la situation devenait embarrassante et Erik ne voulait rien dire, car il serait cool.

Cinq minutes passent, puis le prêtre dit qu'il ne parlerait pas de religion et lui demanda si c'était pourquoi Erik se tut. Non! A-t-il répondu aussi froid qu'unglaçon, t-ilprêtre demandé s'il y avait quelque chose qu'il voulait? Comment ça? Erik a demandé au prêtre.

Puis il se demande si Erik avait des intérêts. Il a répondu qu'il a joué du piano pendant beaucoup d'années, et qu'il pensait que cela lui donnait beaucoup.

C'est si bon, dit le prêtre. Alors peut-être que je peux arranger, pour que tu puisses mettre un synthétiseur dans la cellule.

Bien? Erik a répondu très pensif. Étant donné qu'il était dans les limites, et il serait en principe demandé si vous vouliez changer ses sous-vêtements ou aller au bain.

Soit il s'estmoqué de moi ? Ou ai-je eu tort! Puis j'étais jolie,, bouillie dans la tête après 2 semaines d'isolement. Je pensais Erik.

En outre, le prêtre a dit qu'il pourrait revenir demain avec un message which il a effectivement fait he était si expérimenté dans le traitement des criminels lourds et savait qu'il devait construire l'ince confiance,il est vraiment venu avec un synthétiseur le lendemain, Erik pensait qu'il semblait être un type que vous pourriez probablement faire confiance. Erik était très méfiant à son sujet, et bien qu'ilétait très peu sûrqu'il voulait certainement , lui d'avoir une chance queje t pourrait bien sûr être une forme de jeu psychologique que le procureur ou agent SAPO McGill était en retard d'une certaine façon, et que Erik ne pensait pas clairement, on ne peut vraiment saisir que maintenant, quand vous pensez qu'il semblait que Erik étaitpresque maniaque et souffrait de manie persécution. Le prêtre de la prison a quitté le synthétiseur et espérait qu'il en bénéficierait grandement pendant sadétention et , a également dit qu'il serait de retour dans quelques jours.

Il sonne la cloche pour que le garde ouvre la porte et qu'il puisse marcher. Quand le gardien est venu, il a demandé si Erik voulait sortir pendant un certain temps dans la cour. C'était comme une bonne proposition, une proposition qu'il a acceptée. Le gardien dit qu'il reviendra bientôt et qu'il sécuriserait le couloir, ce qui signifiait que le gardien fermerait l'écoutille d'inspection d'Erik et s'assurerait qu'aucun autre détenu n'existait, ou qu'il pourrait sortir dans le couloir pendant qu'il était là.

Chapitre 18

Erik peut comprendre s'il est difficile de comprendre ce que c'était pour lui émotionnellement, car il a été isolé pendant si longtemps, et de sortir dans un couloir sans personnes est étrange, quand tout son corps a complètement crié de voir un homme. Avant l'ouverture du garde, jusqu'à Erik, il pouvait entendre dans la cellule, comment le gardien communiquait avec ses collègues. Cela pourrait ressembler à ceci, par exemple:

La Garde Centrale ! J'ai *un détenu rouge, est-il prêt pour que je puisse ouvrir la porte? Une minute! Un vert est en route de la cour d'exercice. Le garde attend son col lègue. Puis vous avez entendu dire que le détenu rougepeut, sortir.*

Lorsque le garde a ensuite ouvert laporte, c'était pour déplacer ses jambes Puis,ils seraient bien dans le *couloir, puis entrer dans une forme de porte de verrouillage, et plus loin dans un escalier. Quand vous* montiez *les escaliers il y avait un tas extrêmement de pantoufles en bois vert, que vous porteriez quand vous alliez dans la cour. À l'extérieur des cours d'exercice il y avait des bâches vertes qui étaient pour ceux qui avaient des restrictions et qui n'ont pas vu d'autres personnes que les gardes.*

Des bâches qu'ils ont arrachées après que le détenu rouge soit sorti dans la cour. Tu as été traité comme un animal. La seule différence entre les animaux et les détenus était que les animaux n'avaient pas de pantoufles vertes.

Il est assez malade que vous êtes, autorisé à traiter avec les gens de telle manière dans ce pays, et que vous êtes légalement autorisé à briser les gens comme ça, est absolument, incroyable. Les lignes directrices pour la détention custody état qu'ils protègent les personnes innocentes potentiellesdans , afin d'être vu en détention. Certes, il semble agréable quand vous le voyez d'un point de vue plus politique. La réalité est différente.

Erik était généralement gentiment traité par les gardes, quandils savaient qu'ils ne se sont jamais battus quand ils avaient été enfermés. Le jeu était un peu fini et il n'y avait pas besoin d'aller après eux, comme ils ont juste fait leur travail comme tout le monde. Il arrivait parfois qu'il courut, quand il ne se sentait pas bien de s'asseoir là enfermé.

Erik se souvient surtout d'une fois, quand il était temps pour le souper et le chariot de nourriture

est venu rouler dans le couloir. Il savait
exactement où se trouvait le chariot de
nourriture dans le couloir, même s'il était dans
sa cellule. Il l'entendit sur les joints du sol
pendant que les wagons se roulaient. Plus tôt
dans la journée, Erik a demandé au gardien de
laisser l'écoutille d'inspection ouverte car elle
est devenue très piégée, et l'air dans la cellule
est devenu sec. La ventilation n'était pas une
grosse affaire, et vous avez les lèvres très
sèches. C'était un si mauvais air que le gardien a
distribué l'onguent de la défense. Maintenant,
c'était l'heure du dîner, et cela signifiait aussi
que l'équipe de nuit a continué pour la nuit.

Lorsque le chariot arrive à la cellule avant celle
d'Erik, le garde ferme l'écoutille d'inspection, et
c'est la chute qui a fait déborder la tasse.
L'agressivité d'Erik a été maximisé et il a jeté la
chaise en plastique qui était à l'intérieur de la
cellule contre le mur. Cette crise a été plus
qu'entendue dans le couloir. Puis le garde ouvre
l'écoutille et dit qu'Erik devrait garder sa bouche
fermée. C'était sa plus grosse erreur ce jour-là,
et Erik a donné plusieurs coups de poing au
gardien, qui avait son visage au milieu
del'écoutille d'inspection. Le gardien a été
légèrement coupé quand il s'est rendu compte
qu'Erik était vraiment, en colère. Il a fallu du
temps pour qu'il descende dans les tours. Erik

était tellement en colère alors il tremblait, et même si c'était juste un linge, il prouve juste que les gens ne devraient pas être si isolés quand ils sont pour le moins devenus excitables.

Erik avait heurté le bord même de l'écoutille d'inspection et appuyé sur l'articulation arrière sur son petit doigt par des coups répétés. Le doigt et le reste de la main avaient déjà commencé à gonfler. Et le garde qui revint un peu plus tard avec un plateau de nourriture, voulut regarder la main d'Erik, quand il vit maintenant que ce n'était pas juste. Normalement, Erik ne recevait pas ce service de restauration personnelle, que les gardes viennent avec un plateau, mais cela a fait ce garde à cause de ce qui s'est passé, et qu'ils n'ont pas dit qu'il était approprié d'ouvrir la porte de la cellule d'Erik quand il avait sa crise. C'était probablement une sage décision quand on ne sait pas comment cela aurait pu se terminer. Le gardien a dit tout de suite qu'il pensait que l'infirmière devrait vérifier le doigt et la main le lendemain matin.

Il voulait donner des antalgiques à Erik pour qu'il puisse dormir pendant la nuit, mais il ne voulait pas ça. Le matin, l'infirmière, qui est à peine entrée dans ma cellule jusqu'à ce qu'elle dysse que cela devait être examiné par un médecin.

Elle regarda et appuya un peu doucement sur mon petit doigt qui était douloureux, mais quand l'infirmière a demandé si cela faisait très mal, Erik a dû répondre que cela ne se sentait guère du tout. Probablement quelque chose en quoi elle ne croyait pas. Le médecin est arrivé dans l'après-midi pour examiner la main et a immédiatement dit que cette main serait radiographiée à l'hôpital immédiatement. Maintenant, cela peut sembler facile, mais il n'est jamais populaire auprès des gardiens de sortir un détenu, dans la partie civile lorsque le risque d'évasion est réel. Le soir, quand Erik allait faire des radios, il a pensé au vieil homme qui est venu lui rendre visite.

S'il pouvait vraiment être le cas que le vieil homme a dit que l'agent McGill et gobelin enfant étaient mère et fille, alors c'est un gros problème.

Peut vraiment à la fois Big Mama et agent McGill acheter le même coup ou a eu les deux le même coup.

Même Henke était-il au fait de leur transparence au sein de l'Organisation? Ou était-ce un jeu pour le centre commercial?

Erik a également réagi, c'est si Bob était impliqué ou s'il n'avait tout simplement pas réagi. Il est difficile de fermer les yeux avec toutes les pensées Erik avait.

Il a dû attendre un autre jour quand il était en fin d'après-midi. Les gardiens étaient censés changer de quart, et ce n'était pas une blessure mortelle. Ainsi, Erik a dû s'y rendre pendant deux jours, avant de pouvoir se rendre à l'hôpital pour y être examen. Ce n'était pas bon, et le médecin n'était pas heureux de ce changement car il ne savait pas si Erik avait quelque chose de cassé dans sa main. Après tout, il était responsable de son patient s'il devait y avoir des dommages durablesà la suite du décalage horaire. C'était juste pour attendre le lendemain matin.

Tôt le lendemain matin est venu un garde comme d'habitude, pour dire bonjour et pour vérifier si Erik allait bien, sauf pour la main. Erik a été informé qu'il allait à l'hôpital après le petit déjeuner, et qu'il se ferait laver fraîchement les vêtements d'entraînement avant qu'ils ne s'en aillent. Donc, c'était pour jeter dans le petit déjeuner à la hâte, puis changer. Le gardien est venu pour ouvrir la porte de ma cellule, et quand il a ouvert la porte, Erik a vu qu'il y avait deux gardes. Maintenant, leur empathie est sorti quand ils auraient à mettre sur Erik les menottes. Ils pensaient que c'était mal,

considérant que sa main droite était très enflée,
mais ils n'ont pas été autorisés à me sortir sans
menottes, c'était si simple, ils ont fait de leur
mieux pour ne pas pousser autant. Quand tu
serasmenotté ! Si quelqu'un qui les met sur,
assurez-vous de verrouiller les chaînes afin
qu'ilspuissent , ne pas se ressaisir, plus qu'ils ne
le sont à la réelle est mis sur. Ils le font en
poussant dans un petit bâton similaire, àpresque
un sprint, mais qui est monté dans les menottes
eux-mêmes. Il s'agit d'une sécurité de sorte que
les menottes ne devraient pas être en mesure
d'arrêter le flux sanguin réel, puis une menotte
peut être comprimé autant que possible.
Le commence à descendre le couloir pour
prendre l'ascenseur jusqu'au garage de la police,
où Erik a dû sauter dans le break Volvo de
l'administration pénitentiaire, qu'ils ont utilisé
pour ce type particulier de transport, jen'ai pris
que 10 minutes jusqu'à ce qu'ils soient arrivés à
l'hôpital. Maintenant, il serait garé aussi près de
l'entrée que possible. Ceci à des fins de sécurité.
Si Erik devait avoir l'idée d'essayer d'échapper à
ces gardes. Erik n'a pas eu l'idée de s'échapper,
car il devait maintenant être dans la
communauté, ne serait-ce que pour une courte
période, alors il a apprécié pour les coups
complets.

Une fois à l'intérieur de l'hôpital, l'un des gardiens est allé de l'avant pour payer les frais de patient. Il y avait des routines claires lors de ces visites à l'hôpital, lorsque guard le gardien informe l'infirmière dans l'écoutille qu'ils étaient de l'administration pénitentiaire, qui est censé leur donner la priorité. L'autre guard gardien a eu la chance de mettre Erik sur le côté, de sorte qu'il ne serait pas visible autant. Il a même baissé les bras sur sa chemise sur les menottes pour que cela semble moins surprenant.

Debout et regardant un tableau suspendu sur un mur, vous pouvez faire pendant un certain temps, mais après 15 minutes, il commence à se sentir extrêmement stupide, peu importe la façon dont la pensée du garde était depuis le début. Erik attendait juste qu'ils aillent au département de radiologie, pour qu'il s'éloigne de cet art laid et abstrait qui pendait sur le mur. Maintenant, ils commenceraient à aller vers les rayons X pour s'asseoir à l'extérieur et attendre que ce soit au tour d'Erik. Le garde était assis de chaque côté du couloir, chacun prenait un journal qui les aidait à passer le temps. Il s'avère qu'ils étaient tous deuxtrès , intéressés par la chasse. Ils n'ont pas montré la moindre forme de tension ou de stress. Ce qu'Erik pensait se sentait bien, comme vous pouvez souvent obtenir des débutants qui montreront à quel point ils sont bons pour garder une trace du méfait. Ces gardes étaient aussi calmes qu'un humain pourrait l'être. Quand nous nous sommes assis là et attendu, il arrive un vieil homme, avec des marcheurs plus loin dans le couloir. Il a probablement fait 2 miles à l'heure, et puis c'était rapide. Alors qu'il commençait à s'approcher des bancs à l'extérieur de la radiographie où ils s'asseyaient et attendaient, le vieil homme regarde vers Erik. Erik a dit bonjour, ce qu'il a fait. Quand il voit alors les menottes d'Erik, c'est comme si le marcheur était soudainement conduit par de l'oxyde nitreux, car le vieil homme est passé de 3 km à au moins 85 km. Il était probablement un peu inquiet quand il a vu les menottes, ou les freins à disque s'étaient complètement desserrés sur le déambulateur. Assez bien parce que ça avait l'air un peu drôle. L'un des gardes a dit au vieil homme qu'il pouvait y aller doucement, et qu'il n'y avait pas de danger, mais l'homme a continué à un rythme rapide vers l'avant.

Maintenant, c'était au tour d'Erik d'entrerdans n pour les radiographies. L'un des gardes passe par toute la salle de radiologie, puis s'assoit dans la même pièce que le personnel, tandis que la photo a été prise. L'autre serait devant la porte d'entrée de la salle de radiologie. Maintenant vint le premier problème. Les menottes gauches ne veulent pas s'ouvrir, mais le gardien a fait tout son possible pour qu'il soit libéré. Le gardien a alors demandé à l'infirmière si elle ne pouvait pas rester sur sa main, car c'était sa main droite qui serait radiographiée? Absolument pas. Alors,, l'infirmière a décidé. Ce gardien a ensuite dû appeler son collègue pour voir s'ils pouvaient résoudre le problème ensemble. Ils ne pouvaient pas partir de toute façon. Il a fallu au moins 5 minutes pour enlever cette menotte. Enfin, une infirmière pourrait se présenter, pour mettre sa main à droite afin qu'ils puissent prendre les photos. L'infirmière, d'autre part, avait l'air un peu tendu. Elle était certainement très,agréable, mais d'une manière plus tendue et nerveuse. Pas étonnant. Une infirmière seule avec un voyou cru. Biensûr, elle était un peu inquiète, même si elle n'avait rien à attendre de lui.

Les radiographies étaient prêtes, et il était temps de sortir et de s'asseoir à nouveau sur le banc pour attendre. Il leur a fallu plusieurs heures pour le savoir. Rien n'était cassé, mais le doigt serait tiré à droite par un médecin, donc ils ont dû aller nous mettre à l'urgence, où ils ont patiemment dû attendre à nouveau.

Quand le médecin arrive, dit-il après avoir vérifié les radiographies, qu'il essaierait de tirer le doigt droit d'Erik qui avait été décalé par les coups répétés. Le médecin a dit que vous pouvez étourdir, mais il ne fait pas beaucoup de bien, puis une seringue anesthésique sesent jolie , bon dans un doigt. Erik a décidé de ne pas prendre l'anesthésie. Le médecin s'assoit sur un tabouret pivotant en face de lui et saisit pendant un certain temps autour de son bras droit, puis pendant un certain temps autour de son doigt.

Maintenant, il va se sentir. Dit le médecin.

Tout va bien. Erik a dit. Ce qui d'une certaine manière pathétique serait extra beaucoup « homme » à, le moment. Le docteur a tiré son doigt d'un coup. Il peut être tellement que les mots qui sont alors sortis de la bouche d'Erik, n'ont pas été directement prises à partir d'un hymne. Ça lui faisait terriblement mal, et s'il avait de la peinture sur le visage, c'était probablement pâle.

Le médecin demande ce que ça fait quand Erik a touché son doigt, et il a répondu que ça allait. Bien qu'il ait été un peu pris par la douleur qui a surgi quand le médecin a tiré son doigt à droite.

Erik se demandait s'ils voulaient l'encadrer maintenant que Henke avait parlé à son frère et voulait se débarrasser d'Erik, alors qu'il était une menace pour beaucoup. Peut-être que c'est aussi simple que cela si vous pensez comme ça, Erik réfléchit. Oui, maintenant il est de retour en prison, pour être une fois de plus enfermé dans sa cellule.

Erik now a commencé sa troisième semaine d'isolement cellulaire, et il vient de couler plus bas avec chaque jour qui est allé dans la psyché. C'était comme si votre cerveau a cessé d'être actif et ne pouvait même pas prendre dans les quelques impressions qu'il peut obtenir comme détenu avec des restrictions complètes. Ce n'était même pas amusant de jouer de la musique. Plus rien n'était intéressant. Les gardes ont commencé à comprendre qu'Erik souffrait de privation de sommeil et ont convoqué un médecin qui était prêt à lui donner quelque chose pour dormir. Le médecin a prescrit n'importe quel comprimé qui aiderait, mais quand le garde dans la soirée est venu pour donner le comprimé, il n'en voulait pas. Il convoqua alors un vieux gardien expérimenté qui avait beaucoup d'expérience de la privation de sommeil, et quels problèmes pouvaient survenir alors. Ce gardien était bon, et il n'a pas commencé par dire qu'Erik prendrait la tablette, mais m'a plutôt dit ce qui pourrait arriver s'il ne dormait pas longtemps.

Ce n' est pas gentil. Quand il a dit comment le cerveau étape par étape s'est éteint, et qui, finalement, vient d'aller dans les réserves. Ce gardien pourrait casser un psychologue en 15 minutes. Il étaitvraiment, bon dans son travail, si bon qu'il m'a fait prendre la tablette.

Quand Erik a pris la tablette, le garde a dit qu'il pensait qu'il était agréable de parler à la farce de Skane comté, quand ilavaitsurtout entendu et vu le genre de méfait à traversles médias. Ils ont parlé près d'une heure après qu'il a pris la tablette, mais maintenant Erik a commencé à se fatiguer, Vraiment, fatigué.

Erik a dû dire au gardien qu'il devait sortir de sa cellule quand il a dû s'allonger down et qu'il ne voulait pas le réveiller parce qu'ils savaient qu'il dormait mal depuis un certain temps. C'est presque ainsi qu'Erik a commencé à penser que ces gardes avaient reçu une veine humaine. Erik ne voulait pas prendre de comprimés parce qu'il n'aime pas être affecté par beaucoup de produits chimiques, mais ce comprimé était probablement un investissement sain pour sa propre santé parce qu'il se sentait beaucoup mieux le lendemain. Il est absolument,étonnant de voir comment la privation de sommeil peut affecter une personne. Vous ne pensez pas à l'importance du sommeil, de sorte que vous pouvez comprendre l'importance d'un bon sommeil. Mais sans elle, vous êtes justeun légume bouilli.

Il était même si bon qu'Erik pouvait s'asseoir et jouer de la musique sur le synthétiseur, que le prêtre avait pris là-bas. Ti moi était lourd. L'horloge ne bougeait pas directement, et Erik savait de quoi il s'agissait, avec l'arrestation réelle. Que le D.A. aurait des aveux de sa part lors d'un procès. Il pourrait chercher ça dans le bleu. S'Il m'avait poussé si loin dans le marais psychique, il n'aurait aucune reconnaissance de ma part de toute façon. Je pensais qu'Erik, qui devait s'occuper de quelque chose, a eu le temps d'y aller. Vous pouvez travailler avec la fabrication de pinces à linge à l'intérieur de la cellule. Il s'agissait de mettre en place de petites épingles à linge pour les cintres qui garderaient les vêtements des enfants sur le cintre. Le travail consistait à ajouter un morceau de plastique, puis un ressort en acier, puis vous reteniez le ressort avec un tournevis similaire, mettre un autre morceau de plastique et enfin libérer le ressort. Que ce qu'il vous had faire une épingle à lingepin.

Pour chaque épingleà vêtements qu'Erik a réunie, il a payé 3 cents. Ce n'était pas une grosse somme, mais il l'a fait trop peu de temps pour y aller, mais aussi pour ne pas tomber complètement en panne.

Il y avait aussi d'autres travaux, comme faire des trous dans les panneaux routiers avec un grand priseur de trou, où vous devrez avoir un tuyau de fer d'un mètre de long, en appuyant sur le priseur de trou ensemble. Erik lui demanda s'il pouvait le faire à la place, mais la garde centrale et les gardes n'osaient pas lui donner un tuyau de fer d'un mètre de long. Ils le considéraient trop violent pour ce travail. Dommage, erik pensé, car il était beaucoup mieux payé par signe, mais il comprend leur décision maintenant avec le recul plus que bien.

Erik a commencé à réaliser, après 3 semaines d'isolement qu'il serait autorisé à rester pendant un certain temps et a commencé à se dire qu'il avait beaucoup de temps à attendre derrière les barreaux. Erik en était maintenant à sa quatrième semaine et son cerveau avait commencé à s'habituer à cette vie. Il avait eu une télé dans sa cellule. Maintenant, le procureur semblait plus humain, même fait en sorte de le déplacer dans la suite. La suite est une cellule avec ses propres toilettes et douche et est utilisée principalement pour les femmes détenues avec de jeunes enfants. Mais maintenant, il l'a eu un peu mieux.

Erik avait un luxe pur avec sa propre télévision, toiletteset douche. Maintenant, c'était une fête! Tu pourrais jouer au bingo et voir Wanted. Pour la personne moyenne, il semble certainement pas si luxueux, mais dans le monde verrouillé c'est le luxe dans un double sens. Il était même si Erik pensait que le lit était plus agréable, même si c'étaitexactement, le même modèle. Il pensait que c'était vraiment,, agréable de prendre une douche, et regarder un peu de télévision, ce qu'il a fait.

Tout allait beaucoup mieux qu'avant. Une nuit, quand il est assis là à regarder la télévision, Erik entend un enfer d'un bang de quelque chose qui est tombé , à l'intérieur du côté cellulaire de la sœur. Il n'y a pas beaucoup réfléchi au début, mais ensuite il a pensé qu'il a été entendu comme si quelqu'un, rugissait Aide, aidez-moi! Au début Erik pensait qu'il devenait curieux à cause de l'isolement, mais quand il a refusé le son à la télévision, il pouvait en mettant son oreille contre sa paroi cellulaire contre la cellule du voisin, entendre un homme qui semblait souffrir sévèrement. La première pensée était qu'il a essayé de se pendre ou autres, mais dans une cellule de détention il n'y a pas grand-chose à se pendre quand ils sont conçus de sorte, précisément de sorte qu'il ne devrait pas être possible de vous tuer, même si vous le saviez, vous n'étiez pas sûr. Erik a attendu quelques minutes pour voir s'il continuait à crier, ou si la personne s'est calmée, il ne pouvait pas comprendre pourquoi la personne n'a pas appelé la garde centrale si elle était dans la douleur ou s'était blessée. Après une dizaine de minutes Erik a décidé d'appeler le garde central, comme cette personne avait crié à intervalles et il ne semblait pas comme s'il pouvait appeler le garde lui-même. Quand Erik a expliqué que la personne à droite de lui, a apparemment de gros problèmes, et crie à l'aideplus, ou moins tout le temps. La garde centrale a demandé si Erik avait encore une mauvaise nuit?

Non! Il a des ennuis, mais maintenant je vous l'ai dit. Dit Erik.

d'accord. Répondant til garde. J'envoie une personne pour vérifier, et après quelques minutes, puis-je can I entendre un garde être sur le chemin, avec son deux-roues que vous démarrez avec un pied.

Erik a entendu dire que les caresses ne passaient pas devant sa cellule. L'enfer, pensait-il. Maintenant, ça a mal tourné. Son côté droit était

à gauche d'Erik lorsqu'il se tenait dans le couloir.
Il a seulement entendu dire que le gardien avait
ouvert la porte de la cellule à sa droite. Il n'y
avait pas très bien accueilli. Il ferme cette cellule
pour ouvrir l'écoutille d'inspection d'Erik pour
savoir pourquoi il a appelé et l'a dit, que
quelqu'un avait besoin d'aide ? Il a dit au petit
que c'était la cellule suivante. Ils se sont
probablement sentis tout aussi stupides que ce
malentendu est né. Il ferme l'écoutille
d'inspection d'Erik pour ouvrir la porte de la
deuxième cellule. Le gardien trouve un homme
couché dans son lit qui crie juste dans la douleur.
Il s'est avéré qu'il avait reçu un sérieux coup de
dos et qu'il ne pouvait pas descendre du lit pour
appeler le gardien. Il était si heureux que le
garde soit venu. Le gardien a dit que c'était son
voisin qui a alerté la garde centrale et leur a
demandé de venir à sa cellule. Maintenant,
c'était bon mouvement dans le couloir et les
ambulanciers paramédicaux sont venus chercher
le gars. Le médecin a jugé nécessaire
d'emmener la personne à l'hôpital.

Le lendemain, le gars était de retour et a laissé
guard un grand merci à Erik, par l'intermédiaire
du gardien pour appeler alors il a obtenu de
l'aide. Étrange que vous avez aidé une personne

que vous n'aviez même pas vu, mais vient d'entendre, mais c'était amusant qu'il appréciait mon petit effort.

Dans la matinée Erik s'est rendu compte que l'organisation a joué le double jeu. Tout ce que le vieil homme a dit pendant la visite, il semblait être vrai.

Henke, avec qui Erik était ami depuis tant d'années, l'avait bien vendu, et à quel prix?

Même l'agent McGill l'avait-il vendu en manipulant Henke et en l'a bercé dans une fausse sécurité?

Le fait que l'agent McGill et Big Mama étaient mèreet fille est devenu un fait lorsque toutes les pièces du puzzle sont entrées en place, et Bob était actuellement une Wildcard.

Mais une chose était sûre à 100%, et c'était la revanche à laquelle toutes les parties concernées étaient aujourd'hui confrontées. Maintenant, il n'y avait plus de doute. Erik voulait que ce soit une vengeance douloureuse. Erik est devenu cette personne maléfique et diabolique. Pourquoi n'avais-je pas arrêté ce développement? Il pensait.

Erik ne pouvait même pas penser. Ils n' avaient qu' à mourir! Erik pensait, afin de ne pas ressentir ces sentiments douloureux qu'il maintenant complètement baigné.

Erik sait qu'à plusieurs reprises, vraiment réfléchi avant d'écrire, que son message à l'Organisation était clair, et qu'ils saurait que bientôt Erik sera là et il sans pitié.

C'était comme si le cerveau venait d'écrire les mêmes choses tout le temps, mais avec des phrases différentes très étrange en effet.

Oui! Ils étaient là la veille de Noël. Qu'est-ce que je pourrais faire? Rien. Je pensais Erik.

Les gardes ont apporté de la nourriture à Christmas, un peu plus tard dans l'après-midi. C'était un dîner de Noël que peu de Suédois peuvent se permettre de se permettre, quatre wagons entiers pleins de nourriture, et Erik n'a jamais vu autant de nourriture de Noël à la fois.

Il pouvait garantir qu'il n'y avait pas de nourriture de Noël qui n'était pas sur ces wagons. Quand les Gardes ont ouvert la porte de la cellule d'Erik, et qu'il a vu ces wagons, il a été vraiment étonné. Erik prit deux grandes assiettes, et rempli de nourriture, puis il n'avait qu'à prendre une seule fois. Il serait insensé de ne pas enlever toute cette bonne nourriture.

Erik pourrait facilement dire que le repas lui-
même a été le point culminant de cette soirée
de la veille de Noël.

La perte d'Erik était atroce, le sentiment de
s'asseoir là la veille de Noël, Il ne voulait même
pas exposer son pire ennemi à. Personne ne
vaut la peine d'avoir un tel sentiment. Beaucoup
de gens pensent qu'Erik s'est mis dans cette
situation lui-même, qu'il peut comprendre, mais
peu importe comment vous tournez la haie, il
est assis dans le dos, et vous vous sentez le plus
désolé pour vous-même.

Erik savait que toutes les vacances de Noël se
terminent, et les jours du milieu sont à venir,
mais il se sentait comme il n'avait pas
d'importance, que ce soit Noël, jours dumilieu,
ou tout autre jour férié. C'était tout aussi
sombre dans la cellule pour elle, Erik avait
obtenu une psyché qui était presque neutre
pour tout et tout le monde. Il survivrait tout seul
et vengerait toutes les personnes impliquées.

Maintenant, ce Noël, et tous les week-ends
avaientpassé , et il était enfin temps pour la
négociation principale.

Après cinq semaines d'isolement cellulaire, il
était maintenant temps pour le procès. Erik a
recommencé à s'étiqueter quand il a senti qu'il

sortirait de ces murs. Bien qu'il allait à un procès, il se sentait bien, peut-être parce qu'il voyait qu'il yaurait une sorte de jugement et de décisions sur son avenir immédiat. Il y avait trois membres du personnel de la prison pour aller chercher Erik. Oui, ils ne lui faisaient pas confiance, et ils ont clairement montré qu'avec le nombre d'accompagnateurs les gardes au procès. Donc,, c'était juste obtenir les menottes sur et aller au procès. Les demandeurs n'étaient nulle part où être vus. Ils étaient assis dans une pièce adjacente et ne sont pas sortis avant le début du procès. Erik avait apparemment mis une telle terreur dans ces gens,de sorte qu'ils ne voulaient pas l'affronter plus que nécessaire.

Le tribunal a demandé si Erik était l'accusé, ce qui a été certifié par son avocat.

Puis le procureur a commencé à expliquer quels crimes il pensait qu'Erik avait faits. Le tribunal lui demande alors comment il a abordé ces allégations que le procureur a récemment décrites?

L'avocat d'Erik a répondu que son client avait nié tout acte répréhensible pour tous les chefs d'accusation.

Le tribunal se tourne vers le Procureur, pour lui demander de le prouver par des éléments de preuve techniques, ainsi que par les propres déclarations des demandeurs.

Le procureur sort ensuite la batte de baseball d'Erik, dans le cadre de la preuve technique, et dit que le suspect a menacé des gens avec cette batte de baseball, ainsi qu'en brisant les rotules du demandeur, ce que le procureur corrobore avec l'une des propres histoires des demandeurs.

L'avocat d'Erik dit qu'il n'y a pas de témoins, ou d'autres éléments de preuve pour prouver l'histoire du demandeur tilprocureur fait alors un commentaire que ce demandeur avait déjà décrit la batte de baseball du suspect en détail au cours de la première plainte, Le tribunal demande ensuite Erik sur la façon dont il avait l'intention d'expliquerla description détaillée du demandeur de son baseball bat.

Erik a répondu au tribunal qu'il aurait pu voir la batte de baseball alors qu'il passait devant sa voiture, qui se trouvait manifestement en dessous de son appartement. Puis. Erik a dit, vous pouvez, ne pas enfermer les gens parce que vous unere tenantune batte de baseball. Ensuite, l'État devra enfermer toutes les équipes de baseball dans ce pays.

Ces commentaires ont légèrement irrité la Cour.

Le tribunal demande maintenant au procureur s'il avait un fondement plus factuel pour cette accusation. Le procureur a ensuite déclaré qu'il avait récemment reçu cette affaire d'un autre procureur, et qu'il n'y avait donc plus de preuves au cours de l'enquête préliminaire. Maintenant, le tribunal a été, pour dire les choses légèrement, ennuyé par le procureur qui a poursuivi pour des motifs aussi vagues, et en plus de tout cela, avait le suspect détenu pendant une longue période.

Chapitre 19

Le tribunal a raisonné un peu, et en est venu à rejeter l'ensemble de l'acte d'accusation, puisqu'il n'y avait personne comme preuve entièrement technique, mais aussi qu'en l'examinant pour des motifs objectifs ne pouvait pas condamner Erik, et donc abandonner l'accusation sur tous les points. Le tribunal a informé Erik qu'il avait droit à une indemnisation pour le moment où il a été détenu.

Erik a dit qu'il ne voulait aucune compensation. Ce qui a probablement surpris la cour un peu, mais il ne faut pas gape sur un morceau trop grand pensé Erik. Maintenant, la salle d'audience était vide en quelques minutes, et Erik a dû retourner à la prison pour récupérer ses vêtements et autres biens qu'il a dû abandonner au centre de détention.

Quand ils sont revenus à la prison, il a dû nettoyer un peu la cellule, et il a aussi profité de l'occasion pour prendre une douche avant qu'il ne quitte la prison, mais quand je suis rentré dans la cellule, le gardien a dit qu'ils devaient m'enfermer, puis les règles étaient ainsi. C'était probablement la seule fois où Erik pouvait, dire que c'était correct qu'ils verrouillé, quand il savait qu'il serait bientôt sorti de cet enfer. Enfin, ils étaient à nouveau en liberté.

Maintenant... Erik était libre, et l'idée de vengeance ne s'est renforcée qu'à la minute.

Tout le monde au sein de l'Organisation en avait un parmi le public pendant tout le procès, et probablement la personne avait informé Henke et d'autres qu'Erik était à nouveau en liberté.

Le sentiment qu'Erik avait était merveilleux, et où la plupart des gens se sentaient certainement sur le mauvais terrain de jeu, quand Erik voulait vraiment faire court au processus, parce que maintenant il allait exploser. Henke savait qu'Erik ne serait pas amusant d'être inclus, alors il a essayé de rendre les choses aussi douces que possible.

Henke pensait qu'il avait un as dans sa manche où l'agent McGill, et ses contacts au sein de la SAPO, pourrait être utile dans cette situation, même si elle n'avait pas eu une réunion décisive avec les deux, alors Henke a estimé qu'il pourrait être utile t chapeauErik était libre senti absolument merveilleux now peut-être Erik pourrait imaginer qu'il avait eu assez de ce marais criminel , Nonce sentiment n'est pas venu.

Erik a pris le train à la maison, parce qu'il ne voulait pas de savoiture à , le moment où il pensait qu'il était difficile de s'asseoir dedans. Il était déterminé à rentrer chez lui à son appartement, et unefois là, il s'est jeté sur le canapé et a commencé à penser à la façon dont il pouvait faire des choses plus intelligentes, et qui leur a donné de très gros dollars, n ow qu'il avait été donné un nom, il n'y avait pas le moindre doute à ce sujet, mais quelle réputation et le nom qui avait été donné à l'époque. Il ferait n'importe qui avoir peur de l'obscurité, mais Erik n'a eu aucun problème avec les rumeurs à cette occasion, c'était votre marque à l'époque, et une condition préalable pour être en mesure de survivre.

Erik voulait faire toutes les choses à la fois pour se venger. Il savait que cette vengeance était une vengeance, qui tuerait beaucoup de gens. Il a pris une respiration très profonde et a fermé les yeux pendant quelques secondes. Quand Erik leva les airs à nouveau, il s'est rendu compte que le jeu pouvait commencer, parce que maintenant c'était juste des pensées cruelles qu'il avait. Pour commencer, il sortait tous les serveurs. Erik avait beaucoup de réflexions sur la criminalitééconomique, qui correctement prévu pourrait donner un retour gigantesque comme il est si bien appelé. Il avait énormément de connaissances.en administration des affaires. Une connaissance qui ne pouvait guère apporter un meilleur succès dans les couloirs des grandes

entreprises. Erik a décidé de raw-plug choses
importantes comme les rapports financiers,
mensuel, trimestre, tertial, 6mois et plusloin,
heest devenu complètement obsédé par cette
connaissance économique, il l'intéressait
vraiment profondément h en'avait pas de livres
sur ce sujet particulier alors il a commandé des
livres, mais aussi lire beaucoup via internet, car
cela pourrait donner une image plus large de la
façon dont ce monde financier a travaillé à fond.

Maintenant Big Mama avait été à sa place, mais
il ne savait pas à 100 pour cent où elle se tenait
et attendait ses connaissances, et encore moins
si elles étaient mère et fille McGill? Donc,, il
n'était pas approprié de le vérifier maintenant.
Ainsi, Erik continué lui-même, jusqu'à ce qu'il
savait.

Erik a commencé sa vengeance en assommant
les serveurs de spectacle qui étaient importants
pour l'Organisation et qui les paralysaient. Il n'a
pas fallu longtemps pour que l'Organisation
réagisse à quelqu'unqui se trouverait àl'intérieur
du système, alors ils avaient clairement fait appel
à Jim OneBone, qui avait beaucoup
d'expérience.

Henke voulait nettoyer tout le système, et il
serait débranché si quelqu'un était à l'intérieur
maintenant. Jim OneBone a fait, dépannage

selon toutes les règles de l'art, et a dit Henke que personne n'était là.

Henke savait qu'Erik était en tête, mais comment le prouverait-il ? Oui, a dit Henke, il sera difficile, voire impossible, d'encadrer un fantôme qui n'existe pas. Non, tu asraison. Jim OneBone a dit. Henke a parlé en profondeur avec Bob sur la façon dont Erik pourrait être arrêté, mais Henke savaiten même temps, en que ce serait difficile. Bob est une personne tranquille qui ne dit pas grand-chose s'il n'a rien à dire, phase qu'il avait cette fois.

Oh, tu as quelque chose à dire, Bob ? Henke se demandait.

Soudain, il se mit à dire plus de deux mots, sinon il ne l'a pas fait en une semaine.

Qu'est-ce que tu veux dire, Bob ? Henke dit.

Maintenant, toute l'Organisation va prendre des forces, alors maintenant probablement la plupart des choses vont fumer, et si vous êtes tous si stupides que vous allez délibérément après une personne que l'Organisation elle-même a formé pendant beaucoup d'années, vous devrez vous blâmer. Dit Bob d'un ton précis.

Qu'est-ce que tu veux dire, Bob ? Henke a dit.

Henke, vous êtesà la tête de l'Organisation, donc vous devez savoir quevous allezavoir l'enfer quand cette personne vient aux coups. Que vous ne voyez pas, vous avez formé la personne que vous avez sauté sur, et que vous vous attendez à gagner sur cette personne, êtes-vous élevé ou?! Bob a dit.

Non, on n'estpas hauts! Henke l'a dit à Bob. Maintenant, je veux que tu écoutes. Je mesuis éloigné de mes principes qui nedevraient pas être une solution, mais j'ai parléà l'agent McGill, et j'espère qu'elle pourra aider à mettre intelligemment Erik.

T'es unre high! Bob dit à Henke.

Le truc, a dit Henke, c'est que j'aidéjà parlé à l'agent McGill, et j'ai dit que je savais qui avait tué le frère, mais pas le nom.

L'idée est que l'agent McGill a des liens sans fin dans le système de justice.

Maintenant, jevais juste lui donner un petit coup de pouce que c'est Erik qui a tué son frère Carl, et puis l'agent arrêtera Erik.

Henke, c'estun rat! Said Muscle montagne, qui ne, who did semblait pas exactement si intelligent ... mais si intelligent qu'une personne devenait un grincement.

Biensûr, je partirais, untuyau anonyme à l'agent McGill. Henke a dit.

Bob a dit. Le risque est que cela ne se produise pas. Erik est une personne intelligente, et qu'il irait dans un piège, semble extrêmement étrange. Erik a vraiment été si minutieux, alors pourquoi achèterait-il ce piège?

Jim OneBone était à la recherche d'un travail continu tout le temps, et Henke avait l'air un peu gris, mais le jeu avait commencé. Erik voulait juste souligner Henke un peu, mais pour le moment choisi de ne pas assommer le serveur. Henke a dit à tous les gens dans la salle qu'ils seraient observateurs.

Henke a dit à Bob qu'Erik était maintenant en liberté.

Dans l'intervalle, Erik a lu à plusieurs reprises, afin de trouver toutes les échappatoires possibles dans la loi, et était maintenant dans une partie du crime où il le rendrait illégal, tout à fait légal, et avec les lois existantes effectuer les crimes sans que les autorités soient en mesure d'intervenir avec des mesures coercives. Comme il nous l'a déjà dit, il n'y a pas de crime parfait, et il ne le fera jamais. Il y a certainement beaucoup de ceux qui ont été exposés à Erik qui prétendront certainement que le crime parfait existe. Mais la question est? Comment définissez-vous le crime parfait?

Beaucoup le décrivent certainement en disant qu'ils ont fait, par exemple, un cambriolage, vendu les articles, gardé l'argent du cambriolage, sans aller à.

Particulier. Économiquement, on pourrait dire que c'était un crime parfait, mais Erik ne partage pas un tel raisonnement, car il croit que si quelque chose est parfait, il ne devrait pas affecter une personne. Ni financièrement, ni psychologiquement, ni physiquement. Un tel crime n'existe pas.

Faire un crime avec un gain financier n'est pas un problème que ce soit, mais que la loi peut vous attraper. Une autorité qui connaît cette possibilité est le parquet, mais aussi l'Autorité de police. Ces deux, ces autorités ont,de se tenir frustrés, et regarderles crimes plus, ou moins se produire, sans être en mesure d'intervenir, parce que les méchants connaissent et connaissent le livre des lois. En utilisant ces connaissances, une couche intermédiaire est créée, avec la société d'un côté et les méchants de l'autre.

Parce qu'Erik ne franchit pas la ligne qui prouve qu'un crime a été commis, mais équilibre plutôt sur la ligne de la loi qui fait la différence entre un crime, ou quelque chose de légal.

Puis vient le mot crime sous un tout nouveau jour. Le procureur doit une fois de plus prouver qu'un crime a été commis. Mais comment ce procureur va-t-il faire ça? Le bureau du procureur nepeutpas leprouver. Beaucoup de ceux qui lisent ces lignes peuvent penser qu'il s'agit d'une description occasionnelle de la facilité avec avec qui il est d'échapper à notre société juridique, mais il ne s'agit pas de cela.

Erik veut maintenant que la société introduise une plus grande flexibilité dans son application de la loi. Je vaistoujours prendre un méchant pour attraper un autre méchant. Parce que si vous regardez les statistiques de dédouanement de l'État sur divers crimes, et vraiment les regarder de près, la plupart des gens ordinaires auront un choc. Ce sont les crimes mineurs qui sont éclaircis, et que l'État ne fait pas face au crime organisé est un fait, et quand vous lisez leurs statisticiens, ils montrent que la loi fonctionne, et que la plupart des voyous vont derrière les barreaux if société ont étéd'attraper le très grand méchant, les gars they qu'ils auraient à commencer à travailler avec d'anciens voyous au lieu de mettre une clé dans les travaux. Les vieux voyous ne sont pas autorisés à entrer dans la société à cause de leurs sacs à dos, et ce n'est pas dû à des pénuries de compétences, mais au contraire, Erik dirait. Car si un vieux méchant vient dans une entreprise, le risque est extrêmement élevé que les compétences de cet autobus passera l'employé habituel. Il y a des appels pour plus de procureurs, et le premier ministre ajoute plus d'argent, à un système déjà dysfonctionnel, tandis que le ministère public élargit sa coopération à un niveau plus international is la communauté juridique ne sait pas qu'ils sont réellement avec ces mesures juste jeter l'argent dans le lac? Qu'y a-t-il de si difficile à comprendre? Je pensais Erik.

Bureau du procureur, ouvrez les fenêtres de votre bureau, pliez le cou et regardez le sol. Sur le terrain sont les anciens méfaits, qui a la solution à l'application de la loi. Erik est convaincu que de nombreux crimes pourraient être résolus, si les vieux criminels avaient eu la chance de prouver leurs affaires, d'une manière légale, et grâce à une telle coopération, une société de moins de criminalité et d'application efficace de la loi aurait bientôt été atteint.

Avec un nid protégé, une communication ne peut pas se produire lorsque la solution est dans la rue et que les décideurs sont assis dans le couloir du sandwich aux crevettes. Il serait beaucoup mieux que les politiciens ayant le pouvoir de décision puissent trouver une sorte de plate-forme neutre, où ils pourraient, sous la direction des autorités, constituer une équipe, construite sur des policiers chevronnés, et d'anciens voyous qui savent comment contourner la loi.

J'aitrop vu cette soci été corrompue. Erik a dit de me taire plus longtemps.

Beaucoup de fois les gens disent qu'ils ont, pour leur dire qu'il obtient quelqu'un, sur un événement où quelque chose de terrible s'est passé. Le problème est juste que juste quelqu'un, sont ceux qui sont les plus corrompus dans la société, avec beaucoup de pouvoir et une grande influence. Alors, à qui dites-vous? À peu près un tel événement?

Si nous jouons un peu avec l'idée, et que l'État aurait une application de la loi plus efficace. Erik pense. Cela conduirait à un taux de chômage extrêmement élevé dans, par exemple, l'administration pénitentiaire. Parce que tel qu'il est structuré aujourd'hui, peut être comparé à un dépotoir, où vous profitez de tout ce qui peut être recyclé. C'estexactement comme ça que fonctionne le système correctionnel aujourd'hui.

Erik a commencé à comprendre l'importance de tous ces rapports financiers qui seraient une partie importante d'un crime écologique possible et d'être en mesure de lire les rapports provisoires d'une grande entreprise peut être décrit comme la lecture d'une facture d'électricité. Cela peut être fait, mais ce n'est pas facile, dirait-il, mais comme dans le monde réel du travail, vous travaillez votre chemin vers le haut, tout comme cela dans le monde criminel ainsi.

Erik s'assoit et repesse à la façon dont tout a commencé, avec des crimes simples, puis avance vers le haut. Il ne cesse de penser à quand il était le plus à l'intérieur de son monde financier et criminel, quand il a commencé à émerger des gens liés à Mc. Il avait eu des contacts mc-connexes dans le passé, mais pas de ce calibre, qui, grâce à son réseau de contacts avait attiré l'attention sur le travail criminel d'Erik, qui avait donné de bons résultats. Erik a d'abord rencontré un grand homme muscle termes, nommé Lasse. Erik pensait à ceux pour qui il avait déjà travaillé, quand l'atelier de viande a été fait, mais il s'agissait apparemment d'une clientèle différente, avec Harley Davidson comme star.

Quoi, ou qui pourrais-je rejoindre? La première idée était que le dollar devait gouverner, mais c'était un naque j'aipensé, car ce n'était pas une option. Hm!? Que dois-je répondre? Puis il a demandé à Lasse s'il pouvait être pigiste, un peu comme il l'a fait auparavant, mais il n'a pas pu répondre à cette question. Il a seulement été chargé de savoir si une réunion était possible et s'il y avait un intérêt à ce sujet. Erik se souvient que sa première pensée spontanée n'était pas de tenir une réunion, mais il suffisait qu'il clignote une fois, et a vu ce grand signe dollar quand ses paupières étaient en baisse pendant une milliseconde.

Bien sûr, il voulait rencontrer ce membre qui appartenait à l'élite des enfers, et qui avait un réseau de contacts qui s'étendait sur une grande partie du monde. Erik pense à quand ils s'assoient dans la cuisine de Lasse et rencontrent Jonte pour la première fois. Quand ils sont entrés dans sonappartement, ils ont pris un café et parlé de la merde en attendant jonte à venir peut difficilement croire qu'Erik a eu le temps de soulever la tasse de café avant qu'il n'entende la porte d'entréouvert. Erik était tendu comme une plume, légèrement dit.

Erik a entendu quelqu'un crier, Hé, hors de la salle, et Lasse a répondu Hallo! Il y avait de la pression dans le cerveau d'Erik. C'était comme si toutes les cellules du cerveau dans sa tête n'avaient pas de sommet, et cela a eu lieu entre les grands et les petits cerveaux. C'était comme une forme plus douce de manque d'oxygène dans le cerveau. Maintenant, il y avait beaucoup de monde dans la cuisine.

Ce Jonte était maintenant debout dans la chambre où Lasse et moi avons pris un café. Il portait juste une veste ordinaire et pas un gilet!? Qu'est-ce que c est? Je pensais Erik. Puis cette veste a détruit toute son image de ce membre, puis Erik s'attendait à avoir un gilet. Erik ne pouvait bien sûr pas garder sa bouche fermée, mais a dû se demander pourquoi il n'avait pas sa veste sur?

Jonte rit et dit qu'il a sa veste sous sa veste, qu'il décolle maintenant pour montrer d'où il vient. J'avais l'impression que quelqu'un avait descendu une pompe à vide dans les poumons d'Erik et aspiré tout l'air, et il ne pouvait pas faire un bruit. Juste un mètre de moi est un membre à part entière!? Je pensais Erik. Le sentiment qu'il ressentait pourrait peut-être être décrit comme quand un marchand d'art trouve l'œuvre cachée d'un artiste célèbre et se tient maintenant en face de cet objet.

La raison pour laquelle il n'avait pas le gilet visible, c'est parce qu'il ne voulait pas attirer l'attention, mais aussi parce qu'il est venu en voiture au lieu de son vélo.

Il y avait une règle, qui disait qu'ils ne pouvaient avoir leurs gilets, s'ils conduisaient un vélo, et s'ils devaient être pris par un autre membre conduisant avec une voiture et le gilet sur, ou est allé sur la ville avec le gilet, ils devaient le fonds du club 5000 SEK en amendes. C'était une façon pour le club de rendre les membres moins visibles, car personne ne voulait payer ces amendes.

Jonte dit qu'ils ont suivi le dernier travail d'Erik, et qu'ils ontété très, impressionnés par la façon intelligente dont ces crimes avaient été commis, sans se faire prendre.

Erik avait reçu une marque qu'il a maintenant découvert. Tout le monde a parlé qu'ils ont entendu parler du crime d'Erik, ils ont dit qu'il en tant que personne avait la capacité de frapper, disparaissent et ne plus jamais être vu.

Oui! Peut-être quec'est comme ça. J'ai répondu à Jonte.

Vous êtesun re impressionnant. Jonte a dit. Le club veut vous demander de discuter de certaines affaires, où vous pouvez faire de l'argent sérieux à partir de choses simples.

Erik a probablement répondu oui grâce à cette invitation avant même que Jonte ne prépare la question. Ensuite, il y avait surtout beaucoup de choses sur tout et n'importe quoi. Avant le départ de Jonte, il a dit qu'il avait hâte de le voir au club dans quelques jours.

Vous pouvez compter là-là. Erik a répondu. Jonte va tet s'en avec la voiture. Lasse a déjà commencé à souligner qu'Erik ne se rendrait pas à l'Organisation s'il n'était pas sûr qu'il ferait face à la pression lorsqu'il n'y aurait pas de retour en arrière. Une fois à l'extérieur, ne sors jamais.

Erik savait qu'il ne pouvait pas reculer une fois arrivé à leur Organisation, et pourtant il n'a pas hésité une seconde, même s'il savait qu'une défection serait accompagnée d'un enterrement sûr. Erik avait fait jusqu'à la soi-disant élite, et c'était quelque chose qu'il avait lutté pour tout au long de son temps criminel. Maintenant qu'il a eu un pied dans cette Organisation, il voulait vraiment montrer ses pieds à tous les niveaux. Il s'est avéré qu'ils en testeraient un à différents niveaux, quelles compétences ils avaient. Erik était un geek de l'informatique, alors il a pensé que ce sera difficile. La seule chose qui était en dehors de son monde informatique était les arts martiaux qu'il a formés pendant de nombreuses années, mais il semblerait rapidement un peu mince.

Erik était maintenant à la porte de la cour du club, qui était verrouillé avec une chaîne de fer épaisse et un cadenas, et en face de la porte était un similaire luny câble électrique épais. Ce n'était pas un cablélectrique e c'était un câble qui a donné un signal dans le club-house que quelqu'un voulait passer, similar à un câble utilisé pare l'administration routière pour compter le nombre de voitures traversant un tronçon particulier de la route. Quand Erik attend que quelqu'un vienne s'ouvrir, un bus de police glisse derrière sa voiture, sur la route plus loin. Ils arrêtent le bus, et Erik pensait que maintenant c'était fini. Tout comme il commence à se demander s'il serait une fois de plus entrer derrière les barreaux, Jonte vient et ouvre la porte.

Il jeagite Erik, peut conduire. Quand il descend de la voiture, Jonte se lève et salue en prenant la main. Ensuite, tous ceux qui étaient à l'intérieur de l'Organisation sortent pour saluer la même chose. Erik se sentait vraiment le bienvenu car tout le monde étaitvraiment, gentil avec lui. Après avoir salué, les membres se sont séparés.

Jonte voulait maintenant qu'ils aillent au club-house pour qu'Erik puisse voir l'intérieur du club. C'était tellement propre et sans poussière que vous pouvez lécher le sol avec votre langue. Tout était propre.

C'était comme regarder directement dans la société système, avec toutes sortes d'esprits disponibles. Une collection incroyable. Le bar était en chêne, et avec un dessus en marbre qui étaitvraiment, agréable. Les barres n'étaient pas des produits IKEA mais étaient en acier inoxydable.

Jonte demander ce qu'Erik pensait de leur club-house, et il ne pouvait dire que comme il était.

Puis Erik rencontrait d'autres membres qui arrivaient graduellement, tandis que jonte et lui parlaient. Tout était militarily discipliné, et tout le monde avait un rôle à remplir. Si les autorités suédoises avaient eu la moitié de cette discipline, elles auraient eu une société complètement différente. Une société de l'ordre.

Il y avait beaucoup de nouvelles impressions qu'Erik allait prendre en, et il était en fait très impressionné par la façon dont tout a été soigneusement exposé he demandé Jonte qui le président était tpoule, il m'a dit qu'il ne pouvait pas me dire quand il y avait temps de guerre avec un autre gang. Leur président était très secret à leur sujet, car cette information pourrait causer beaucoup de tort à leur organisation locale. Donc,, croyant que l'on saurait qui était leur président, même après la première visite, a été un peu naj'ai pensé vely par Erik.

Jonte voulait qu'il revienne le plus tôt possible, et Erik a compris qu'ils avaient eu son nom sur le papier peint bien avant qu'il ne visite cette Organisation, mais quel était leur but fondamental, il ne savait pas. Cela s'appliquerait au moins aux entreprises, tant il le savait depuis la réunion de Lars. Mais quelles affaires, je n'étais pas clair sur.

Le lendemain, Erik a appelé Jonte pour voir s'il viendrait à l'Organisation. Il pensait que c'était une bonne suggestion et il a conduit assez, rapidement après qu'ils ont terminé la conversation. Une fois à l'Organisation, Jonte voulait qu'ils parlent de ce qui se passe etde faire unesorte d'accord sur la façon de travailler. Ils n'ont rien laissé au hasard, ce qui convenait parfaitement à Erik car lui-même était une personne qui détestait si quelque chose allait mal ou était mal planifié.

Erik a obtenu un téléphone portable et un viseur, qu'il aurait toujours avec lui, Ce serait à la fois le jour et la nuit, qui a construit un stress intérieur, Erik pensé, quand il a été utilisé pour contrôler sa journée lui-même, mais maintenant il a été surveillé, par mobile et viseur 24 heures sur 24.

Pourquoi alors voulez-vous appartenir à une telle Organisation, pourrait-on se demander? Parce qu'il ne s'agit que de beaucoup de violence et d'autres illégalités. Pour Erik personnellement, le mot clé était dollars, dont il était complètement fou, mais aussi le grand soutien qu'il avait alors derrière lui. Ce n'était que 6 mois d'enfer, où vous effectueriez des choses qu'Erikpeut , sans parler dans ce livre. Comme le risque serait directement imminent que le parquet ait reçu deux soirées de Noël la même année, et Qu'Erik ne veuille pas les donner, puisqu'il a maintenant commencé une nouvelle vie.

On serait déchiré, formé etretesté à quel point la loyauté était grande envers les membres et envers l'Organisation. C'était un lavage de cerveau, mais tu l'as pris à cause de ce qui allait arriver. (On pensait). Il a été possible de louer une caserne dans le club-house. Une petite boîte, disait-il, de seulement 7 à 8 m². Il était disponible pour une utilisation et le coût était

SEK 700 qui a été payé directement à
l'Organisation.

Beaucoup de nouvelles règles seraient apprises,
et seuls les membres à part entière ontété
autorisés à participer aux réunions du club, les
membres d'essai n'étaient pas les bienvenus.
Erik voulait savoir ce qui a été discuté là-dedans,
mais c'était calme comme le mur, sur ce qui a
été dit lors des réunions. Erik a lutté et a fait sa
part, au cours de cet entraînement difficile, à la
fois physiquement et mentalement. Il s'agissait
de savoir si vous pouviez gérer la pression ou
être totalement cassé. Comme il y avait
beaucoup de gens qui voulaient appartenir à
l'Organisation, le club adû être très sévère dans
le réel« boulonnage »sur qui avait le potentiel
pour faire face à cette formation malade.

Ce boulonnage était extrême dans ce club et le
comparait au club avec qui l'Organisation était
alors en guerre, il y avait de grandes différences.
Leurs rivaux avaient une stratégie différente en
ce qui concerne l'enrôlement de nouveaux
membres, où il était assez rapide d'entrer dans
cette organisation si vous connaissiez les bonnes
personnes, mais là, ils ont aussi une mentalité
sur leurs membres qui peut être décrit comme
directement instable légèrement dit. Ce n'était

pas un hasard si l'un de leurs membres, lors d'une convalescence, a mis une bouche d'arme à feu dans la tête d'un petit nourrisson. Leur Organisation a fait le ménage avec ce membre lui-même, mais cela prouve simplement qu'ils ont apporté quelque chose pour les personnes de l'autre organisation ayant les bons contacts. Ce qui a pris cinq ans dans l'Organisation Erik était en, parfois pris seulement un an avec l'autre, ce qui crée une personne sous pression avec anxiété de performance quand au début de leur carrière, ils ont dû montrer leurs pieds en réussissant dans leur travail en tant que CHIENS (collecteurs de dettes, ordures) mais aussi comme soi-disant âne pack donkey (trafiquants de drogue) où personne ne voulait échouer. Revenir au club comme un âne pack, où vous avez perdu le paquet, pourrait créer des conséquences dévastatrices pour cette personne, qui dans une telle situation devient désespérée. Si désespéré qu'ils ont même mis une bouche d'arme à feu dans l'esprit d'un nourrisson. Totalement incroyablement doux.

Non pas que l'Organisation d'Erik était un agneau pieux, mais exposer les enfants ou les femmes à quelque chose comme ça ne se produirait jamais. C'était une loi non écrite qui, en aucun cas, vous n'avez eu l'occasion de les soumettre à quelque chose comme ça, ou même de les gifler. Tu t'occuperais de ta famille avec révérence. À cette époque, il y avait des problèmes dans une famille, le club impliqué dans la famille. Mentir à l'entraînement tout en ayant une famille, était directement lié à des problèmes familiaux.

Le club n'a accepté aucun abus ou autre dans une famille. Cela a été réglé dès qu'il est venu au club. Pendant la probationd'une période ny, ils ont reçu une formation sur les armes, une formation sur divers explosifs. On apprendrait quelles armes utiliser à des moments différents, ou quel type de munitions était le plus approprié pour un raid. Lorsque vous apprenez sur les explosifs, une grande partie d'entre eux était sur la façon de cibler l'explosif de sorte que vous avez obtenu l'effet que vous cherchiez. Vous avez obtenu l'entraînement en combat rapproché avec différentes armes telles que des couteaux, des articulations avec de petites lames de couteau soudés et comment et où envelopper ces petites lames de couteau à différents endroits sur le corps de l'adversaire sans prendre mourir sur eux.

Il y avait un membre de l'Organisation qui avait trois ans dans l'armée, où il avait été autorisé à assister à l'épuisant entraînement des soldats au cours de ces cinq années. Ce membre,

GammelMan, était maintenant chargé de les éduquer, dans ce que l'on pourrait appeler l'art martial. Où ils en apprendraient le plus sur les armes,les explosifs et la mêlée. Il a même présenté un gars étranger à quelques reprises au cours de la formation réelle. Cela a surpris Erik très rapidement, mais sa présence s'est expliquée assez rapidement lorsque ce type, déjà âgé de 24 ans, a pris sa retraite en raison d'une maladie mentale qui s'était déclarée pendant qu'il avait été impliqué dans la guerre, entre l'Iran et l'Irak. Ce type devait porter les cadavres de ses compatriotes, et parfois juste des parties de l'autre côté de la frontière, pour qu'ils rentrent à la maison. Qu'il était mentalement instable, il n'y avait pas grand-chose à hésiter. Il avait ses cons. La plupart des gens avaient beaucoup de respect pour lui, quand une vie pour ce gars, ne valait rien, et regarder la mort dans le visage était monnaie courante pour lui.

C'étaitvraiment, effrayant d'être si proche d'une telle personne. Cette personne avait un nom étrange, dont il ne se souvient pas aujourd'hui, mais cela n'a pas d'importance. Au moins, c'est cette personne qui les entraînait à la guerre psychologique, et comment apprendre à éteindre après le travail a été fait. On apprendrait simplement à effacer les sentiments désagréables que vous pourriez obtenir à certains emplois.

Erik peut maintenant nous dire que cela n'a absolument pas fonctionné. On lui a appris à réprimer les choses, ou même à changer ses émotions. Rien qu'Erik a recommandé à une âme vivante, comme il revient, aussi sûrement que Amen dans l'Église. Une fois qu'il revient, c'est tout sauf amusant. Pour revenir au sujet précédent.

GammelMan a commencé à rendre compte des différentes grenades à main et à quelles heures ils ont été utilisés,j'ai été très intéressant que laformation, GammelMan sort alors une grenade à main appelée Distraction Hand Grenade, qui peut être utilisé dans le raid si vous vouliez choquer ceux que vous surprendre. Quand une telle grenade explose, elle devient une lueur extrême avec un bang extrêmement fort. Nous parlons d'un niveau sonore de plus de 150 décibels, et d'une lumière qui gèle complètement le monde extérieur pendant quelques secondes. Parce que cette lumière est si brillante, tous, des photocellules d'une personne dans l'œil sont activés, ce qui crée à son tour une image figée du monde extérieur. Vous pouvez le comparer à s'asseoir et regarder la télévision, puis en appuyant sur le bouton pause. C'est pendant ces secondes gelées que la police frappe.

GammelMan nous apprendrait à optimiser l'action explosive grâce à diverses méthodes éprouvées. Il l'a fait en montrant comment fonctionnait une charge de trou, et à travers cette charge de trou créé ce qui était un explosif ciblé. Il a été très décisif sur les résultats, selon la façon dont la direction a été faite. Ils ont dû apprendre beaucoup d'explosifs. Pentyl, était l'un des sujets qu'ils ont appris. Il s'agit d'une poudre blanche, utilisée dans les grenades à main et dans de nombreux autres explosifs. Il y a eu tellement de discussions sur ce Pentyl, qu'il est finalement devenu une plaisanterie permanente parmi ceux de l'Organisation.

Une personne pourrait demander s'il y avait Albyl ? Non, mais Pentyl existe. Erik pensait que c'était des blagues malsaines.

La doctrine de la structure de la grenade à main a été soigneusement décrite. Tout, des différents déclencheurs mécaniques, fusibles chimiques, à quel genre d'éclats d'obus la grenade se composait. Il fallait savoir quel effet explosif le sujet avait.

Erik a compté le volume, les énergies qui ont été libérées à un bang, et il s'agissait d'explosifs tels que C4, où l'explosion, ou à quelle vitesse la pression de l'air se déplaçait par seconde et par mètre. Beaucoup dis-le explosé, mais peu savent ce qu'est vraiment une explosion. Lorsqu'une explosion se produit, il y a une énorme quantité d'énergie libérée. Si une charge du c4 explose, cela signifierait que la masse d'air et la pression des énergies libérées se déplaceraient à une vitesse de 8 400 M/s (mètre par seconde), alors peut-être que la personne qui lit ces lignes comprend la puissance de l'explosion dont Erik parle. Plusieursfois, il est difficile de décrire avec des mots comment il est devenu puissant bangs.

Une comparaison que vous pouvez faire, c'est si vous pensez à une voiture grue régulière qui soulève, jusqu'à différents matériaux de construction en conduisant le bras de la grue elle-même. Lorsqu'un tel bras de grue est éjecté, il se fait avec une pression équivalente à 60 à 70 kg. Comparez cette pression à un fusil de chasse qui tire un fusil de chasse ordinaire, où la pression sur la grêle émanant est d'environ 600 kg. Alors peut-être que tucomprendras mieux.

GammelMan a terminé la journée en disant que demain, ils verraient l'une des armes les plus dangereuses du monde, qui n'a pas pu être révélé. Erik pensait comme un fou à quelle arme ça pouvait être. Il y avait tellement d'armes dangereuses sur le marché, mais une arme qui ne pouvait pas être révélée le rendait beaucoup plus difficile à deviner.

Il y avait beaucoup à apprendre, en même temps Erik a essayé sur eux d'avoir des moments libres pour étudier l'administration des affaires afin qu'il puisse faire les crimes écologiques sophistiqués plus tard, sur.

Henke avait vraiment l'air gris, et le fibrome n'était plus si dur. Henke s'est rendu compte que GammelMan a formé Erik... Mais la question est quoi. Parce que ça ressemble plus à une machine qu'à un humain. Henke a dit. Oui, il le fait, dit la montagne musculaire. Se sent comme ils seraient dans, afin de parler à GammelMan, parce que les dommages peuvent être considérables. Henke a choisi d'en savoir plus sur la formation, que GammelMan a formé ces psychopathes pendant moins de 5 ans.

Chapitre 20

GammelMan a commencé à s'entraîner vers midi le lendemain. Erik était excité par l'attente de cette arme dangereuse. Il produites un quotidien régulie ,, everyone se demandait si c'était une blague. Il prend maintenant le journal pour confirmer que le journal qu'il tenait dans sa main était l'une des armes les plus dangereuses du monde. La première chose à laquelle Erik a pensé était de savoir si ce vieil homme avait fumé de l'herbe mauvaise, très,, mauvaise herbe? Ce n'était pas le 1er avril non plus. Qu'est-ce qu'il veut dire? Erik pensait. Quelqu'un a crié et demandé si c'était ce qu'il avait appris dans la Légion étrangère, pour lire le journal? Un commentaire qui a fait rire tout le monde. GammelMan a commencé à expliquer ce qu'il voulait dire par cette revendication, après que le rire s'était calmé, expliquant que si vous roulez un journal dur, si dur, de sorte qu'il devient comme un bâton mince, vous pourriez transformer un journal ordinaire en une arme mortelle. Ce qui fonctionne en fait by frapper la pointe de fin du journal durement roulé on peut facilement tuerune personne wpoule vous tournez la fin en diagonale vers le hautvers l'os nasal d'une personne, l'os du nez de la personne est poussé vers le haut dans le cerveau et la personne meurt instantanément.

On pourrait également utiliser ce journal pour nuire très gravement à une personne, en frappant le journal directement dans l'œil d'une personne ou dans l'oreille de la personne. N'importe quoi pour neutraliser l'ennemi. C'estexactement ce que GammelMan voulait dire par l'arme la plus dangereuse du monde. Une arme sur qui aucun homme ne réfléchirait. Un journal qui, par des moyens simples, et qui en quelques secondes est devenu une arme létale directe.

Toute cette formation a commencé à affecter Erik négativement psychologiquement, car aucun homme n'est créé pour agir comme une machine. Erik a commencé à boire de plus grandes quantités d'alcool, quand cette intoxication est devenue une forme de relaxation, et son corps était souvent carrément épuisé par toute la formation, et du lavage de cerveau psychologique comme c'était en fait uns j'ai dit, il y avait beaucoup de règles à suivre au sein del'Organisation, et l'un était que vous n'étiez pas autorisé à avoir n'importe quel type de problème de drogue. Oui,vous l'avez bien lu.

Ces règles étaient le club. Toute personne qui voulait prendre de ladrogue , mais il serait dans des conditions contrôlées, quelque chose que n'importe qui peut comprendre que cela n'a pas fonctionné directement. Un membre, nous l'appelons Mirko dans ce livre. Mirko avait beaucoup de problèmes avec la cocaïne et en plus de cela, il pompait de la testostérone, qui est des hormones masculines. La cocaïne et la testostérone combinées sont tout sauf réussies.

Il souffrait d'une humeur fruitée, avec de nombreux résultats agressifs. Cela signifiait que Mirko enfreignait souvent une autre règle. La règle qui disait que vous ne pourriez jamais lever le petit doigt sur votre propre frère, ou autrement mettre un autre frère en danger ou en difficulté. Mirko était souvent proche de le faire, et à la fin, il a enfreint la dernière règle mentionnée.

A l'intérieur du club-house il y avait une pièce appelée la salle de surveillance. Dans cette pièce il y avait beaucoup de petits moniteurs (téléviseurs) où chaque moniteur a montré une image des caméras de sécurité montées sur la planche qui entourait la cour du club. Tout le monde avait un certain temps mis de côté pour s'asseoir et surveiller ces caméras. Mirko faisait son quart de travail vers 3 heures du matin.m, puis entrait dans la pièce où un autre membre surveillait la zone. Quand Mirko entre dans la pièce, il voit ce membre dormir. C'était l'une des choses les plus sérieuses qui pouvaient être faites, pendant la période de guerre actuelle avec nos rivaux. Il prendune bouteille,qu'il tire vers lui avec dans la tête, et puis il prend une grosse gifle. Maintenant, le reste du club s'est réveillé, qui a dû commencer par séparer ces deux membres both avait maintenant commis une infraction très grave selon le livredes règles, qui s'est avéré avoir des conséquences t lui-mêmele même jour, ceux qui étaient membres à part entière ont tenu une réunion sur cetincident, et où la rumeur est rapidement sorti qu'ils pourraient être exclus de l'Organisation. Où ils seraient mis en mauvaise position. La pire punition de tous, et cela signifiait que ces membres seraient autorisés à quitter l'Organisation, sans aucun soutien, et où tout autre club Mc a dû leur tirer dessus sans conséquences. Quelques jours plus tard, il a été découvert que ces membres avaient reçu un avertissement sérieux, et une amende de 10 000 SEK. Une phrasetrès légère.

Beaucoup de gens pensaient qu'ils avaient des fêtes sauvages où ils se sont battus et étaient même mortelles. Le public avait une vision complètement erronée de l'Organisation, ce qui signifiait qu'il a été décidé d'avoir une journée portes ouvertes, où les voisins de la cour du club pouvaient entrer, et où l'organisation offrait des barbecues et de l'alcool. Ils avaient également acheté beaucoup de bonbons et d'autres choses, pour tous les enfants en visite. Le jour où il était portes ouvertes, beaucoup se demandaient si elle oserait venir des visiteurs. Les médias avaient peint un tableau d'eux, où ils semblaient être les pires psychopathes. Mirko n'avait en aucun cas essayé de donner une meilleure image d'eux, car une semaine plus tôt, il avait vu un minibus debout un peu à l'extérieur des portes du club, et où ce journaliste avait pris des photos de la cour du club. Quand Mirko remarque cela, il va chercher un balai, ouvre la porte, puis marche jusqu'à la fenêtre de la voiture du minibus avec le journaliste à l'intérieur, et fracasse dans la fenêtre. Le journaliste panique et démarre la voiture, jette sur la colline, et part à plein régime. Ilvole plus ou moins sur une petite distance de route, puis continue dans le champ quelques centaines de mètres avant de s'arrêter. Ce journaliste paniqué n'a pas écrit de lignes positives directement dans le journal sur l'Organisation.

En raison de cet incident, beaucoup étaient dubitatifs quant à la possibilité de se tourner vers n'importe quel citoyen ordinaire. Il n'yavait pas exactement une ruée le premier jour. Vers onze heures du matin, le premier visiteur est apparu. Il avait un pied à l'intérieur de la porte

et l'autre à l'extérieur. Il avait l'airjoli , comique.
Jonte a commencé à aller à l'encontre de ce
visiteur qui commence à revenir prudemment
en arrière en raison de son insécurité et la peur
qu'il a gagné par les médias de masse. C'étaient
des personn alités folles et mortelles. Quand
Jonte a atteint le visiteur, le visiteur a dit qu'il
était le voisin le plus proche de la cour du club et
a commencé à pointer sa main vers sa maison.
Jonte lui a dit qu'ils pensaient que c'était génial
qu'il voulait venir lui rendre visite. Le visiteur
répondit. Oui. C'était amusant, mais maintenant
j'ai ,de rentrer à la maison.

Les autres étaient si proches qu'ils pouvaient
entendre le commentaire de ce visiteur sur le
retour à la maison. Tout le monde riait quand ils
ont réalisé qu'il était très effrayé et nerveux. Il y
avait environ six personnes qui ont maintenant
commencé à marcher vers le visiteur, qui est
devenu comme raidi, mais quand ils l'ont
accueilli la bienvenue et s'est présenté, il est
devenu un peu plus calme. Ils jettentdes
saucisses sur le gril.

Ainsi,, vous pouvez manger avec nous. Jonte dit.

Bien. Le visiteur a dit et a poursuivi en disant
que la femme aurait la nourriture prête bientôt,
donc il widevra probablement être pour
uneautre fois.

Non, allez. Jonte a dit et a commencé à marcher dans le club-house. Le visiteur regarda de près les autres avec des yeux anxieux. Mais il a commencé à entrer tout seul. Quand il était arrivé à environ 20 à 30 mètres, il s'est soudainement arrêté brusquement. Ici, il sera bon de griller. Dit le visiteur tout à coup. Il était probablement environ dix mètres de plus à la grille, mais ils ont déplacé le gril vers l'avant. Qu'il est resté là, c'était probablement parce qu'il voulait pouvoir voir la porte, pour qu'il puisse s'épuiser si quelque chose devait arriver.

Le visiteur n'était pas exactement une force motrice pour voir à l'intérieur du club-house. Il était encore trop tendu pour oser. Tout le monde a vraiment essayé de le faire se détendre un peu et de prendre leur invitation de la bonne façon. Il pensait probablement qu'ils allaient le tuer, mais tout à coup c'était comme si sa nervosité venait de disparaître d'une manière étrange. Le visiteur voulait entrer dans leurs locaux. Quand il est entré, c'était comme si toutes ses inhibitions lâchaient. Il a demandé à Jonte s'il pouvait aller chercher sa famille pour qu'ils puissent aussi voir les lieux. Ils avaient un enfant qui lisait tout sur l'Organisation et quiétait très, intéressé par les vélos, et de voir comment ils vivaient. Le visiteur a dit que le gamin avait tout vu à la télé sur les clubs mc.

Bien sûr, sa famille était également la bienvenue, car c'était l'objectif, de donner au public une meilleure idée de ce qu'ils défendaient, et qu'ils ne mélangeaient pas les citoyens ordinaires avec leurs affaires. Ils voulaient donner au public une image différente, et expliquer à ceux qui voulaient écouter, qu'ils n'étaient pas aussi fous que les médias peints. Convaincre ces visiteurs n'a pas été facile. Ils ont lu à leur sujet pendant plusieurs années sur les guerres que les clubs avaient, alors maintenant c'était pour eux d'être aussi humble qu'il était possible d'être.

Lorsque le visiteur, qui était le plus proche voisin de l'Organisation, est revenu avec le reste de sa famille, il a eu l'impression d'avoir une journée portes ouvertes a été une tentative réussie de tendre la main aux citoyens ordinaires. L'enfant du visiteur était assez lyrique qui a finalement pu voir une organisation dans la vraie vie et s'asseoir sur les vélos. Le visiteur a commencé à faire des recherches prudentes s'il pouvait tondre son herbe à côté de la cour du club. Quelque chose qu'il n'avait pas fait depuis quelques an nées à cause de la peur. Tout le monde se demandait pourquoi il n'avait pas tondu l'herbe. Puis il s'avère que le journaliste qui venait de faire fracasser sa vitre de voiture rendait visite à ce voisin depuis plusieurs années auparavant et avait construit une peur du jugement.

Toute l'organisation a commencé à rire, quand personne n'avait entendu quelque chose d'aussi drôle pendant une longue période even ce voisin a commencé à rire quand il s'est rendu compte que le journaliste vient deparler merde even sa femme a ri à haute voix quand elle a également réalisé que tout était une tactique de peurdes médias. Après tout, ils ont juste eu à améliorer la relation de leur voisin, ce qui avait fait en aidant ce voisin avec sa clôture quelques jours plus tard.

Le tout au sujet d'avoir une journée portes ouvertes a été très réussie, et pendant ces jours il y avait environ 15 à 20 citoyens ordinaires, mais pas de familles entières avec des enfants, mais il y en avait au moins, dont la plupart étaient heureux, mais après la fête vient la formation et la ré-formation.

Ils seraient maintenant informés de ce à quoi il ressemblait dans la cour du club et était quelque part où vous pourriez parler dans la cour sans être mis sur écoute par la police. L'organisation était l'une des deux fermes les plus interceptées dans toute la Suède. Les agents ont dirigé du matériel d'interception vers l'Organisation, que nous connaissions de la police suédoise qui a divulgué des informations en tant que tamis. Il y avait aussi des règles pour cela, et, aussi pour quelles informations pourraient être dit dans les téléphones mobiles. L'organisation avait apporté de l'équipement pour les téléphones Ericsson, où il pouvait monter sur un petit appareil de cryptage qui a été monté au bas du téléphone. Il ressemblait à un chargeur, mais plus large. En montant sur ce dispositif de cryptage, vous pourriez alors parler au téléphone avec une autre personne sans que la police puisse entendre ce que nous disions. Cet équipement a été provenant d'Israël où le matériel de guerre était facile à obtenir. Cet équipement était directement illégal, et si vous de pariez utiliser cet équipement, qui en Suède est classé comme matériel militaire, il a dû en faire la demande.

En nourrissant la formation d'une manière psychologique, il est finalement devenu si toutes ces informations destructrices sur la façon de gérer les armes, munitions, interception, et la guerre psychologique est devenu comme son propre ADN. L'un d'eux était carrément emballé dans la tête par toute l'information et la formation.

Ce lavage de cerveau est devenuplus, ou moins comme un stress post-traumatique dès que vous avez commencé à penser différemment de ce qu'on leur avait appris à penser et à agir. Après 6 mois dans cet enfer, vous aviez changé en tant que personne mentalement. Avec un stress intégré, et que vous étiez toujours sur vos gardes où vous n'avez jamais su quand vous alliez vous faire tirer dessus. Vous pensiez criminellement 24/7 et comment vous pourriez vivre en dehors de la loi. Le sentiment de liberté recherché où le vélo et le dollar a joué un rôle important et avait maintenant commencé à se montrer dans leur forme appropriée. Erik était coincé en enfer.

Comme si l'entraînement et le lavage de cerveau ne suffisaient pas, la police était aussi comme les vautours qui gardaient un animal mort au sol. Les policiers ont souvent effectué des descentes, mais ont rarement réussi. Au département depolice du comtéde Skane, l'Organisation avait deux policiers qui les informaient avant qu'il n'y ait une descente.

Ces policiers sont probablement des gestionnaires aujourd'hui et ont publié de l'information pour une somme d'argent. Cela leur a permis de se débarrasser de tout avant le raid. Je suppose que le bureau du procureur le ferait. Lorsque le Service de police et son service de lutte contre le crime organisé ont durement frappé le club-house.

Ils avaient disposé une chargeuse à roues pour traverser les portes. Et puis il y a des flics qui viennent par-dessus la planche de tous les coins. Une fois à l'intérieur, ils les ont tous enfermés dans la cour dans les garages où se trouvaient les vélos lorsqu'ils ont foiré avec eux, puis fouillé toute l'Organisation à la recherche d'armes et de drogues, mais ils n'ont rien trouvé lorsque leurs propres collègues avaient averti l'Organisation auparavant. Ils ont fini par retourner à la gare sans rien que le procureur pouvait porter plainte Le bureau du procureur a dû payer les portes avec 80 000 SEK parce qu'il a été complètement détruit lorsque le chargeur de roue a roulé à travers eux l iving dans un monde où l'écheca été accompagné par la mort ou la prison crée une machine sansémotion. Beaucoup de ceux qui lisent cela ont probablement du mal à entrer dans ce que l'enfer qu'il était vraiment. Vous avez dû essayer d'utiliser les outils qu'on vous avait appris à éteindre et à allumer, mais être en mesure d'éteindre vous a obligé à renoncer à la vision humaine que vous avez été une fois élevé pour avoir.

Un homme qui est constamment jeté entre loyauté inculquée, fraternité et chaos devient un peu étrange tôt ou tard. Erik sentait souvent qu'il n'était pas en contrôle de ses sentiments, des sentiments qui se composaient de haine, de vandalisme, d'armes et le pire de tous, la doctrine de la liquidation rapide de l'ennemi si nécessaire.

Le fait qu'on leur ait appris à enlever un corps humain sans laisser de traces visibles ou de premier plan faisait partie de l'exercice lui-même. Cependant, c'était la seule pièce qui a été faite sur les animaux. Les squelettes d'animaux abattus ont été utilisés là où les os et la peau de ces animaux correspondaient au corps d'une personne. Où il a ensuite été développé les méthodes les plus efficaces, sur la façon de faire disparaître les résidus d'os et de la peau de la manière la plus rapide et la plus efficace.

Normalement, on pourrait imaginer que l'acide serait ce qui fait le travail le plus efficacement, mais il n'est pas le plus facile de mettre la main sur une si grande quantité d'acide, de sorte qu'un corps humain disparaîtrait. C'était une guerre, et dans le pire des cas, il pourrait prendre tout un camion-citerne avec de l'acide. Quelque chose qui ne pourrait pas disparaître sans que les autorités soient alertées. Un autre problème aurait été de savoir comment stocker une telle quantité d'acide.

Chapitre 21

Ils ont été formés par l'Organisation pour ne pas se faire remarquer, ou pour utiliser des armes visibles sur laquelle quelqu'un réfléchirait, car cela pourrait faire appel à des policiers en plus grand nombre. Cela était également vrai maintenant quand un agent utile devait être développé qui pourrait faire disparaître les résidus d'os et de peau. En fin de compte, il est devenu de la chaux non trempée, qui est un agent extrêmement corrosif, et avec un peu d'eau, aussi efficace que n'importe quel acide.

Cette chaux pourrait facilement être acheté sur les hommes de campagne sans que personne ne réagisse. Le niveau de tolérance d'Erik était inhumainement élevé. Un niveau que l'on ne peut atteindre qu'à travers de nombreuses années de vie destructrice et empathique.

Beaucoup d'entre nous ont été frappés par des cauchemars désagréables. Mirko avait souvent le même rêve, un rêve où il se réveillait dans une pièce aux corps humains pourris, puis se réveillait paniqué et sentait les cadavres. Erik lui-même avait beaucoup de rêves différents, mais souvent des rêves où il était dans la lutte du monde avec différents ennemis où leur but était d'enlever un de la surface de la terre. Je me réveille souvent en sueur froide après avoir combattu la pire guerre avec moi-même. C'était probablement l'instinct défensif accumulé qui était un mustdans , afin de survivre à tous. Erik se souvient avoir vu son petit garçon Alexander jouer au football. Après le match, les parents entraient,, aux garçons sur le terrain. Derrière Erik vient un autre père qui l'a reconnu. Ce qu'il a fait, c'est qu'il est venu derrière lui et a mis une main sur l'épaule d'Erik et dit son nom en même temps. Erik a régné en le balayant directement quelques mètres sur la pelouse. Un pur réflexe de la part d'Erik. Alexander regarde son père et se demande ce qu'il fait, tous les parents qui regardent et quittent l'endroit. Erik s'est mis à marcher jusqu'à son père et a essayé d'expliquer que c'était une réaction pure. Il se demandait pourquoi j'avais fait ça. Oui, qu'est-ce que tu dis ? C'était embarrassant pour Alexander, qui avait honte de son père. Le petit garçon d'Erik était et pensait que son père était stupide de faire ça. Erik ne pouvait pas expliquer à son propre fils, pourquoi son propre père se comportait comme le pire gangster, mais heureusement, les enfants pardonnent à leurs parents après un certain temps et il doit être reconnaissant pour cela.

Comme Erik nous l'a déjà dit, le temps libre a presque brillé avec son absence. Mais biensûr, vous étiez libre, mais devait toujours être en

mesure d'atteindre, bien que sur l'une des
occasions disponibles Erik était à la maison dans
son appartement, quand la sonnette sonne. Il
n'a pas regarder dans l'œil de la porte, il s'ouvre
juste. A l'extérieur est le client du filet de bœuf
et semblevraiment, désagréable, pour le dire
légèrement. Il voulait entrer, et Erik l'a laissé
entrer,et ils sont allés dans la grande pièce.

Quand ils se sont assis, le client dit qu'ils se
demandaient où Erik était allé? Puis il a changé
son numéro de téléphone et n'a pas eu de
nouvelles de lui depuis le dernier coup. Erik
n'avait pas eu de contact avec ces gars-là depuis
plus de six mois.

Le client a commencé à expliquer entre les lignes
qu'il ne pouvait pas se retrouver avec cette
clientèle. Maintenant Erik a commencé à se
rendre compte qu'ils faisaient face à une
épreuve de force dans le monde souterrain. Erik
avait fait son choix quant à qui il appartiendrait,
mais le client n'était pas du tout sur cette ligne.
Erik lui a dit qu'il avait rempli son engagement
envers eux avec de bons résultats. Erik
comprenait aussi maintenant que le résultat
qu'il a réussi, signifiait qu'ils ne voulaient pas le
libérer, car Erik était une bonne source de
revenus pour eux. D'une manière amicale, avec
un résultat fatal à la mauvaise réponse.

Le client se demandait si Erik se souvenait qu'il avait demandé qui Erik faisait l'affaire?

Oui. Biensûr, je me souviens qu'Erik a répondu.

Il a expliqué qu'il s'agissait essentiellement d'un industriel russe qui tenait les ficelles et qu'il était maintenant en colère et déçu qu'Erik vient de soumettre. Il aimerait voir Erik sous peu, s'il pouvait l'imaginer.

Le client pensait que la réponse d'Erik était extrêmement stupide, car il ne voudrait pas obtenir cet homme russe après lui, mais il savait qu'il avait des renforts du club, mais en même temps vous n'avez pas eu à mettre le club en difficulté, ou tout frère individuel pour cela. Erik savait qu'il pouvait se tourner vers Jonte s'il avait des problèmes, ou se demandait quelque chose, quand Jonteétait , en charge d'Erik à cette époque, période.

Quand Erik a rencontré Jonte, Erik lui a demandé comment résoudre ce problème? Jonte a dit qu'il savait qu'Erik avait travaillé avec des clients russes avant qu'ils ne s'intéressent à lui. Il dit aussi qu'Erik doit une fois pour toutes s'installer avec eux, parce que sinon vous n'obtiendrez jamais la paix et la tranquillité. Bien! C'était un peu dur. Qu'est-ce que Jonte pensait?

Erik irait-il seul et ferait-il un marché avec un homme d'affaires russe et sa garde?!

Puis Jonte me dit de décider de l'heure et du lieu avec les Russes dès que possible. Tu avais ton coeur dans la gorge! Erik ne savait toujours pas s'il les rencontrerait lui-même ou s'il avait un renfort de l'Organisation. Jonte vérifiait auprès de l'Organisation s'ils pouvaient aviser nos ennemis de l'autre gang biker qu'ils traversaient leur territoire. Pour les clubs de se notifier les uns les autres était de sorte qu'il ne serait pas perçu comme un acte de guerre. Une tentative sur qui les clubs s'étaient mis d'accord, pour éviter les conflitsle plus longtemps possible, bien qu'il y ait eu une guerre entre les clubs.

Erik a mis la main sur le client et a décidé de l'heure et du lieu. Il a choisi un restaurant en bordure de route sur l'E4, donc c'était un lieu public, donc peut-être que vous pourriez éviter les coups de feu. Jonte sort sur la cour du club après 10 minutes et dit qu'il va avec Erik et il l'obtient libre de cet homme d'affaires russe. Jonte a dit qu'il conduisait son vélo, et qu'Erik prendrait la voiture et roulerait devant. Ils ont apporté deux pistolets-bracelets comme une sauvegarde s'ils avaient mis enplace une sorte de piège. Ce serait la première fois qu'Erik sortait avec un membre à part entière des

affaires. Je ne pense pas que l'adrénaline,
jamais pompé comme il l'a fait maintenant.

Quand ils sont arrivés, ils avaient près d'une
heure d'avance.

Jonte voulait qu'ils aillent au restaurant en
bordure de route et en mangent. Manger? Erik a
dit. Je ne pouvais pas obtenir une miette de pain
vers le bas si quelque chose l'a poussé dans ma
gorge. Il était honnêtement vraiment,, nerveux.
Bien qu'il ait eu sa formation, et un membre à
part entière avec lui, que peut-être face à une
épreuve de force dans le monde souterrain
n'était pas quelque chose que vous êtesallé, et
pensé était cool en quelque sorte. Erik aimerait
rentrer chez lui.

Jonte est allé dans le restaurant en bordure de
route et a commandé de la nourriture, puis est
allé s'asseoir à l'une des tables, comment calme
à tout moment. Là, ils sont allés dans un
restaurant en bordure de route armés et
mangeaient juste avant l'affaire. Erik n'a pris
qu'un verre d'eau, ce qui était assez dur à faire
tomber. Jonte a vu qu'Erik était chargé et
nerveux.

Jonte était habitué à ce genre d'accord, et a dit
qu'il n'y aurait pas un si gros problème, mais
qu'il dirigerait les négociations, et Erik n'avait

besoin d'être forte que si elle devait partir avec des armes à feu ou autres.

Particulier! Je pensais Erik. Sois forte, facile quand il était comme un milkshake vivant. Bien sûr que je le suis, répondit-il jonte.

Il a dit à Erik de se préparer après avoir mangé. Ce qu'il voulait dire, c'est qu'Erik ferait un mouvement discret du manteau pour qu'Erik ait une cartouche dans la course et sécurise son arme. Dit et fait! Ils ont commencé à sortir du restaurant en bordure de route. Quand ils sont sortis, il y avait une voiture plus fine jolie,loin en bas du parking, et un certain nombre, depersonnes à l'extérieur de la voiture.

Les voilà! Jonte a dit.

Maintenant Erik était chargé.

Nous allons vers eux, jonte dit, et ils ont commencé à marcher. Ils ont aussi commencé à bouger, mais ils ne savent pas encore si ce sont ces gens qu'ils allaient rencontrer, mais c'est probablement eux.

Maintenant, ils étaient venus si près qu'Erik a vu le client, et dit Jonte que c'est eux, et qu'Erik pouvait maintenant voir le client. Bon. Jonte dit.

Maintenant, ils se tenaient en face de l'autre et accueillis en prenant soin. Le client a dit qu'ils voulaient régler un marché. Jonte a demandé où il était pour le règlement? On a besoin des services de cet homme une dernière fois. Il a pointé erik. Jonte a répondu qu'il n'est pas considéré et leur a dit de reculer quand Erik appartenait maintenant à cette Organisation.

Le client a dit que cela pourrait signifier de lourdes pertes pour leur Organisation s'ils n'étaient pas autorisés à utiliser Erik une dernière fois pour un emploi. Jonte a demandé si le client les avait menacés.

Non! Dit le client, je dis juste ce qui va se passer si nous n'avons pas eu à utiliser Erik à nouveau une dernière fois.

Excusez-vous,a déclaré Jonte au client.

Le client sourit un peu. Un sourire qui a fait exploser Jonte.

Merde Erik pensé, maintenant ilclaque s,maintenant il slams, il avait, he eu une vraie montée d'adrénaline maintenant, et il espérait juste qu'il n'aurait pas à tirer son arme. Puis il a probablement à une arme tirée seulement été en mesure de frapper les nuages.

Jonte prend sa main droite derrière son dos, où il avait son arme et dit au client une dernière fois de s'excuser. Le client comprend que nous n'avons plus négocié diplomatiquement. La sauvegarde du client s'étend sur les côtés, maintenant Erik prend un certain temps autour de son arme, mais ne tire pas, Il attend. L'impasse était ce qu'ils avaient en ce moment, quelqu'un qui sortait de leur voiture. Un homme avec un long manteau lumineux. Une personne très soignée. Erik a compris que cette personne était l'homme d'affaires russe.

Puis Erik s'est rendu compte que l'agent McGill et sa force étaient sur les lieux, c'était une voiture qui avait l'air en mousse et, de toute façon, c'était une voiture scoute. Maintenant, probablement l'agent McGill aurait parlé à Henke, parce que comment diable ces deux idiots corrompus pourraient être au même endroit autrement.

Maintenant, il y avait un rassemblement de pouvoir appelé assez bon.

L'agent McGill voulait clairement montrer sa force,et, aussi mettre votre Erik et ses amis en prison, puis Henke avait eu tout le travail servi sur un plateau d'argent.

Mais ce n'est pas ce qu'Erik pensait.

Il a tenu ces gens à l'écart en montrant qu'ERIK
n'était pas nu (avec un pistolet) Donc, ils ne sont
pas venus courir alors, et ce n'était qu'une
voiture qui est apparu. Erik et Jonte se sont
davantage concentrés sur l'homme d'affaires.

Il s'est avéré que Erik avait tort. C'était le bras
droit de l'homme d'affaires russe. Le client a
commencé à parler russe avec la personne. Les
compétences linguistiques russes d'Erik
n'étaient pas bonnes à cette occasion, mais il
comprenait tellement que ce n'était pas positif.
Erik a vu sur le client qu'il a été mis sous
pression par l'homme qui est récemment sorti
de la voiture, et qui a commencé à parler
fermement et d'une manière plus nette. Le
client se retourne contre Jonte et dit que son
client ne veut pas lâcher Erik sans unesorte de
compensation. Jonte dit au client qu'une balle
dans la tête qu'il pourrait lui offrir s'il ne recule
pas, et que le client s'excuse. Alors que Jonte dit
qu'il va un de leurs hommes derrière leur
voiture et fait un mouvement manteau. Erik et
lui sortent leurs armes, mais tenez-les avec le
canon au sol pour que le public ne voie pas.

L'homme qui était le bras droit du client russe
dit quelques mots courts en russe. Ce qui amène
le client à dire ok, ok. Nous laissons l'étrange
être même», dit le client. Jonte vient de changer

d'avis d'être une personne pleinement capable de tirer sur ces gens, à farcir son arme et l'air heureux.

Erik n' était pas content. Il ne sait pas ce qu'il était, mais au moins il n'était pas heureux.

Tout se termine avec le client s'excusant et présentant les souhaits de son client à une fois deplus , obtenir de l'aide d'Erik, mais qu'ils paieraient à la fois moi et le club. Ce n' était pas quelque chose qu'Erik voulait faire.

Que Jonte savait plus que bien. Il a dit que nos transactions se terminent ici et maintenant. Ce qui a poussé le client et les autres personnes en deuil de ce peloton à sauter dans la voiture et à s'éloigner du parking. Jonte dit qu'ils se retirent au club, mais tout comme ils conduisaient du parking, il bips viseur d'abord et peu de temps après les bips Erik le long.

C'était le numéro de téléphone de l'Organisation, ce qui signifiait que vous vous rendiez immédiatement à l'Organisation. Erik ne pouvait pas y aller, parce que c'était probablement Henke qui a convoqué tout le monde, et Jonte de peu de gens gardé Erik dans son dos.

Qu'est-ce que c'est que ça? Jonte a dit à Erik avant qu'il ne conduise.

Bien. Nous avons un grincement,et c'est le leader.

Qu'est-ce que tu dis ? Il a dit.

Oui, nous l'avons fait, a dit Erik, mais nous nousenoccuperons plus tard. Maintenant, allez à l'Organisation et faites comme si de rien n'était.

Jonte avait l'air complètement confus, mais savait en mêmetemps, en même temps qu'Erik ne dis-le si ce n'était pas le cas. Apparemment,quelque chose s'était passé, mais qu'est-ce que c'était? Il se demandait si c'était la police qui frappait à nouveau, et qu'ils n'avaient pas été avertis par ces policiers, qui ont toujours informé bien avant une descente. Jonte s'est immédiatement rendu à l'Organisation pour entendre ou voir ce qui s'était passé. Quand il est entré dans la ferme, certains membres à part entière sont venus lui parler.

Henke a commencé par dire qu'ils ont un membre qui a tué Anton, et c'est Erik qui l'a fait malheureusement. Jonte a juste regardé Henke et lui a demandé d'arrêter parce qu'il pouvait accepter Erik, il ne tuerait jamais un membre.

Non, Henke dit, je ne le pensais pas au début,
mais maintenant il est prouvé, et il est établi.
L'agent McGill le cherche pour meurtre.

Henke, tu sais ce que tudis? Vous parlezd'une
personne qui fait partie de l'Organisation depuis
longtemps. Tu essérieux qu'Erik l'aurait fait ? Hé,
Henke, j'ai besoin de vérifierça, donc tu sais.
Jonte dit.

Oui, fais ça. Henke a dit.

Chapitre 22

Il s'est avéré être un membre d'essai qui était allé tatouer un symbole que vous ne pouvez avoir que si vous avez le consentement de l'Organisation, et une condition préalable était que vous étiez un membre à part entière dont il n'était pas. Mais dans le monde criminel et surtout dans l'Organisation, les tatouages étaient d'une très grande importance. Les tatouages parlaient de nombreuses langues, et chaque symbole représentait ce que l'on était digne, et avait subi. Une explicationtrès simpliste de l'importance du tatouage.

Jonte était assez haut et c'est pour cette raison qu'ils l'ont rappelé quand les membres à part entière voulaientconsulter, il sur la façon de résoudre le tatouage non autorisé de cette personne.

Tout le monde était d'accord pour dire qu'il devrait être supprimé. La raison pour laquelle personne ne l'avait vu, c'est parce que le gars avait un large bracelet en cuir sur son poignet, précisément pour cacher le tatouage.

Ce club possédait la plupart de ce studio de tatouage particulier, et avait découvert par le salon de tatouage que le gars avait demandé à se faire tatouer dans ce symbole, mais aussi le tatoueur avait fait du mal, en tatouant le symbole quand il savait que le gars n'était pas un membre à part entière. Le tatouage serait enlevé à tout prix. Le gars est sorti dans le garage et le broyeur d'angle avec la meule sur a été commencé. Le gars a paniqué, mais savait que cette solution était une meilleure punition que ce qu'il pourrait autrement obtenir. Le broyeur d'angle vient d'arracher la peau, de sorte qu'il a volé des morceaux de peau et des éclaboussures de sang sur les murs du garage. On pouvait voir comment le sang qui a frappé les murs a été aspiré dans le plâtrage comme ils ont frappé le mur de plâtre. Personne n'a réagi.

Tout le monde pensait qu'il était juste de le faire. Il avait porté un tatouage qu'il n'avait pas le droit de porter, et devait maintenant prendre sa punition. Le gars a obtenu de l'aide pour nettoyer la plaie et la rattacher, parce que le gars voulait continuer son entraînement.

Le tatoueur avait un peu peur maintenant, quand il savait ce que le gars traversait, et t il artistea reçu un véritable avertissement sur ce qui luiarriverait s'il faisait cette erreur.

L'organisation a commencé à soupçonner que les agents qui ont donné à Erik des informations sur la répression, ont été durement touchés, car ils n'avaient pas informé Erik depuis longtemps.

Erik l'a pris en sécurité avant l'incertain et a déplacé l'armurerie. Erik a commencé à cacher des armes à des connaissances qui étaient blanches comme neige et qui n'étaient pas au casier judiciaire. En cachant d'importants stocks d'armes à des gens ordinaires qui avaient des liens avec quelqu'un de l'Organisation, la police n'a pas pu accéder aux armes. Il était presque peu probable que le procureur demande un mandat de perquisition à une personne impunie et sans preuve. Erik lui-même ne pouvait pas avoir de stocks d'armes majeurs à la maison. Quand la police a souvent allumé les adresses d'Erik. Tous les trucs ont été utilisés pendant la guerre. C'était très serré. Ils n'avaient aucune information depuis plusieurs semaines de la police. Ils ne pouvaient pas se permettre de prendre un risque parce que cela pourrait signifier qu'ils ont perdu toute l'armurerie. Ça aurait été un désastre.

Dans le même temps, ils s'entraînaientet, aussi garder l'ordre sur le marché et tous les territoires, de sorte qu'aucun club saillant essayé de réclamer la part de marché du club. Tous les clubs qui tentaient d'entrer sur le marché ont eu deux choix, soit les membres étaient à la hauteur et pouvaient gérer leur club comme un de leurs sous-clubs, et où ils devaient porter la couleur de leur clubs ou la liquidation. La plupart des clubs qui se sont présentés, ont généralement disparu en se dissolvant quand on leur a dit qu'ils dans l'Organisation étaient sur le chemin de leur club. Il y avait aussi de nouveaux clubs qui voulaient tester leur capacité et où les choses allaient mal.

C'est arrivé à la fin de la probation d'Erik où ils sortaient dans un club nouvellement créé, pour s'assurer qu'ils ont disparu une fois pour toutes. Ils avaient un bus de landau du modèle rouillé dans lequel ils ont sauté cinq personnes. Quelqu'un avait des « puffers » avec eux au cas où ils avaient des armes à feu! Quand ils ont atteint un carrefour, une voiture de police glisse sur le côté d'eux. Ils sont partis dès qu'il est devenu vert. Nous avons roulé sans leur lieu de rencontre.

Erik savait que la réalité est basée sur de nombreux autres facteurs, événements et où l'on est dans un étatplus, ou moins lavage de cerveau. Erik a fait beaucoup d'actes indéfendables, et plus la guerre s'est développée, plus les ressources ont été

déployées contre le crime organisé,
l'organisation avait unbudgetassez, étendu. Sapo
a commencé par marquer les membres pour
nous briser psychologiquement. Ils se tenaient
devant la porte du club où ils ont fait tout leur
possible avec diverses provocations. Il se peut,
par exemple, qu'ils nous ont craché dessus, ou
contre les vélos et les voitures qui sont entrés
dans la cour du club. Ils ont lancé des mots
verbalement laids, tout cela pour amener les
fonctionnaires de l'Organisation à sauter sur les
flics afin qu'ils puissent les arrêter pour violence
contre les officiers. Quand ils ont chassé les
vélos, ils se tenaient debout et avaient des
contrôles de la circulation, où ils avaient des
inspections de vol sur les vélos. Ils pouvaient
donner un coup de pied un clignotant sur
lamoto , de sorte qu'il s'est plié, ou même cassé.
Puis ils ont obtenu une amende pour elle
vérifiée de sorte qu'ils étaient sobres et
généralement parlé merde d'eux dans le club à
des gens qui ont été associés à la commande de
véhicule so assez si le service de police a pris une
plus grande quantitédes contribuables qui ont
payé cette partie et où les flics ont enfreint la loi
pour les amener à enfreindre la loi. Un plat
soigné.

La police debout à l'extérieur des portes avait
souvent une capuche sur le visage, de sorte que

la façon dont ils étaient vraiment difficiles, peut être discuté. Les officiers qui ont averti le club avaient donné l'impression qu'il y aurait une répression majeure sur la cour du club, mais ce n'était pas la police locale qui frapperait, de sorte qu'ils ne savait pas quand cela se produirait.

Ils étaientjolis, calmes mais bien sûr, c'était tendu quand le S.W.A.T est venu. Il y avait probablement une raison pour laquelle les collègues du S.W.A.T les appelaient le groupe suicide. Ces flics de pieu tiraient aussi fou que ceux du club. Donc,quand il y avait une répression avec ces flics, vous n'avez jamais su ce qui pouvait arriver. Le club a décidé de faire profil bas avec les affaires, la récupération, et d'autres, activités illégales pendant deux à trois jours jusqu'à ce qu'ils ont vu s'il y avait une répression ou non. Ils auraient une plus grande fête dans l'intervalle, et où il y aurait deux strip-teaseuses pro pour égayer la journée pour eux. Mais la préparation était toujours au plus haut niveau, ce qui signifiait que tous les membres n'étaient pas autorisés à participer à ce parti. Devinez s'il y avait des protestations de la part de ces membres qui auraient la garde cette nuit-là. Oh oui,oui croyez-le.

Ce serait de la bonne nourriture, mais ils n'avaient pas vraiment quelqu'un qui pourrait se dire un chef, donc c'était salade de pommes de terre et de la viande. Ils étaient fixés avec de longues tables, des assiettes en papier et avec des couverts en plastique. Tout le monde avait hâte à cette fête. Ce sont les strip-teaseuses qui ont tiré et créé une envie de faire la fête. Ils n'avaient entendu parler que d'une seule de ces strip-teaseuses. Elle avait ététrès bonne dans son travail.

Ils avaient juste commencé à manger un peu quand le premier spectacle était sur le point de commencer. Tout le monde a arrêté de manger pour voir s'ils étaient bons à se déshabiller. Erik peut attester qu'ils l'étaient. C'était unetrès, belle fille et son spectacle était carrément grotesque.

Elle a essentiellement mis toute sa main dans son abdomen inférieur. C'était carrément dégoûtant en effet, et personne n'avait exactement faim de salade de pommes de terre après cette performance. Certains ont même jeté leur nourriture. Elle était un peu trop rude dans sa pratique quand il s'agissait de décapage. Quand même ceux dans le club ne pense pas que c'était agréable, alors vous ne pouvez penser que ce que les gens ordinaires

penseraient. La fête étaittrès, bonne, avec
beaucoup d'éléments amusants. Ils avaient une
fête humaine, même si la préparation était au
plus haut niveau, ils pouvaient s'aêter. J'avais
l'impression que les heures de la fête duraient,
ce qui t'a fait sécher.

Tôt le lendemain matin, la force S.W.A.T de la
police a frappé avec force. Ils se sont réveillés à
une tronçonneuse en cours d'exécution, et il a
été entendu qu'il sciait quelque chose. Il s'avère
que l'autoritéde police du comté de Skane   avait
fait appel à ses collègues de la force S.W.A.T de
Göteborg, sont maintenant eux qui ont fait le
raid. Les collègues s'étaient dirigés vers skane
comté parce que le ministère public et l'autorité
de police avait appris que lapolice du comté de
Skane fuyaient.

Le bureau du procureur était bien fatigué de
toute la répression ratée qui a coûté cher à l'État
financièrement. Non seulement parce qu'ils ont
dû remplacer le club pour les appareils qui ont
été ruinés par la répression, mais aussi parce
que les policiers qui avaient leur salaire. Où le
procureur a dû se tenir avec une décision sur
une descente, mais sans résultats, qui n'a pas
l'air bien dans la réputation du procureur. Là, la
répression n'était qu'un coût coûteux. Même

cette fois, il a étéplus, ou moins un échec, car ils
ont seulement trouvé de petites choses comme
les articulations et les pièces de moto volées,
dont ils ne pouvaient attacher personne à.

Tout l'incident a été qu'une équipe de flics a scié
un trou dans l'avion qui entourait l'Organisation,
et c'est cette tronçonneuse qui a réveillé tout le
club. Puis une équipe de flics dans un ascenseur
de ciel se présente contre l'un des pignons au
club-house. Deux flics debout dans l'ascenseur
du ciel portaient leur casque de combat et
l'arme automatique comme arme de service.
Certains membres étaient jolies,ivres après la
fête d'hier et se demandaient où cela se passait.
Les flics ont lancé des grenades fumigènes et des
grenades de distraction. Ça s'est passé comme
un enfer. C'était la lueur de la lumière au pire
réveillon du Nouvel An.

Cette fois, c'était la guerre pure à l'intérieur de
la cour du club. Où que vous regardiez, il y avait
des policiers, theyétaient disciplinés, plus
qu'avant. Ils passent par la porte comme des
soldats d'élite, où le moindre mouvement rapide
déclencherait une fusillade. Les policiers étaient
tendus et ceux du club n'étaient pas moins
actifs. La police était très inquiète qu'ils
commenceraient à tirer des armes, mais il n'y
avait pas d'armes là-bas. Pas plus que des

articulations et des battes de baseball. Pas de contre-arme directe contre la leur. La meilleure chose qu'ils pouvaient faire dans le club était de les laisser les enfermer une fois de plus dans les garages afin qu'ils puissent fouiller la cour du club. Ça devenait routinier d'avoir les flics dans le monde. Qu'ils ne résisteraient pas était une donnée puisque le procureur avait tapé des mains et été en mesure de les enfermer. De grandes parties de la planche ont été corrompues, et ce n'était rien que la police a dû payer, quand ils ont partiellement réussi à trouver le vol.

Les voisins du club-house pensaient que la police avait réagi de façon excessive à plusieurs reprises. Il y avait des coups forts appelés assez bon des grenades de distraction, si fort que les voisins se sont levés dans leurs propres lits en tant que pompiers. Ce sont des familles avec enfants, et ils ont souffert quand la police a fait une descente. La police et les journalistes avaient tendance à couvrir leur échec et les journalistes n'ont écrit que sur l'efficacité du département des crimes organized, dans leur travail de cartographie, et de sortir les réseaux criminels. L'image médiatique du travail de la police avec beaucoup de succès a été soulevée dans le ciel par les journalistes achetés que la police contrôlait en promettant à cesjournalistes bonnehistoire », quand d'autreschoses se sont produites dans lacommunauté. Le service de police a donc voulu donner au public un faux sentiment de sécurité que les autorités avaient le contrôle total des gangs biker. Quand la vérité est que les contribuables ont obtenu et ont encore, de payer pour les efforts ratés de la police. Où une partie des revenus des contribuables devait également aider à soudoyer les journalistes, ce qui donnerait à la société une image modifiée de la société juridique efficace. Si la police avait été aussi efficace qu'on l'a souligné, peu de criminels seraient en dehors des prisons, et encore moins de gangs de motards, mais malheureusement la société fonctionne de cette façon. Les politiciens doivent faire des contributions au service de police, mais que personne n'a compris le jeu de ping-pong qui se passe entre la police et les politiciens. Parce que si la police va obtenir plus d'argent, ils ont, pour montrer qu'il ya un besoin. Les politiciens doivent voir des succès dans les sommes mises de côté pour lecrime organized, mais il n'y a pas de succès, et il n'ya aucune preuve de la réalité qu'il y aurait une réduction des organizations liés auMC, bien au contraire. Les clubs de moto sont en pleine expansion de jour en jour. Il y a des sous-clubs pour les grands gangs et les grands gangs se rendent sur de nouveaux marchés.

Il y a actuellement des livres sur le marché qui se demandent pourquoi de plus en plus de gangs de motards criminels apparaissent en ce moment. La vérité n'est pas aussi sophistiquée que vous pourriez le penser.

Les exigences fondamentales de la vie d'une personne de vélo-équitation étaient la fraternité, être libre, en dehors de la loi, prendre soin d'eux-mêmes et l'entreprise qu'ils ont entrepris. Personne ne voulait libérer sa part de marché à d'autres organisations. La force motrice de la guerre sera l'argent, l'argent. Vous n'avez pas à l'expliquer plus difficile, mais la résolution a été beaucoup plus difficile.

Lorsque deux organisations se disputent pour le même gâteau, il y aura des combats, tout comme dans la vie ordinaire, rien d'étrange en elle. Où les citoyens ordinaires suivent le livre des lois et ont des barrières humaines. Ces barrières ne peuvent être effacées que par une vie difficile.

L'organisation devait créer un revenu sûr pour les dépenses fixes et Erik le savait.

Au départ, les organisations avaient d'importants revenus provenant de la drogue, du recouvrement des dettes, de la prise de contrôle des studios de tatouage. Cette étape a également été appelée la première Balance. Le mot LIBRA deviendrait le mot décrivant les développements criminels au public. La deuxième vague consistait en le mécénat de restaurants et d'autres entreprises, où ces entreprises n'avaient guère le choix de savoirsi elles avaient besoin ou non de cette protection. Ils auraient cette protection. Dans le cas contraire, leur entreprise pourrait disparaître sous le signe des flammes, et le propriétaire du restaurant pourrait se réveiller au MAS (Hôpital général de Malmö). C'était du chantage pur et de haut niveau. Protection forcée qui serait payée en pourcentage du chiffre d'affaires annuel d'une telle entreprise. La deuxième vague se composait également de nombreux autres éléments, tels que la prostitution et le passage de clandestins. Erik a tout fait pour assommer ces parties parce qu'il savait que cela devenait douloureux. Il a assommé toutes les adresses e-mail. Erik a été en mesure de prendre le contrôle de ces complètement et il comme une copie qu'il pouvait lire sans que personne ne s'en a doute.

Chapitre 23

Les gens ordinaires pensaient que les membres à part entière étaient les pires, mais c'était exactement le contraire, et Erik achoisi de frapper fort contre eux, quand les membres à part entière ne voulaient pas à leurs mains inutilement uns j'ai dit, les chiens ont dû faire la merde, t il chiensénergiques qui voulaient entrer dans lesorganisations. Ils voulaient faire leurs preuves et plusieurs fois leur envie tant attendue a été utilisé pour devenir un membre à part entière. Les pensées sont allées à l'époque où Erik a été formé pour devenir Point Man, et ce qui était exigé de la personne, qui voulait se lever.

Beaucoup étaienttrès, déçus car ils étaient tout simplement exploités au maximum. Les autorités ont fait tout leur possible pour entrer dans l'Organisation par le biais d'opérations d'infiltration. Là où les policiers ont essayé de s'infiltrer, ce qu'ils ont vraiment réussi à faire dans l'autre gang, avec lequel nous étions en guerre, que la police est arrivée là-bas était due à leur façon de recruter de nouveaux membres. En plantant des policiers dans l'Organisation, ils essaieraient de prédire la prochaine étape de la vague criminelle. Mais la troisième vague n'a pas pu être prédite par les autorités, et c'est à travers ces tentatives désespérées qui donneraient aux autorités une longueur d'avance,, pour frapper avant que l'Organisation ne revienne sur le système juridique de la société. Erik savait avec certitude qu'il était impossible de se protéger de la troisième vague. Il n'y a absolument aucune protection contre elle.

Car les autorités se sont concentrées sur l'arrestation de voyous dans diverses organisations criminelles et ont complètement perdu la trace de ce qu'ils'agissait vraiment. L'organisation a confondu les autorités en attirant leur attention sur les mauvais domaines d'établissement, de sorte que la grande caisse d'épargne pourrait être remplie vigoureusement. Grâce aux importants capitaux de l'Organisation dans diverses banques à l'étranger, la première phase de la troisième vague pourrait commencer à prendre forme dans la vie d'Erik.

L'organisation a commencé à reprendre différentes entreprises d'une manière tout à fait légale, et Erik l'a également fait dans sa vengeance, parce qu'il a fait exactement comme l'Organisation l'a fait avant, mais maintenant c'est Erik qui possède les entreprises.

En rachetant des actions de sociétés. Certaines entreprises vendraient 51 pourcent, de sorte que l'organisation a obtenu unemajorité, des actions, et a donc été en mesure de diriger la société dans la direction qu'Erik voulait. Les entreprises qui refusaient, sont devenues faciles à persuader, parce qu'elles voulaient juste la paix et la tranquillité. L'organisation a toujours calculé avec une certaine perte, à la fois de l'argent et des membres. C'était le prix du succès, un prix que même une Organisation ne pouvait éviter. Les pertes qui ont souvent frappé une Organisation, c'est que quelqu'un est allé en prison, et Erik ne voulait pas recommencer. Une perte acceptable lorsque les entreprises étaient dans le terrain du club, mais pas dans Erik.

L'organisation a toujours payé le plein prix pour les actions, donc à ce moment-là, ce n'était pas illégal, mais juste au moment où l'Organisation voulait les obtenir 51pour cent , qui a donné une position de leader dans les entreprises, il était généralement assez désordonné, et avec beaucoup de menaces illégales et de violence. Si l'Organisation avait pris sa décision, ce serait le cas, d'une manière ou d'une autre. L'entreprise se largait dans l'Organisation ainsi que dans les réseaux, et c'est précisément là qu'Erik a utilisé sa connaissance des connaissances du monde. Erik a ensuite d'abord pris 51 pourcent , de toutes les actions d'Organizations, ce qui a rendu le sans fonction. Maintenant, ils n'avaient pas le droit de propriété de l'organisation sur les entreprises, Erik pensé.

La deuxième étape qu'Erik a faite a été de vider l'argent dans tous les comptes avec l'Organisation, et c'est probablement ce qui a fait réagir Henke.

Jonte de l'Organisation a appelé le téléphone d'Erik, mais Erik a compris ce qu'il voulait pour ne pas répondre.

Erik a travaillé relativement rapidement, mais l'organisation a maintenant essayé de couvrir toutes les pertes qu'Erik a faites avec sa vengeance. L'organisation n'était pas la seule pour qui Erik avait ces plans, et la reprise de diverses entreprises est devenue un logiciel pur qui valait de l'or dans un double sens. En obtenant l'argent des compagnies, Erik a pu les utiliser pour l'établissement et le développement, mais aussi pour recueillir des articles illégaux, tels que l'alcool, lesdrogues et les armes. Le plus souvent, les entreprises reprises avaient unetrès, bonne réputation qui le rendait beaucoup plus facile d'obtenir les marchandises illégales dans! Les entrepreneurs ne voulaient certainement pas être connectés, avecdesorganisations encore moins ils voulaient que les douanes et la police découvrent leur complicité dans la criminalité.

L'agent McGill a aidé à cet incident sans savoir ce qu'elle avait fait. L'agent McGill avait reçu un appel d'un service de police selon laquelle il avait reçu un pourboire anonyme d'une personne qui disait qu'il y avait beaucoup d'équipement à une adresse, et que le pronostiateur voulait que la SAPO vérifie, c'est-à-dire l'agent McGill.

Quoi?! McGill a dit. Pourquoi le pronostiaire voulait-il que je vérifie cette question que personne ne comprenait,mais elle comprendrait bientôt que parler, Erik lui-même avait laissé un pourboire anonyme et voulait agent McGill pour vérifier le rapport elle-même, strange? A déclaré l'agent McGill, et se demandait pourquoi quelqu'un voulait qu'elle vérifie, mais elle n'a pas fait une telle affaire hors de lui, même si elle avait ses préoccupations.

L'agent McGill est parti et a appelé Goblin kid pour dissiper ses pensées, mais c'est devenu une conversation dite mère-fille, qui était sur les vêtements et d'autres choses totalement sans importance. Ils ont tous les deux raccroché au téléphone, et l'agent McGill a dû réfléchir à ce que le pronosteur voulait vraiment, parce que l'enfant gobelin n'avait rien dit à sa mère, et c'était étrange, ou elle ne savait rien.

Henke avait dit à Jim OneBone d'effacer tous les disques durs et les serveurs, de sorte qu'il n'est pas sorti dans de mauvaises mains si SAPO ou la police ont obtenu leurs mains avides de profit sur eux.

Tout ce que Henke avait dit à Jim OneBone avait l'impression que l'organisation nettoyait toutes les preuves pour qu'Erik ne les maille pas.

Bob avait dit à Henke que ce sera une sorte de son genre que peu comprendront au cours de l'Organisation.

— Oui, j'en ai peur, dit Henke.

Le nettoyage s'est poursuivi pendant qu'Erik continuait à se venger. Tout a été soigneusement planifié du côté de l'Organisation. Erik était une pièce du puzzle dans l'œuvre organisée. Pouvoir profiter de ces entrepreneurs a créé des opportunités incroyables au niveau international. Lorsque les autres membres de l'organisation dans d'autres pays, pourrait plus facilement envoyer de l'équipement important. Personne n'aurait pu imaginer qu'une entreprise réputée conduisait des expéditions d'armes. Erik savait que c'était la réalité. La réalité d'Erik qui a dépassé le citoyen ordinaire contourné.

Beaucoup de chefs d'entreprise qui avaient été achetés par le club, ont dû vivre une double vie avec leurs propres familles, où ils ont été gentiment autorisés à garder la couleur et n'avaient plus le contrôle de leur propre entreprise. Un destin terrible pour ces gens, où ils ne pouvaient faire qu'un rapport de police, mais alors leur vie serait,soit très, court, ou devenir une vie qui ferait l'enfer perçu comme le ciel pur. Très peu de gens signalent une organisation à la police, et Erik le savait.

Erik, bien sûr, a vu cette action comme unetrès, grave escalade de la menace, et ils n'étaient pas en retard dans la mise en place de contre-mesures. Erik voulait mettre tout le bâtiment en pièces,alors il est allé dans les locaux pour faire une bombe. Tout son sac à dos était plein de trucs. Erik avait besoin de poudre à canon, qui est le plus approprié taken de pétards, clous, verre, noix, oui tout ce qui est angulaire et pointu, brancher le métal, diam. = diam intérieur. sur un tube métallique. Moital plug, avec un petit trou au milieu. Le soudage devait obtenir un maximum de souffle sur sa bombe. Erik prend alors le tube et attache le bouchon métallique sans trous au milieu d'un côté, Erik soudé parce qu'il avait accès à une soudure. Erik remplit le tuyau avec de la poudre à canon et des objets tranchants jusqu'à ce qu'il soit presque plein, et à ce moment-là, il a entendu une voiture à venir, ce qui a interféré avec son timing sur la bombe. Erik a vu dans le coin de l'œil qu'une voiture se dirigeait vers lui à grande vitesse. L'organisation commence à tirer à l'arme automatique sur Erik.

Sapo était maintenant en colère après les auteurs, qui ont tiré avec des armes automatiques. Il esttrès, grave de mener une telle opération, et heureusement, personne n'a été blessé. A dit, agent McGill, mais ça aurait pu avoir des con séquences dévastatrices si les coups de feu avaient touché quelqu'un. Ce n'était pas quelque chose à quoi l'Organisation pensait à l'époque.

Toutes les personnes impliquées dans l'Organisation étaient même curieux, quand ils se sont rendu compte que quelqu'un avait été dans les locaux. Il s'est avéré denombreuses façons différentes. L'organisation est devenue introvertie et ils ont traitétout le mondeplus, ou moins comme le pire ennemi, ce qui leur a fait tout voir en noir. Le lendemain de la fusillade, ils ont planté une grenade sous le capot d'une des voitures d'Erik. Ils ont dû être extrêmement stressés quand ils ont monté la grenade à main. Ils semblaient stressés parce qu'ils n'ont pas encore baissé tout le capot, ce qui était probablement une planification stratégique, pensait Erik. Ensuite, ils avaient mis un fil dans l'anneau lui-même, ce qui permet de sortir la broche avec. Ainsi, leur intention était qu'Erik soulèverait, le capot, puis le fil d'acier sortirait la goupille et la grenade à main exploserait. Il pourrait fonctionner s'ils ne mettaient pas trop longtemps un fil. Je pensais Erik. Cette grenade à main pourrait être facilement enlevée et sécurisée par Erik. Ce n'était que le début de l'escalade d'une guerre très cruelle et longue entre Erik et l'Organisation.

Toutes ces grenades à main et autres engins explosifs ont mis beaucoup de pression sur sapo.

Maintenant Erik a frappé en arrière avec la coque et les cheveux. La nuit, Erik se tenait devant les locaux de l'Organisation pour faire exploser la bombe qu'il avait construite.

Erik a développé une partie mécanique sur son propre corps mentalement les uns avec les autres le jour qui s'est écoulé. Alors que cet état d'esprit malade s'est développé en lui en tant que personne, il avait deux enfants à prendre soin de tous les deux week-ends. La mère s'est rendu compte qu'Erik était sur la glace extrêmement mince et a commencéà prendre , action contre Erik. Elle a commencé par vouloir la garde de leur enfant commun, et c'est devenu un autre acte de guerre pur. Même si c'était la meilleure chose qu'elle avait faite, Erik ne pouvait accepter cette humiliation pour sa vie. Il ne pouvait pas voir l'intérêt supérieur de ses propres enfants. Les enfants étaient les siens aussi, mais il n'a pas vu ses propres étapes provisoires malades dans le slam inférieur du crime. J'avais l'impression qu'il était juste mis à une fréquence qui était juste sur la ruine, l'écrasement,, et la liquidation. Aucune émotion normale ne pouvait pénétrer même s'il était au fond, plus que de savoir qu'il n'était pas en tant que personne. Erik était contrôlé par une télécommande, qui était contrôlée centralement à partir du centre maléfique de l'organisation, alors qu'il ressentait un immense sentiment de pouvoir et d'anarchie. Les émotions sont probablement la chose la plus difficile qu'il peut décrire d'une manière crédible, mais ces mots ci-dessus sont aussi proches qu'il peut arriver au registre émotionnel qu'Erik avait à l'époque.

Chapitre 24

La mère a appelé !

Erik s'est finalement rendu compte que la meilleure chose pour les enfants était que la mère avait la garde et a signé les papiers que son représentant légal avait compilés. Erik avait alors commencé à réaliser à quel point il avait tort, mais par sa signature a fait quelque chose de bien pendant cette période sombre, et nous, ils pourraient au moins être dans la même pièce sans aucun conflit majeur. Se rendre compte que vous faites mal est une chose, faire quelque chose à ce sujet est tout autre chose. Quelque chose que seulement quelques heures après la signature avait disparu, et où Erik en tant que personne a estimé que les pensées n'étaient qu'une folie temporaire.

Rapidement, Erik était de retour sur la piste, et pleinement actif dans le petit monde criminel dans lequel il vivait, et il était, comme tout le monde dans l'Organisation, déterminé qu'il allait sortir ses ennemis. Ils avaient realized l'échelle de la troisième vague et qu'il y avait beaucoup d'avantages, mais pas moins grands actifs liquides qui pourraient facilement être gérés par ceux qui les ont pris en premier. La prochaine étape a été de jeter un certain nombre de grenades à main à l'intérieur de leur planche, où l'espoir serait que cette Organisation disparaîtrait de la zone par pure peur, quand une pluie avec des grenades à main peut rendre n'importe qui facilement sur la plante de leurs pieds, et il rapide. Le plan était d'entrer derrière l'Organisation, où à l'arrière de leur ferme il y avait un petit ruisseau. Il était sur le bord du printemps et assez froid, même le soir. Ce n'est que quelques mètres avant qu'Erik soit si loin devant, qu'il pouvait jeter dans les grenades à main, et après qu'ils sont partis, le plan était d'aller dans leur quartier général et de truquer des engins explosifs lourde afin que tout le bâtiment deviendrait puces. C'était l'idée, mais certains membres de l'Organisation se sont présentés à l'arrière quand ils le feraient pipi et ont vu Erik.

Maintenant, c'était des feux d'artifice. Tous ont vidé leurs chargeurs en tirant un feu. C'était tellement merdé. Erik était complètement dur, de l'ouïe, et il vient de se jeter sur le solpar réflexe, et qui garantissait de rendre tout le monde sur la scène complètement hyperactif.

Erik avait l'impression d'avoir une overdose d'adrénaline. Erik a juste senti son doigt sur la gâchette, et juste pressé et pressé jusqu'à ce que les cartouches étaient épuisées. Erik n'a fondamentalementpas entendu , le son des armes, même si ce sont des niveaux sonores qui pouvaient réveiller les morts sans problèmes. Personne n'était préparé à ce développement. Erik a dû prendre sa retraite quand ses ennemis étaient environ 36 hommes à l'intérieur du club. Erik aurait été massacré s'il y avait été coincé. Il se cacha dans le ruisseau qui était babillé, et il n'y avait rien d'autre que de l' eau froide dedans.

L'attente d'Erik était prévue pour quelques heures, mais se passerait bientôt à près de deux jours. Après presque deux jours complets, le frère de Sam est venu et a sauvé Erik, et l'a ramassé. Non pas que c'était l'hiver, mais assez froid pour tomber malade. Erik était à peine conscient, et complètement refroidi par l'eau froide. Le frère de Sam l'avait ramassé et l'avait emmené chez lui. Erikétait, dans un grand besoin de soins et a dû être emmené à l'hôpital le plus proche quand il avait contracté une pneumonie à double face et avait une forte fièvre à cause de cela, mais il est retourné après quelques jours à nouveau.

Erik était tellement fatigué qu'il a failli voir des étoiles, mais a dû continuer. L'humeur d'Erik était comme un ECG qui monte et descendait. Il a allumé tous les cylindres pour, et voulait juste s'allonger.

Cette fatigue était probablement très mentale, car il a vécu des choses que peu de gens ont besoin de vivre, et qu'il ne veut pas que quelqu'un ait à vivre, même dans ses pires cauchemars.

Après une semaine de temps, le frère d'Erik et Sam a décidé de faire une visite à la maison où cette organisation a été formée une fois et est allé à l'ancien club-house et essayerait de se détendre, ne serait-ce que pour quelques heures. Quelqu'un avait une petite fête et ils ont été invités, donc c'était correct d'y aller. C'était de l'alcool, des filles de fête et d'autres gens sympas. Il y avait aussi beaucoup de gens ordinaires qui venaient à la fête. Beaucoup pensaient que la vie qu'ils vivaient étaittrès, intéressante. Beaucoup de gens qui voulaient se sentir libres, mais ils ne pouvaient pas, parce que d'abord ils n'avaient pas la psyché d'une telle vie, mais aussi parce qu'ils avaient leurs familles à prendre soin de.

Les mariées affluaient autour d'euxcomme , tant qu'ils sont arrivés là et étaient si gentils, mais il avec les mariées, et leurs veines, Erik bientôt fatigué de. Ils voulaient juste être vus, et ils feraient n'importe quoi pour être avec eux, et pour s'asseoir sur leurs vélos. Ils avaient leur point de vue sur les femmes, et maintenant avec le recul, il pourrait penser que l'image était un peu divisée, non pas parce qu'ils frapperaient une femme ou les blesseraient purement psychologiquement, mais juste pour les laisser se déshabiller se sent un peu apolitique, avec des messages doubles.

Le frère d'Erik o Sam s'est rendu compte qu'ils n'étaient plus faits pour cette vie, avec des épouses et de remplir.

Non! Erik a dit: « J'ai du mal à laisser aller cela avec la planification, et que l'organisation m'a fait. Il faut se venger, etje vais le prendre.

Calme-vous. Le frère de Sam a dit. Cela n'améliore pas les choses.

Erik avait déjà planifié ce qui allait se passer, il était donc impossible de le changer. Pour, qu'Erik s'occupe de cette misère, il commence à boire de grandes quantités de Whisky. Erik n'était pas en faveur de la drogue en aucune façon, mais l'alcool est en grandes quantités aussi grand problème que n'importe quelle drogue. Une dépendance qui s'élève à 8 bouteilles, ou plus par semaine à son pire. Le fait qu'Erik ait bu autant, c'est parce qu'il ne pouvait pas faire face à cette quantité de violence, sans

unesorte d'anesthésie. Il ne voulait vraiment
pas faire de violence ou blesser des gens.

Erik n'avait que des dollars comme pierre
angulaire de son crime et avait maintenant une
liste solide de beaucoup de crimes. Tout ce
qu'Erik a fait était criminel, quoi qu'il ait fait, il
était associé ou était un acte criminel pur. Erik
était maintenant une telle personne avec un
niveau de tolérance bien au-dessus de l'humain,
où il était dur comme granit et est devenu
comme un humain, ou plutôt une machine plus
difficile de jour en jour, et sa psyché pouvait
résister à presque n'importe quoi.

La différence entre les affaires criminelles et le
monde des affaires ordinaire n'est pas aussi
énorme que vous pourriez le penser. Certes, ils
n'avaient pas de restrictions et il a souvent été
volé des choses qui ont été vendus sur, mais
incidemment, une bonne affaire d'affaires s'est
passé tranquillement et calmement,comme,
tant que personne n'a essayé de les faire sauter
d'une manière ou d'une autre.

Un contrat d'affaires pourrait avoir lieu dans un
restaurant comme dans l'entreprise ordinaire.
Cependant, il y avait des différences majeures si
quelque chose allait mal, ou si quelqu'un est
entré sur son territoire. Ce qui pourrait être
qu'un jour vous avez eu un dîner d'affaires, et

l'autre jour il y a eu une guerre, quand vous avez essayé de tuer l'autre partenaire. Cette séquence d'événements n'était pas trop inhabituelle, et si une dette n'avait pas été payée en temps voulu, une réclamation de recouvrement n'a guère été envoyée avec sek 150 comme un coût supplémentaire. Non! Ensuite, il s'agissait de donner à cette personne des règles de conduite claires et claires, et au pire il s'est retrouvé avec la graisse d'arme à feu dans le front.

La vie étaittrès dure et tu serais toujours sur tes gardes.

Soudain, il semblait que tous lesagents SAPO étaient venus dans les locaux que la partie était en, et Erik se demandait ceque l'enfer se passait, et comment pourraient-ils savoir cela maintenant. On a eu une fuite ou quoi ? Erik a vu qu'une femme est sorti que la SAPO lâche environ.

Bonjour Erik. L'agent McGill a dit. Que voulez-vous de moi? Erik a dit. Je veux que tu viennes à la voiture avec moi, juste écouter une suggestion que nous avons. Elle dit.

Je ne veux même pas te parler. Erik répond.

Vous n'avez pas à nous parler, il suffit d'écouter ces 2 personnes que vous rencontrerez.

Hm? Dit Erik et la regarda. Que se passe-t-il ensuite? Erik a dit.

Vous allezêtre placé en détention préventive, et vous devrez yrester jusqu'à ce que les services secrets vous parlent. Alors je vaisvenir te chercheret t'emmener dans un endroit secret. L'agent McGill a l'air bizarre. Erik a dit, la police ou les agents ne font pas cela. — Eh bien, nous verrons,dit Erik.

Ils voulaient juste qu'Erik leur donne 15 minutes pour s'expliquer, afin qu'il puisse faire ce qu'il voulait plus tard, ou accepter leur proposition. Qu'est-ce que c est? Caméra cachée ou quoi? Erik se demandait.

Non! J'ai répondu à l'agent McGill. Je comprends que vous trouviez cela étrange, puisque nous n'avons pas l'habitude de le faire.

Oui, c'est sacrément effrayant», a déclaré Erik unnd, elle dit que le département du renseignement avait commencé un projet où ils se débarrasseraient des criminels lourdement organisés Erik semit à rire son droit dans le visage, puis il ressemblait.

Je veux que vous partiez de ce projet, afin que nous puissions gérer l'opération elle-même. Le projet est basé sur la volonté de quatre criminels lourds de commencer celadans , afin d'avoir une nouvelle vie, en dehors de la vie criminelle. Poursuit l'agent McGill.

Tu te moques de moi ? Erik se demandait.

Non,absolument, pas! McGill a répondu.

Ils veulent m'enfermer à nouveau ? Erik avait 100 pensées dans sa tête, et pas unseul , on était du genre positif directement.

Chapitre 25

Que voulez-vous de moi? A demandé à Erik

Tu devrasm'excuser, mais pour moi, on dirait que c' est un chien enterré, et tout ça semble bizarre, du début à la fin. Erik l'a dit à l'agent. Je n'ai jamais entendu parler d'opérations comme celle-ci dans ce pays. Si nous avions été aux États-Unis, je n'aurais pas remis en question cette opération, mais ici, où tout est noir ou blanc, tout l'arrangement est frivole. Dit Erik.

Je peux comprendre vos pensées et vos pensées. A répondu l'agent McGill, qui a d'abord pensé qu'il s'agissait d'une opération étrange, mais a souligné et assuré que cette opération était ancrée par les hauts responsables du département du renseignement.

Erik lui a dit qu'il voulait, en savoir beaucoup plus avant de prendre, une décision. Après mûre réflexion, Erik a décidé d'accepter cette opération de démarrage.

L'agent McGill devait conduire Erik à un endroit non divulgué au cours de la fin de semaine, jusqu'à ce que les agents « gris » reviennent lundi. C'était vendredi, et le jour qu'il avait attendu, quand il serait en mesure de revoir ses enfants. Mais maintenant Erik a été une fois de plus confronté à une décision qui a changé la vie. Les enfants, les enfants! Pourquoi dirait-il qu'il n'est pas venu les chercher? Et Erik ne savait pas avec certitude que cette opération était sérieuse. Que l'État permettrait au départementdu renseignement de SAPOde renvoyer les gens et de leur donner une nouvelle vie.

L'agent voulait qu'Erik reste chez lui ce week-end. Ils ont tout payé, et il a eu un numéro de téléphone pour cet agent qu'il pourrait utiliser au cours du week-end s'il y avait quelque chose dont il avait besoin ou s'interrogeait.

C'était une nuit blanche où les pensées étaient très déroutantes. Qu'est-ce que je faisais ? Je pensais qu'Erik et le frère de Sam, qu'en penserait-il ? Mais la plus grande question était de savoir comment les enfants d'Erik pensaient. Étaient-ils tristes, ou peur que quelque chose était arrivé à leur père, hesenti terriblement mal, sa tête se sentait comme il allait exploser,

C'était un week-end en signe de frustration, pour dire les choses légèrement. Erik n'a pas été autorisé à appeler à la maison à ses enfants, car il pourrait poser un grand risque. Erik a quitté une organisation puissante, une Organisation qui avait un vaste réseau de contacts, et il savait comment cela s'était passé quand quelqu'un a essayé de quitter l'Organisationet, aussi quelles méthodes ils utilisaient.

Le suivi de l'équipement et les contacts avec diverses compagnies de téléphone, l'Organisation avait toute une série de, où les employés ont vérifié les numéros de téléphone et les positions sur l'endroit où un téléphone particulier a été géographiquement f indingpersonnes   n'était pas un gros problème Erik connaissait cette information et a brisé toutes les possibilités de communication possibles. Le week-end a étévraiment, difficile à traverser, et il était très inquiet de ce qui pourrait arriver si l'Organisation pensait qu'Erik était allé dans la clandestinité et a commencé à divulguer des informations.

Erik ne savait pas ce qui l'attendait après le week-end, lorsque les agents responsables l'ont contacté. Erik se demandait quelles étaient leurs exigences sur lui parce qu'ils auraient des exigences sur lui, était tout à fait évident t il étatne serait pas libérer les personnes lourdement criminelles sans surveillanceet, aussi leur donner de nouvelles identités tson était tout simplement trop beau pour êtrevrai. Erik avait entendu parler de la protection des témoins avant, mais alors la personne en question témoignerait sur le crimedans , afin d'obtenir cette protection de l'État. Erik a ététrès, clair sur ce point. Il ne secoue personne d'autre, alors ils peuvent aller en enfer tout de suite, these pensées étaient probablement la seule chose dont Erik était sûr. Être grinçant était quelque chose qu'ils pouvaient oublier tout de suite, si maintenant c'était leur vision d'être en mesure d'encadrer certaines personnes en leur donnant la liberté et une nouvelle vie. Ils avaientfait lemauvais choix.

Alors qu'Erik était extrêmements keptical, il était également curieux et excité par cette possibilité. Une possibilité où il ne savait pas ce que l'étiquette de prix finirait par être.

Aux premières heures du lundi matin, vers 8 h.m, l'agent McGill l'appelle et lui demande d'entrer au poste de police local. N'êtes-vous pas vraiment sage ouvoulez-vous que j'aille dans une station de police? Rugit Erik.

Du calme! Agent McGill dit. Il yaura un officier de police pour vous rencontrer à l'entrée.

Ecoute, tu ascomplète ment éteint la fonction cérébrale dans ta tête. Je n'ai jamais fait de bénévolat pour un poste de police et jene vais pas le faire maintenant non plus. Ce qui était la réponse d'Erik à l'agent McGill, qui pensait qu'Erik devrait être un peu calculé quand ils ont essayé de lui donner une nouvelle vie.

Qu'est-ce que tu as en tête ? L'agent McGill a dit.

Je vaisrecommencer avec une nouvelle vie et laisser tout vieux derrière moi. Erik a dit, et continue de dire. Je veux une toute nouvelle identité, et avec de nouvelles conditions.

Vous avez des exigences vous Erik! Qu'est-ce que tu vas faire pour nous ? Elle demande.

En cemoment, vous n'obtenez rien, mais quand je suis assis dans mon nouvel emplacement, avec de nouvelles informations, vous obtenez tous les comptes et serveurs de moi qui ont été utilisés par les sites de l'Organisation. Erik répond.

Mais Erik, tout le monde dans l'Organisation a brûlé, et brisé tout ce qui a de la valeur, comment allez-vous nous donner les informations précieuses dont nous avons alors besoin. Je me demande, agent McGill.

Tu n'asqu' à me faire confiance. Erik répond, ou vous allezdevoir m'enfermer à nouveau.

Donc, vous dites cela dit agent McGill. Je n'ai pas de bons choix, mais je ne vois pas comment vous pouvez être utile à sapo?

Donnez-moi sept heures et je wivous donner la solution que vousespérez. Cette solution va te botter le pied au corps. Erik dit fermement.

Qu'est-ce que tu dis, Erik? Demande à l'agent McGill, qui était un peu timide, mais qui a quand même pris le risque.

Erik ponde rougelors de son voyage à la destination secrète sur ce que sa vie serait comme dans le nouvel endroit où il est allé. Erik réfléchit aussi à ce que serait sa vie sans être en mesure de contacter son mother. Ils avaient une bonne relation,et Erik pensé à de l'époque où elle est venue avec un jeu d'échecs, que sa mère lent à him.

Cela fait un peu plus de 8 heures que l'agent McGill commence à s'impatienter et se rend compte qu'elle est devenue soufflée par un gangster.

Puis le téléphone cellulaire de McGill sonne, c'était Erik sur unetrès, mauvaise ligne, mais il était possible d'entendre ce qu'Erik avait à lui dire.

Erik a dit que l'agent McGill téléchargerait le lien qui est venu à son téléphone cellulaire.

McGill a téléchargé le dossier immédiatement, et a commencé à appuyer sur le dossier ouvert, quand Erik avait mis un cryptage sur cette information qui existait maintenant.

Erik! Qu'est-ce que c'est que ces bêtises maintenant ? Demande McGill, un peu ennuyé.

Agent McGill, vous avez maintenant trois tentatives, puis le disque dur est effacé... McGill a entendu à quel point Erik a ri de cette blague. Erik, tu as l'information ou pas ?

Agent McGill, bien sûr que j'ai ce que je vous ai promis. Erik répond. Vous aurez accès à de grandes parties de l'Organisation.

Bonne chance maintenant!
Le mot de passe est: ERIKFRI

Après quelques minutes, Erik a entendu à quel point elle semblait heureuse quand elle a ramassé le dossier.

Comment as-tu pu avoir toutes les informations qui te sont laissées, tout a été effacé ? L'agent McGill a dit. Non, agent McGill,

ilme reste parce que j'ai reflétélesdisques durs et
les serveurs et sécurisé toutes les informations
qui étaient utiles. J'ai remarqué comment il
devenait quand Henke avait parlé à un frère,
Carl alors je l'ai pris en sécurité avant
l'information incertaine et sécurisée si elle serait
en quelque sorte effacée. Erik a dit. Tu dois dire
ça. A déclaré l'agent McGill, qu'il s'agissait d'un
plan extrêmement bien pensé, maintenant je
peux coudre beaucoup dans l'Organisation, et
que, avec la preuve, bien fait Erik.
Merci Erik, tu as tenu parole.

Rendez-vous à McGill... Non, c'est pas vrai!

Un livre de l'auteur Jesper Persson

Droit d'auteur 2020

Lecteur BeDe